LA VIDA QUE CEDEMOS

LA VIDA QUE CEDEMOS

KERRY LONSDALE

Traducción de
Pilar de la Peña Minguell

Los hechos y/o personajes de este libro son ficticios. Cualquier parecido con la realidad es mera coincidencia.

Título original: *Everything We Give*
Publicado originalmente por Lake Union Publishing, USA, 2018

Edición en español publicada por:
Amazon Crossing, Amazon Media EU Sàrl
38, avenue John F. Kennedy, L-1855 Luxembourg
Marzo, 2021

Adaptación de cubierta por lookatcia.com
Imagen de cubierta © Kathrin Ziegler / Getty Images;
© Davide Marzotto / Shutterstock

Impreso por: Ver última página

Primera edición digital 2021

ISBN Edición tapa blanda: 9782496703276

www.apub.com

SOBRE LA AUTORA

Kerry Lonsdale piensa que la vida es más emocionante con altibajos y quizá por eso le gusta situar a sus personajes en escenarios inesperados y en lugares exóticos. Se graduó en la California Polytechnic State University, en San Luis Obispo, y es fundadora de la Women's Fiction Writers Association, una comunidad online de autoras de todo el planeta. Reside en el norte de California con su marido, sus dos hijos y un golden retriever entrado en años que se sigue creyendo un cachorro. Con *La vida que cedemos* la autora cierra su aclamada trilogía sobre amor, mentiras y secretos familiares que inició con *La vida que soñamos* y siguió con *La vida que dejamos*, todos ellos números uno en las listas de Amazon y del *Wall Street Journal*. Más información en www.kerrylonsdale.com.

A mis lectores, porque gracias a vosotros, Ian tiene historia

Capítulo 1

Ian

Casi cualquier tío puede citar al menos a una mujer que haya influido en el hombre que es hoy. Yo puedo citar a dos. Una me adora y la otra me abandonó. Ambas me han moldeado. Y ambas han tenido un fuerte impacto en mi obra fotográfica.

Por mi madre, Sarah, renuncié a mi aspiración de convertirme en reportero gráfico. Aunque me cueste reconocerlo, es complicado llevar a cabo un encargo de una agencia cuando no eres capaz de hacerle una foto a un ser humano que está sufriendo. Pero gracias a mi mujer, Aimee, que me ha abierto los ojos al lado más cautivador de la humanidad, ya no retrato solo paisajes y naturaleza. Mis fotografías ahora contienen elementos humanos y han aparecido en revistas como *Discover* y *Outside*.

A pesar del yin y el yang que estas dos mujeres han supuesto en mi vida y del trauma que me ha llevado por derroteros profesionales que no tenía previstos en mi juventud, he llegado a mi destino inicial: el de ser un fotógrafo galardonado.

Y quiero a esas dos mujeres.

Para dejar sitio a la próxima exposición de mi amigo Erik Ridley, retiro de la Wendy V. Yee Gallery la última de mis fotografías,

Sincronía. Es la imagen de un *aloitador*, nombre que reciben en gallego los responsables de abalanzarse sobre un mar de caballos salvajes de pura raza gallega encerrados en un pequeño ruedo del pueblo al que llaman *curro*. Sudoroso y polvoriento, de brazos musculosos, el encargado de lidiar con las bestias tiene un objetivo en mente: aterrizar sobre el lomo del caballo y lograr dominarlo.

Hice la foto en julio del año pasado, en *a rapa das bestas*, una fiesta tradicional gallega que tiene lugar todos los años en Sabucedo (Pontevedra) y consiste en reunir a un montón de caballos salvajes para marcarlos, desparasitarlos y recortarles las crines. Wendy describe la imagen a los posibles compradores como ejemplo fascinante de la sincronía entre el hombre y la bestia. Es una de las muchas que mandé a *National Geographic* el mes pasado cuando Erik se enteró de que a la revista le interesaba publicar un artículo sobre esa fiesta. Él mismo me presentó al editor de fotografía, Al Foster, y acabo de hablar con él. Al ha aceptado mi propuesta. Mi obra aparecerá en un número próximo y, con un poco de suerte, alguna de mis fotos saltará a la portada.

Un. Sueño. Hecho. Realidad.

Doy un puñetazo al aire, luego apoyo *Sincronía* en la pared junto con las otras fotos que tengo que guardar en cajas durante la exposición especial.

—Esa es la última —le digo a Wendy, acercándome a su mesa.

Su asistente, Braxton, aún está de baja por gripe y me ha pedido que la ayude a preparar la galería para la exposición de Erik, retirando mis obras y colgando las suyas.

Wendy y yo nos conocimos en la ASU, la Universidad Estatal de Arizona, y descubrimos que no teníamos madera de reporteros gráficos. Ella vio que se le daba mejor vender fotos que revelarlas y mis demonios interiores seguían librando su propia batalla. La fotografía de paisajes era un valor seguro y se me daba bien.

Además, ninguna catarata me había arrebatado todavía el equipo de las manos.

Inclinada sobre su mesa, Wendy levanta la vista y me mira.

—Solo una cosa más —dice, señalando con el bolígrafo una foto que he colgado al fondo de la galería, una monocromo en gris de un palmeral indonesio. Hectáreas de figuras que se desploman en una imagen panorámica. La composición casi parece hermosa, hasta que caes en la cuenta de que el palmeral se ha visto diezmado por la demanda de aceite de palma, como bien dice el cartelito que Wendy me ha pedido que pusiera al lado. La obra de Erik retrata de forma provocadora la cruda realidad de la destrucción de que son objeto los entornos naturales como consecuencia del consumo humano. Comparada con otras exposiciones montadas por Wendy, esta última, una retrospectiva, es atrevida y exactamente lo que ella buscaba cuando le hablé de Erik—. La exposición debe impactar —prosigue—. Quiero que quienes vengan sientan la devastación que Erik retrata, pero también hay que mantener un equilibrio en la presentación. Igual algo con más color… —Mueve el ratón y se ilumina el monitor, que muestra la carpeta de Erik. Repasa su obra, mordiéndose el labio inferior, recorriendo rápidamente con la mirada las miniaturas—. Esta —dice, y hace clic en una imagen, una vista aérea de una granja blanca enterrada en un extenso maizal, con las cosechadoras abriéndose paso entre las hileras como invasores alienígenas. Conociendo a Erik, seguro que el maíz es transgénico—. ¿Me cambias la monocromo por la granja? Con eso termino de darte la lata.

—Sí, señora —digo, en broma, con un saludo militar; luego voy al almacén a por la fotografía enmarcada y cruzo la galería a toda prisa, de pronto impaciente por salir de allí. Aimee me espera en su restaurante. Trabajo con una sonrisa.

—Te veo contento. ¿Qué mosca te ha picado?

—Me… —No termino la frase y sonrío más aún—. Mañana te lo cuento —le digo, haciendo como si disparara una pistola con los dedos. Quiero darle la noticia a Aimee primero. Le va a encantar.

Mientras descuelgo la monocromo, pienso en cómo celebrarlo y se me ocurre una idea: cócteles y cena en La Fondue. *Parfait!* Hace meses que no salimos juntos por la noche. La cena nos ayudará a recuperar nuestro ritmo de antes de junio. Ya es hora de que celebremos lo nuestro, y eso me hace pensar en cómo lo vamos a celebrar, sobre todo después de acostar a Sarah Catherine, nuestra hija de cuatro años. Me vibra el cuerpo entero.

Mmm. Igual puedo convencer a mis suegros para que se lleven a Caty.

Le mando un mensaje a mi suegra, Catherine Tierney. La niña está en su casa ahora. Con un poco de suerte, se podrá quedar allí. Tengo planes, planes para mayores de edad, planes con Aimee.

Guardo el móvil en el bolsillo trasero del pantalón y cuelgo la foto de la granja blanca. La escena me transporta a Idaho, donde me crie en una casa similar. Las tierras son de mi padre, que las heredó del suyo, pero no las trabaja, nunca lo ha hecho. Las arrienda porque él rara vez está en casa. Dudo que quisiera estar en casa, al menos cuando yo vivía allí. Stu Collins, que era fotógrafo deportivo, andaba siempre en busca del siguiente pase largo.

Termino, guardo las herramientas y me acerco a la mesa de Wendy. Echo un vistazo a mi reloj deportivo, regalo de cumpleaños de Aimee. Erik ha quedado con Wendy y llega tarde. Esperaba poder hablar con él antes de irme.

—¿A qué hora te ha dicho Erik que venía?

—No va a poder venir. —Wendy teclea unas notas y sus uñas góticas contrastan con su vestido ajustado de lino color crema. Escribe a toda velocidad—. *Mercury News* lo ha enviado a cubrir los daños de los incendios forestales de Big Sur. Ha llamado mientras estabas fuera hablando por teléfono. Dice que te debe una cerveza y que a mí me va a traer una botella de Domaine Chandon.

—Asegúrate de que lo hace. No lo dejes desdecirse.

Me mira como dándome a entender que eso no ocurrirá jamás. Deja de teclear un momento y anota algo a lápiz en un cuaderno.

—Aunque me habría encantado que Erik colgase sus propias fotos, te prefiero a ti. Tienes buen ojo para colocarlas. —Mira la granja que acabo de colgar—. Muchísimo mejor. Vale, ya te puedes ir, largo. Tengo una venta que hacer —dice, mirando por encima de su hombro.

A su espalda, en el rincón que reserva para los artistas a los que representa, independientemente de quién exponga, una joven pareja discute sobre una fotografía que hice el año pasado en el parque nacional de Canyonlands. Sus voces se han elevado por encima del *jazz* instrumental que suena suave de fondo. El hombre dice que la foto es su favorita de toda la galería. Su amiga (¿novia, esposa...?) discrepa. Los colores no cuadran. No son lo bastante contemporáneos para su salón recién amueblado en azul oscuro.

—Enséñales *Paisaje nocturno* —le sugiero a Wendy. La foto es una bicromía del perfil urbano de San Francisco.

Ella asiente con la cabeza.

—Estaba pensando lo mismo.

Le doy un beso en la mejilla.

—Encantado de trabajar para ti hoy. La próxima vez te cobro —bromeo.

—Ya lo haces. Te pago una suma considerable todos los meses.

En eso tiene razón. Wendy vende casi todas las fotos que le llevo.

Salgo de la galería y, al aire templado de octubre, recorro a pie las dos manzanas que me separan del local de Aimee. Cuando abro la puerta, me inunda el aroma a café tostado, canela y bollería. Inspiro hondo. Dios, me encanta ese olor.

Ignoro las miradas asesinas de los clientes cuando la campanilla que cuelga sobre la puerta los alerta de mi presencia e ignoro, sobre todo, los cuadros al óleo colgados en la pared, tan pegados a mis fotografías como esas personas que hacen cola sin respetar el espacio personal de cada uno, obras de James Donato, el exprometido de Aimee.

No me importa que estén ahí. No me importa. De verdad.

Bueno…

Sí. Claro que me importa. Me fastidia muchísimo.

Llevamos cinco años casados y aún no los ha quitado.

Lo cierto es que no me importaban ni ellos ni por qué seguían ocupando un lugar privilegiado en el establecimiento, hasta junio. Después de haber vivido sumido en un estado de fuga disociativa, James volvió con sus recuerdos de ¡mi mujer! y sus sentimientos por ella intactos. Pero Aimee tomó su decisión. James debía entenderlo. Ella lo dejó. Siguió adelante. Me eligió a mí.

Luego recuerdo que se besaron.

Aprieto los dientes.

Quiero que esos cuadros desaparezcan de ahí, pero no me he atrevido a decírselo a Aimee porque parece que la obra de James la hace feliz.

«Esposa feliz, vida feliz».

Procuro relajarme, incluso sonreír más. Saludo con la mano a Trish, que está al otro lado del mostrador, y voy a buscar a Aimee.

—¡No está aquí! —me grita a la espalda.

Me detengo y me vuelvo.

—¿Dónde está?

Trish se encoge de hombros.

—No me lo ha dicho. Se fue hace un par de horas.

Pensativo, tamborileo en la pared con los nudillos. La llamaré y le diré que nos vemos en casa.

—Si vuelve, dile que la estoy buscando —le digo, y me marcho.

De camino al coche, me suena el móvil. Aparece en pantalla la cara de Erik.

—Me debes una —le digo.

—¿Qué tal queda?

—Espectacular. Soy un as del martillo y los clavos. Colgar tus penosas fotos era lo que más me apetecía hacer en mi tarde libre.

Erik ríe.

—Mejor tú que yo.

Conocí a Erik hace varios años en una feria de fotografía. Empezó trabajando como reportero gráfico, viajando a zonas de guerra y a áreas de extrema pobreza, pero los enfrentamientos de que fue testigo y el sufrimiento que documentó le pasaron factura. Lo dejó cuando aún tenía éxito y no había perdido todavía la vida ni la cordura, y ahora trabaja por su cuenta. Juntos encontramos un medio para alcanzar un fin. Yo respeto sus aptitudes de reportero gráfico y Erik hace tiempo que admira mis paisajes y mis imágenes de la naturaleza. Al instante nos hicimos amigos y mentores uno del otro. Erik es el tío al que llamo para que se tome unas cervezas conmigo al final del día o para unos asaltos en el gimnasio cuando necesito desfogarme.

—Gracias por todo, tío. La próxima vez que quedemos invito yo —me dice.

—Invitas tú todo el mes que viene.

Erik ríe, atronador.

—Uy, creo que tengo la agenda completa. No sé si vamos a poder vernos.

—No cuela, Ridley. —Miro a la izquierda y cruzo por cualquier sitio—. ¿Sigues en Big Sur?

—No. Voy en coche, camino de casa.

—¿Qué tal ha ido?

—Fatal. Montones de hectáreas quemadas. Demasiados hogares perdidos y personas desplazadas. Pero, oye, me han llamado de

Sierra Explorer. Me mandan a Yosemite la semana que viene. Es para un artículo de Internet sobre los peligros de visitar por cuenta propia la cascada de Vernal. Nada nuevo, pero como el mes pasado se precipitaron al vacío aquellos chiquillos, se ha montado un alboroto tremendo con la amenaza de restringir el número de excursionistas y situar la valla del mirador más adentro. ¿A que no sabes quién va a escribir el artículo? Reese Thorne. ¿Has oído hablar de ella? —Gruño casi sin darme cuenta—. Uy, no sé si me gusta ese gruñido. Estudió en la estatal de Arizona en la misma época que tú. ¿Tienes algo que contarme?

—No.

—¿La conoces?

Titubeo.

—He oído hablar de ella. Le atraen las noticias importantes. Sus lectores la adoran y sus artículos han recibido varios premios.

—Pero…

No quiero enturbiar su primera impresión de Reese, pero creo que debe saber dónde se mete porque sus fotos ilustrarán el artículo de ella.

—Digamos que Reese ha triunfado en esta nueva era del periodismo en que los lectores prefieren la opinión a los hechos.

—Sí, eso he oído. He pensado que igual tú sabías algo más de ella o habías trabajado con ella antes, en la universidad o algo así. Vamos a estar juntos dos días.

—Yo soy fotógrafo paisajista y ella periodista. Sería más probable que hubiera coincidido contigo en el frente que conmigo en cualquier monte perdido.

Erik ríe.

—Cierto. A propósito de paisajes, voy a quedarme unos cuantos días más para hacer algunas fotos para mi carpeta. ¿Les echarás un vistazo cuando vuelva? Seguro que no me viene mal algún consejo. Tú tienes ojo crítico.

—Claro. Cuando quieras.

—Genial. ¿Y tú? ¿Te ha dicho algo Al del reportaje de la rapa?

—De momento, paso de contestar a esa pregunta —digo, llegando a mi coche. Pulso el mando y desbloqueo las puertas.

—Eso solo puede querer decir una cosa, pero me guardo las felicitaciones para luego. Quiero detalles cuando estés listo.

Me siento al volante.

—Te pongo al día cuando me invites a esa cerveza.

—Me tienes intrigado.

—Tengo que volver a casa con mi mujer, amigo. Luego hablamos.

Cuelgo y pulso el número de marcación rápida de Aimee. Salta el buzón de voz y le dejo un recado. «Hola, Aims, cariño, tengo buenísimas noticias. Llámame». Le digo lo mismo en un mensaje de texto.

Al llegar a casa, aparco el Explorer a la entrada de nuestro rancho de una planta estilo años sesenta. La casa es viejísima y necesita una reforma, pero, oye, es nuestro hogar. Vendimos mi piso y el céntrico adosado de Aimee para poder dar una buena entrada a fin de que el recibo mensual de la hipoteca no nos ahogara.

La inversión nos costó los ahorros de toda la vida, sangre, sudor y la cesión de los derechos parentales de nuestra primogénita. Es broma. Pero vivimos en el mismo barrio que los padres de Aimee, algo que los dos queremos para Caty. Yo no tengo mucha familia y la que tengo (una madre desaparecida y un padre desentendido de todo) es un desastre. Que Caty crezca cerca de sus abuelos significa mucho para mí.

Además, nuestra situación económica no es del todo mala. Aimee ha estado buscando local para un segundo y posiblemente un tercer café porque el establecimiento matriz ha funcionado fenomenal desde el principio. Mis fotos se mueven rápido cuando se exponen en galerías convencionales. A través de mi galería en

Internet, me he hecho con clientes internacionales con dinero que gastar. Los diseñadores de interiores buscan mis obras para hoteles, establecimientos turísticos y restaurantes de cinco países distintos. El encargo de *National Geographic* será la guinda que coronará mi carpeta. Lo estoy petando en el mundo de la fotografía.

«Toca otro puñetazo al aire».

Doy un puñetazo al aire, entro en casa y me llega un mensaje de Catherine. Me manda un vídeo de Caty bailando con el texto:

> Caty bailando de contenta. Hoy se queda a dormir con nosotros. ¡Pasadlo bien!

Una noticia estupenda para Aimee y para mí. Tenemos toooda la noche para nosotros. Nos imagino bajo las sábanas de nuestra cama y sonrío.

Entonces recuerdo que no sé nada de ella. Es raro. Suele responder enseguida.

Frunzo el ceño y me rasco la barbilla. ¿Dónde anda? No me ha comentado que tuviera ningún compromiso hoy. ¿O sí? Habré desconectado cuando ha empezado a parlotearme sin parar a las cuatro y media de la puñetera mañana. Esos despertares suyos de madrugada me matan. No sé cómo puede hacerlo cinco días a la semana, pero empiezo el día con ella de todas formas. Me encantan esos momentos íntimos cuando la oscuridad de la noche se transforma en el gris del alba.

Vuelvo a llamarla. Salta de nuevo el buzón de voz. Raro.

Giro los hombros para librarme de la aprensión que se quiere instalar en ellos. Me doy una ducha (tengo una cita importante esta noche) y, como no me llega ningún mensaje suyo ni tengo llamadas perdidas, vuelvo a llamarla. Mientras espero a que lo coja, empiezo a inquietarme. Odio esa sensación, sobre todo cuando termina saltando el buzón de voz. Otra vez. Maldita sea.

Tengo buenas noticias que estoy deseando compartir con ella.

Quiero hablar con mi mujer.

Quiero ver a mi mujer.

Como el *flash* de una cámara en modo deportivo, me asaltan el pensamiento imágenes de metal retorcido, cristal roto y salas de urgencias abarrotadas. Me increpo, furioso por pensarlo siquiera, pero la posibilidad de perderla, ya sea por accidente o por decisión propia, lleva mis pensamientos en esa dirección. Últimamente toman ese rumbo con frecuencia.

Llamo a su amiga, Kristen Garner. Quizá haya ido a verla.

—Hola, Ian —resopla Kristen al teléfono. Una Kristen embarazadísima de nueve meses y pico. Nick y ella esperan su tercer hijo y el renacuajo ya lleva retraso.

—¿Está Aimee contigo? —le pregunto sin preámbulos.

—No, no está conmigo.

—¿Has sabido algo de ella en las últimas horas?

—Desde ayer, no. ¿Pasa algo?

—Habíamos quedado en el café, pero no estaba, y tampoco coge el teléfono.

—¿Cuándo has hablado con ella?

—Esta mañana antes de comer.

Miro la hora. Son casi las seis.

—Seguro que está bien. Estará de compras o así. Se le habrá muerto el móvil.

No se me había ocurrido. Paseo nervioso por el baño de nuestro dormitorio, inundado de vapor, con una toalla alrededor de las caderas.

—Igual tienes razón. Aunque es raro. Ella jamás ignora mis llamadas, ni deja que se le muera la batería.

Con el antebrazo, limpio el espejo empañado. Me corren las gotas de agua por la piel. Me seco el pecho con una toalla de manos.

El baño huele a jabón de aloe vera y a mi champú de fuerte aroma a madera.

—¿Quieres que llame a Nadia? —me propone Kristen.

—No, ya le doy un toque yo.

Cuando me vista. Mi buena noticia me ha puesto nerviosísimo. Aimee no tardará en llamar. Entrará por la puerta en cualquier momento.

Llamo a La Fondue y camelo a la recepcionista para que me haga una reserva. Pone una mesa para dos a mi nombre para las ocho y media.

Después de calzarme unos vaqueros oscuros desgastados y una camisa negra ajustada, intento localizar a Aimee otra vez. Esa vez el teléfono suena sin parar. Cuelgo y abro los mensajes que le he mandado antes. Los ha leído.

¡Los ha leído!

Me doy golpecitos con el canto del móvil en la frente, procurando no sacar conclusiones precipitadas.

«Reconócelo, Collins: estás sacando conclusiones precipitadas».

Mi instinto me permite convertir en fotografías los mejores momentos, ese instante capturado en el tiempo, merecedor de un premio, pero ahora mismo mi instinto me dice que algo va mal.

Tecleo un mensaje breve:

¿Estás herida?

Luego pulso la tecla de retroceso y lo edito:

¿Estás bien?

Para no sonar demasiado dramático. No quiero precipitarme. Mando el mensaje y de inmediato salen tres puntitos debajo. Su respuesta llega un segundo después. Un monosílabo que me agrava el nudo de la garganta.

No.

¿«No»? ¿Y ya está?

Espero a que los puntos suspensivos vuelvan a salir en la pantalla, confiando en que haya una explicación, algo más que un críptico «No».

Pasa un minuto y nada. Tecleo rápidamente con ambos pulgares.

¿Dónde estás?

¿Quieres que vaya a buscarte?

Y sin pensarlo mucho, le mando el mensaje que había escrito antes.

¿Estás herida?

No me responde y se me disparan los nervios. Miro fijamente el móvil, deseando que aparezca un mensaje suyo, y entonces caigo en la cuenta.

«Imbécil».

Abro la app Buscar mi iPhone, deshaciéndome del primer pensamiento que me viene a la cabeza («Acosador») y enseguida veo que está en el piso de su amiga Nadia Jacobs. ¿Habrá estado ahí todo el tiempo? «Eso espero», me digo con un suspiro de alivio.

Llamo a Nadia y me contesta enseguida.

—Ian… —Parece aliviada por mi llamada.

—Que se ponga Aimee. Tengo que hablar con ella.

—Espera…

Oigo un ruido ahogado, como si Nadia entrara en otra habitación. Creo que Aimee se va a poner al teléfono, pero es Nadia otra vez.

—Aimee...

—¿Dónde está? ¿Por qué no le pasas el teléfono?

—Dice que se va ya, que te ve en casa. Pero Ian, estoy muy preocupada por ella. Hacía mucho que no la veía así.

—¿Así, cómo? No la he visto ni he hablado con ella desde esta mañana. No sé de qué va todo esto, Nadia. Salvo por un mensaje de texto que me acaba de mandar, me ha estado ignorando todo el día. ¿Qué pasa? ¿Le ha ocurrido algo?

—No ha sufrido ningún daño físico, pero James le ha dicho algo que la ha entristecido muchísimo. Y no me lo quiere contar.

—¿Quién dices que le ha dicho algo? —pregunto en un tono tan gélido como el escalofrío que se me ha instalado en el pecho al oír su nombre.

—¿No lo sabías? James. Ha vuelto.

Capítulo 2

Ian

James ha vuelto. Otra vez.

¿Ese tío no puede parar quieto?

Frunzo el ceño.

—¿Ha ido a verlo? —Lo hizo en junio, cuando James volvió unos días a California.

—Sí —contesta Nadia, y me deja hecho polvo. Me dejo caer en el sofá del salón.

He temido el reencuentro de Aimee con su ex desde mi regreso de México hace más de cinco años, cuando descubrimos que seguía vivo, pero en estado de fuga disociativa. A principios de este verano, ella me explicó por qué había ido a verlo. Tenía que despedirse. Creí que el adiós sería definitivo.

Parece ser que no.

Yo estaba en España. Fue una semana antes de la rapa. Era un viaje que había querido hacer desde que Erik me había hablado de esa fiesta hacía unos años. Nada más aterrizar, llamé a Aimee desde la zona de recogida de equipajes para que supiera que había llegado. La noté tensa. Me dijo que estaba cansada, como todas las demás veces que la había llamado durante mi viaje de catorce días. La encontré falta de entusiasmo y algo tristona. Me preocupó. Nuestras conversaciones eran raras, forzadas. Pero la conozco bien. Me ocultaba algo.

Hasta que no volví a casa y acosté a la sobrexcitada Caty, Aimee no se sentó conmigo a la mesa de la cocina. Por la botella de vodka y los dos vasos de chupito debí de suponer que la conversación no sería fácil.

—¿Qué pasa? —le pregunté con cautela.

—He visto a James.

Entonces me lo contó todo. Todo, todo.

En diciembre del año anterior supimos que James había salido del estado de fuga. Kristen le contó a Aimee que James había llamado a Nick, su marido y el mejor amigo de James. Teníamos claro que volvería a casa. La cuestión era cuándo.

Me enteré con un chupito de vodka. Aimee me dijo que James había llegado la víspera del día en que yo me iba a España. Después de dejarme en el aeropuerto, Aimee fue a casa de James. No pretendía verlo, pero no conseguía alejarse de la casa. De pronto se lo encontró plantado delante del coche, llamando con los nudillos a la ventanilla del copiloto. Y lo dejó subir.

—¿Lo quieres? —le pregunté.

—No. No de la forma que importa —me contestó con ríos de lágrimas en las mejillas.

—¿Cuál es la forma que importa, Aimee? Dímelo. Porque para mí el amor es amor —le espeté, dejando que percibiera mi rabia, mi sorpresa al descubrir que lo había besado, que James se había abalanzado sobre ella y la había manoseado.

—No estoy enamorada de él.

Noté que mi expresión se endurecía, se enfriaba, mientras la miraba desde el otro lado de la mesa. La vi triste. Le tembló la mano cuando fue a agarrar la botella, aunque no llegó a hacerlo. Cruzó las manos en el regazo.

La cocina estaba en silencio; nosotros, también, sentados uno frente al otro en la penumbra. Inspiré hondo, cerré los ojos y le pregunté:

—¿Quieres estar con él?

—No. —Me miró, horrorizada—. ¡No! —repitió con mayor firmeza—. Yo te quiero, Ian. Estoy enamorada de ti. Siento haber ido a verlo. No era mi intención perder el control de esa forma y no sé cómo disculparme. ¿Podrás perdonarme? —Me serví un chupito, luego otro. Ella me observó y observó la botella, lo rápido que me servía los tragos y lo rápido que me los bebía—. Di algo… —susurró cuando terminé.

Negué despacio con la cabeza.

—Creo que es mejor que no diga nada ahora mismo.

Me excusé y me encerré en mi despacho. Me dije que necesitaba tiempo para aclarar aquello, para estar convencido de que ella me quería de verdad y no me dejaría. Aunque, en el fondo, no necesitaba convencerme de nada. Sabía que me quería y que no me dejaría. En cuanto a perdonarla… Ya lo había hecho, mucho antes de que James volviera, porque sabía que terminaría haciéndolo. Tanto la quería. Pero me dolía. Me dolía una barbaridad.

En los días siguientes lo hablamos y, poco a poco, durante el verano, todo fue volviendo a la normalidad, aunque no con el tempo de siempre. A pesar de ello, sobrevivimos al regreso de James. Nuestro matrimonio quedó intacto. O eso pensaba yo.

—Voy para allá —le digo a Nadia—. Que no se marche Aimee.

Independientemente de qué le hubiera dicho James, de qué le hubiera hecho, yo necesitaba saber qué había ocurrido, ya. No dentro de una hora. No esa noche. Y menos aún al día siguiente. Porque la última vez que había aparecido James había besado a mi mujer.

Corrijo: no fue un beso. Fue un beso con manoseo-de-James-que-se-la-habría-follado si Aimee le hubiera dado pie, si le hubiera dicho que sí.

Pero no lo hizo.

Afortunadamente Aimee no le correspondió. Afortunadamente James se mudó a Hawái.

Entonces, ¿por qué ha vuelto y qué quiere de Aimee?

¡De mi mujer!

Ese pensamiento posesivo me perfora el cráneo antes de colgar el teléfono a Nadia y coger las llaves del coche. El no saber qué hará James ni qué ha hecho con Aimee esa tarde me hace enfilar a toda velocidad la autovía en dirección al apartamento de Nadia en el centro de San José.

Tecleo con ímpetu el código del garaje del edificio de Nadia y meto el coche en la plaza reservada a las visitas. A los pocos minutos, llamo a la puerta con los nudillos y me abre enseguida, como si estuviera esperando al otro lado. Sonríe, con los labios pegados y las cejas enarcadas, y se hace a un lado. Lo interpreto como un deseo mudo de buena suerte. El corazón me golpetea el pecho acelerado, nervioso.

Cualquier hombre, hetero o de la otra acera, se sentiría cautivado por el pelo cobrizo, los ojos de color jade y los rasgos afilados de Nadia. La suya es una de esas bellezas a las que uno no puede resistirse, que era lo que yo pretendía con la serie de fotografías que le hice hace un par de años. Las tiene colgadas en la pared del fondo de su apartamento diáfano. Intensifiqué el rojo de su pelo y el verde de sus ojos, que contrastan fuertemente con la paleta de grises y veteados de su vivienda.

Pero no veo esos retratos. No registro nada de mi entorno. Solo tengo ojos para Aimee, que está al fondo de la estancia, con los brazos cruzados con tanta fuerza que se le clavan los dedos en la parte baja de las costillas. Mira por la ventana, una pared de cristal con vistas al centro iluminado de la ciudad. Se está haciendo de noche y entra en el apartamento en penumbra la luz justa para iluminar las mejillas húmedas de Aimee.

Cierro los ojos un instante y doy gracias a Dios. Está allí y está entera. Siento una opresión en el pecho con cada respiración, una opresión que me lleva hasta ella. No quiero nada más que estrecharla en mis brazos, que asegurarme de que es mía.

Nadia cierra la puerta de la calle.

—¿Cuánto tiempo lleva aquí? —le pregunto.

—Ha llegado unos diez minutos antes de que llamaras. Yo acababa de volver del trabajo.

No mucho, entonces, lo que significa que ha pasado con James al menos tanto tiempo como yo he estado intentando localizarla. Una hora y media.

Trago saliva con dificultad. En noventa minutos pueden ocurrir muchas cosas.

—¿Te ha dicho algo desde que hemos hablado?

—Nada, salvo que necesitaba recomponerse antes de ir a casa de Catherine a recoger a la niña. A mí me parece que no quería volver a casa contigo tal y como se siente.

¿Y cómo se siente? ¿Se habrá dado cuenta de que aún está enamorada de James y tiene miedo de decírmelo?

De pronto siento náuseas.

¿Qué le ha dicho James? ¿Qué le ha hecho? Coincidí con él un par de veces cuando era Carlos, pero no lo conozco. Nunca me lo han presentado.

Nadia ajusta el regulador y se ilumina el apartamento. Aimee parpadea, tratando de habituarse a tanta intensidad de luz, y se limpia las mejillas con el dorso de la mano. Sé que sabe que estoy aquí. Tiene que haberme oído llamar. Ojalá me mirase, pero tiene los ojos pegados al cristal.

Nadia me desliza una mano por los hombros en señal de apoyo.

—Me voy a la cocina.

Asiento, me meto los pulgares en los bolsillos y me acerco a Aimee, que se vuelve al oír mis botas en el parqué y levanta una mano para impedírmelo. Menea la cabeza. Un escalofrío de pánico me recorre la espalda. Me detengo enfrente de la mesita de centro, repleta de revistas, libros y tiestos de cactus. Una cesta de ropa limpia doblada descansa a un lado, un elemento extraño, fuera de lugar en la vivienda *Home Décor* de Nadia.

—Solo he venido a ver cómo estás. Me tenías preocupado.

—No quiero hablar aquí —me dice, mirando por encima del hombro hacia la cocina, donde ha ido Nadia.

—Pues vámonos a casa —le contesto, y le tiendo la mano—. Te llevo.

Ahora que estoy ahí no quiero apartarme de ella.

Vuelve a negar con la cabeza.

—No estoy preparada. Vete. Nos vemos allí.

—No me voy hasta que me cuentes qué pasa —digo, aun sabiendo que no quiere hablar aquí—. Después de lo que ocurrió este verano, tengo derecho a...

—Ian, por favor. —Gruñe de frustración, coge de la cesta de la colada una pelota de calcetines y, por un momento, creo que me la va a tirar. En cambio, se le descuelgan los hombros y la pelota cae al suelo. Agacha mucho la cabeza y me parte el corazón. La veo tan triste—. Quiero que hablemos luego —dice—. Ahora mismo aún estoy... procesándolo.

¿Procesando el qué?

—Aimee...

La sospecha, la incertidumbre me están matando. «Por favor, no me digas que estás enamorada de él».

Cae una lágrima y eso me impulsa a actuar. Le rueda por la barbilla y yo salvo la distancia que nos separa y la envuelvo en mis brazos. Ella se agarrota y contiene la respiración. Le susurro al oído lo mucho que la quiero, lo mucho que me importa. Pego mis labios a su frente y le acaricio el pelo con la mano. Por fin se relaja y se recuesta en mí, soy yo quien la sostiene. Luego llora.

La acuno.

—Nena, tienes que ayudarme. No podemos arreglar esto si no me cuentas qué pasa. —Me enrosca los brazos a la cadera. No le veo la cara—. Por favor, dime por qué estás triste.

Suelta una bocanada de aire.

—No estoy triste. Estoy enfadada o lo estaba antes de que vinieras.

—¿Estás cabreada conmigo?

—No, conmigo misma. Ahora mismo me odio.

Abandona mi regazo y vuelve a mirar por la ventana.

—Nena… —La sigo. Apoyo el antebrazo en el cristal y estudio su perfil, las pequitas que le decoran la nariz como chocolate espolvoreado por la espuma de un café con leche. Le paso con delicadeza un dedo por el pelo a la altura del hombro—. ¿Por qué te sientes así? —le pregunto en voz baja.

Aimee dobla un brazo bajo el pecho. Se limpia las lágrimas con los nudillos. Quiero abrazarla otra vez. No me gusta que se encierre así en sí misma, encorvada, con los hombros hacia delante. No me gusta que me oculte cosas.

Nosotros no tenemos secretos, con lo tumultuosa que fue mi infancia y lo que ella tuvo que sufrir con los Donato. Acordamos que nuestro matrimonio sería sincero y transparente. Eso incluye hablar de su antigua relación con James, a pesar de que ese tío no me inspira más que desprecio. A mí no me ha hecho nada, pero no me gusta cómo trató a Aimee, por no hablar del trauma psicológico que le provocó con la ayuda de su hermano Thomas.

¡Menudo desastre de familia! Y yo pensaba que mis padres tenían problemas. En cuestión de familias disfuncionales, los Donato se llevan la palma.

Aimee inspira hondo.

—He estado bien mientras estaba con él. Solo hemos hablado, ¿sabes? Me ha contado cosas de sus hijos y de lo mucho que disfrutan los tres de la vida en la isla de Kauai. Sé que te hice mucho daño…, que nos hice mucho daño cuando quedé con él el verano pasado. Me dije que nunca más me iba a empeñar en verlo. Pero me ha llamado. Intenta superar toda la mierda en que su hermano ha convertido su vida y para hacerlo sentía que me debía una disculpa, cara a cara. Me ha dicho que yo lo merecía, con lo mal que me lo había hecho pasar. Así que he quedado con él. He estado bien mientras hablábamos, pero luego… He empezado a procesarlo todo y a berrear y a temblar y, ¡maldita sea!, estaba furiosa. Creía que lo había superado, con tanta terapia…

Por fin me mira y sonríe un poco, a modo de disculpa.

—Aims… —le susurro.

Le acaricio la mejilla con el dorso de los dedos y bajo el brazo.

—El caso es que… que no podía parar de llorar. He estado dando vueltas en el coche, a ver si me calmaba antes de ir a por Caty, pero, como no podía, he acabado aquí. Si iba a casa tan disgustada, no iba a ser capaz de explicarte bien por qué he ido a verlo y no quería que sacaras conclusiones precipitadas. —Le masajeo la espalda mientras la escucho, fastidiado porque le haya parecido que no podía recurrir a mí y aún más porque James la haya hecho sentirse así—. No me gusta que me altere de ese modo. Me recuerda a cómo era cuando estaba con él.

—¿Y cómo eras?

—Ingenua e inmadura. Demasiado confiada cuando debería haber albergado dudas.

Yo adoro a la Aimee confiada y me encantaba la mujer que era antes, pero por encima de todo me apasiona la mujer en que se ha convertido tras casarse conmigo: decidida, segura, apasionada… La mejor madre que podía soñar para nuestra hija, y eso es importante para mí.

Pero como soy idiota, no es eso a lo que me agarro. Me obsesiona mi suposición anterior de que Aimee se ha dado cuenta de que aún quiere a James… de la forma que importa. A pesar de lo que me acaba de decir, no consigo quitármelo de la cabeza.

—¿Cuántas veces lo has visto desde junio?

—¿Qué? —Me mira extrañada, desconcertada. Enarco una ceja, esperando una respuesta. Ella se tira del bajo de la blusa—. Solo hoy.

—¿Cuánto habéis estado juntos? ¿Cuándo te ha llamado?

—No fastidies, Ian.

Traquetea el hielo en una coctelera de martinis.

—¿Os apetece una copa? —grita Nadia desde la cocina.

—No —contesto sin apartar la vista de Aimee.

—Sí —responde ella, mirándome con frialdad—. Ya te lo he dicho: no quiero hablar de eso aquí —dice, y se dirige con unas zancadas a la barra de la cocina.

Me paso los dedos por el pelo, exhalo con fuerza por la nariz y la sigo.

Nadia le desliza un martini seco por la barra. Aimee saca la aceituna pinchada en un palillo, se lo bebe de un trago y, al ver que no voy a beberme el mío, alarga la mano para cogerlo.

—Parece que tenías sed —bromea Nadia, y brinda—. Salud. —Saborea el cóctel, se relame dos veces y mira por encima del hombro el reloj del microondas—. Puedo pedir comida tailandesa.

—No, gracias. Tenemos planes para la cena.

Apoyo una mano en la encimera, me engancho la otra del bolsillo delantero y veo cómo Aimee se bebe mi martini, afortunadamente más despacio que el suyo.

—No tengo hambre —dice, dejando la copa en la barra.

—Pues muy bien —contesta Nadia, arrastrando las palabras. Agita la coctelera—. ¿Otro cóctel?

Aimee niega con la cabeza y apura la copa.

—Estoy lista para irme a casa —dice, coge el bolso del sofá en el que lo había dejado y se planta delante de la puerta de la calle.

Suspiro. Parece que nos marchamos.

—Vamos en mi coche —digo, pellizcándome el puente de la nariz y armándome de paciencia. La voy a necesitar esta noche para no decir ninguna tontería que cabree a Aimee, sobre todo porque debería hacer lo contrario: ofrecerle un hombro en el que llorar y un oído que la escuche—. Gracias —le digo a Nadia—. Mañana la traigo para que se lleve su coche.

—No hay prisa. —Me agarra suavemente de la muñeca—. Eres un buen marido, Ian. Ahora mismo te necesita. Lo está pasando mal.

Lo estamos pasando mal los dos.

—Lo sé. Y gracias. —Me reúno con Aimee a la puerta del apartamento. Se acabó la celebración de la mejor noticia de mi vida—. Vámonos a casa.

Cogemos el ascensor al garaje, el uno al lado del otro, sin tocarnos. Quiero enfurecerme con ella, despotricar contra James por haber vuelto a ponerse en contacto con mi mujer, pero solo siento empatía por él, algo que me sorprende y me irrita.

Entiendo a James, que esté confundido y desorientado, que necesite recurrir a Aimee, el amor de su vida. Comprendo que no tiene noción de tiempo perdido y que, para él, es como si la hubiera dejado ayer.

Pasé mi infancia sumido en un caos similar. No fue nada divertido.

Llegamos al garaje y me saco con torpeza las llaves del coche del bolsillo. Se me caen al suelo.

—Tenemos que pasarnos por casa de mis padres a recoger a Caty —dice Aimee, porque no sabe en qué he quedado con Catherine, ya da igual. No parece que vayamos a salir a cenar.

Recojo las llaves.

—Ya —suelto, apretando con fuerza el mando.

Se abre el coche, el sonido resuena por el garaje cavernoso y abro bruscamente la puerta. Ella se deja caer en su asiento y me mira con recelo. Procurando mantener la calma, le cierro la puerta.

Capítulo 3

Ian, a los nueve años

Ian observó cómo desaparecía el autobús escolar por el cambio de rasante y miró de frente la polvorienta granja blanca que era su hogar. Aparcado a un lado estaba el Pontiac plateado de su madre.

Resopló despacio y sus mejillas se fueron desinflando como neumáticos pinchados. Estaba en casa. Al menos esperaba encontrarse con su madre, Sarah, y no con Jackie, el otro yo de su madre.

Desde que Ian tenía uso de razón, su madre había sufrido cambios de humor constantes. Olvidaba lo que estaba haciendo de un día para otro, a veces de un momento a otro. Y él tenía que recordárselo. La ayudaba con sus tareas mientras ella lo miraba fijamente, como una niña, con los ojos como platos, desconcertada.

Hacía apenas un año que su padre había intentado por fin explicarle el comportamiento extraño y a veces volátil de su madre. Ella había desaparecido dos días y había vuelto a casa con la ropa desgarrada y manchada de barro, un corte en la mejilla y un ojo morado. No recordaba nada de las últimas cuarenta y ocho horas. Quería darse un baño caliente y acostarse, pero el padre de Ian se empeñó en llevarla al hospital. Tres días después le dieron el alta y volvió a casa con puntos en la mejilla y un diagnóstico psiquiátrico: trastorno de identidad disociativo.

Ian no entendía lo que eso significaba ni por qué lo sufría su madre. Su padre no quiso explicárselo entonces, pero le dijo que dentro de su madre vivían otras personas. El médico conocía a una, Jackie, y les advirtió que podía haber más. Ian aún no había visto a las otras, pero su padre y él conocían bien a Jackie, porque llevaba apareciéndose desde que él había nacido.

El médico derivó a su madre a un psiquiatra y le recetó antidepresivos y estabilizadores del ánimo, pero Ian oyó a su madre decirle a su padre que no se los iba a tomar. No le gustaba que la controlaran y eso harían las pastillas. En cuanto al seguimiento médico, rara vez la vio ir a consulta, y su padre no estaba en casa lo suficiente como para obligarla. Tampoco había visto nunca una cita médica en su agenda.

Se le posó una mosca en el codo. Sacudió el brazo y se rascó donde el insecto le había provocado un picor. Abrió el buzón y sacó facturas con el sello de IMPAGO y catálogos de bordados. Lo guardó todo en la mochila y enfiló despacio el caminito de entrada. La gravilla crujía bajo sus Vans destrozadas. Lo envolvió un aire perfumado de fertilizante que le revolvió la mata de pelo. El flequillo le cayó a los ojos. Se lo apartó y cruzó los dedos de las dos manos.

«Que sea mamá, por favor. Que sea mamá», se fue repitiendo a cada paso.

Tenía demasiados deberes como para preocuparse de si Jackie volvía a meter en líos a su madre. Hacía tres meses, había sacado todo el dinero de la cuenta de sus padres y no había dejado ni un céntimo para pagar las facturas. Por eso habían vencido todos los pagos.

Al entrar en casa se detuvo y el viento cerró de golpe la puerta. En el salón, su madre levantó la vista de la bordadora y le sonrió.

Ian le devolvió la sonrisa y relajó los hombros tensos bajo la pesada mochila. Era Sarah. Las sonrisas de Jackie no eran tan bonitas.

La casa olía a humedad, el aire era rancio y caliente y a Ian le picó la nariz. Se frotó alrededor de las fosas nasales y miró las ventanas de la estancia. Las cuatro estaban cerradas, con las cortinas corridas. Los platos sucios y las tazas medio llenas, intercaladas de torres inmensas de equipaciones deportivas y uniformes de *scout*, abarrotaban la mesa a modo de perfil urbano.

—¿Qué tal tu expedición fotográfica? —preguntó Sarah.

«Genial. Ayer», se dijo Ian.

—Bien —le contestó.

Ian había pasado la mañana del domingo paseando por el campo y haciendo fotos a hormigas y urracas con una cámara que había encontrado en el despacho de su padre, mucho mejor que la que le habían regalado por su quinto cumpleaños. Su madre no estaba en casa cuando había ido a comer, ni había vuelto todavía a la hora de la cena, así que se había comido unos espaguetis fríos de la noche anterior, había visto el fútbol en la tele una hora, confiando en encontrar a su padre en la banda, junto con los otros fotógrafos deportivos, y luego había esperado levantado a que llegara ella. A las tres de la madrugada, cuando ya estaba medio dormido, refugiado entre mantas, oyó por fin crujir la tarima bajo los tacones de su madre. Pero no era Sarah, sino Jackie, porque Sarah no llevaba tacones.

Su madre miró el reloj de la pared. Eran las 15.45.

—Has estado fuera mucho rato. ¿Has hecho buenas fotos?

—Creo que sí —masculló él. Aún no había revelado la película como su padre le había enseñado.

—¿Tienes hambre? Te he hecho un sándwich de jamón. Está en la nevera.

Ian se descolgó la mochila de los hombros y la dejó caer al suelo. Su madre lo siguió con la mirada. Se desvaneció su sonrisa.

Ian abrió la mochila y le dio el correo.

Su madre vaciló antes de coger el fajo, luego miró fijamente los sobres sellados que tenía en la mano.

—¿Qué día es hoy? —preguntó con un hilo de voz.

—Lunes.

Hundió los hombros y paseó la mirada por la pila de uniformes de animadora que tenía al lado. Bordaba insignias para los equipos deportivos y las tropas de *scouts* de la zona. Una vez le había dicho a Ian que con el dinero que ganaba pagaba su ropa y su equipación deportiva para no tener que comprársela en el rastrillo.

—Debo entregar esto dentro de una hora. No voy a terminarlo a tiempo. Pensaba que hoy era domingo.

Echó un vistazo al correo que tenía en el regazo. Después de la cuarta factura, tiró el montón a la mesa y miró a otro lado, como si la asqueara el contenido de los sobres. Agachó la cabeza y el pelo largo de color castaño claro se derramó por su hombro como una cortina. Permaneció inmóvil unos instantes, con la espalda curvada en forma de luna creciente.

—Lo siento, Ian.

—No pasa nada —dijo él, y se miró las Vans raspadas.

Tendría que haberla despertado antes de irse a clase y decírselo, pero no se atrevía a llamar a su puerta, por si era Jackie y no Sarah.

Ian volvió a colgarse del hombro la mochila.

—Tengo deberes. Me voy a mi cuarto.

Camino de las escaleras, entró en la cocina de mala gana. Olía a pan mohoso y leche agria. En la encimera había un cartón abierto de semidesnatada, olvidado. A su lado estaba la agenda de su madre, abierta por el domingo. El día anterior.

Si el taconeo de la noche anterior no era indicio suficiente, lo confirmaba la agenda abierta por el día equivocado: había sido Jackie la que había vuelto a casa. Y posiblemente también la que había despertado esa mañana. Su madre debía de haber vuelto a ser Sarah a lo largo del día. Debían de faltarle veinticuatro horas de recuerdos y no era consciente de que había cambiado la fecha.

Ian pasó la página de la agenda. En la línea de las cinco de la tarde, su madre había escrito a lápiz: ENTREGA SUÉTERES ANIMADORAS A TAMMY PENROSE, seguido de un número de teléfono. Dejó la agenda en el lunes y abrió la nevera. Un hedor a verduras fermentadas le asaltó la nariz. Le picó y se la tapó para no estornudar. Cogió el sándwich de jamón envuelto en papel de aluminio y subió a su cuarto, pasando por delante del despacho de su padre.

Se detuvo y retrocedió unos pasos.

Pinchado en el tablón de corcho que había junto a su escritorio estaba el calendario de los Chiefs de Kansas City, abierto por octubre. Con una cruz roja estaban tachados todos los días hasta el 17, el jueves anterior, el día en que su padre se había ido a hacer fotos del partido de los Chiefs contra los Saints. Volvería a casa a última hora de esa noche.

De pronto se le ocurrió una idea, como una imagen revelada al instante en una Polaroid. Soltó la mochila, dejó el sándwich en la mesa y se sentó al escritorio. Abrió cajones, sacó papel, una regla y un lápiz. Dibujó una cuadrícula que imitaba el calendario y escribió OCTUBRE arriba. Añadió unos cuantos detalles más y volvió abajo.

En la cocina, su madre colgaba el teléfono.

—La señora Penrose me ha dado un día más para terminarlo. Tengo que quedarme trabajando esta noche, así que cenaremos pronto.

Llenó de agua un puchero, limpiándose de forma intermitente los lagrimales.

—No te pongas triste, mamá. ¿Sabes que a veces se te olvida el día que es...? —le dijo Ian, sujetando a la nevera con un imán su calendario improvisado.

—¿Qué es eso? —preguntó ella.

—Un calendario. La señora Rivers nos hace tachar los días de las agendas de clase para que sepamos en qué día estamos. Papá también lo hace. —Su madre repasó con el dedo la gruesa equis roja que cruzaba el domingo, luego apretó el puño y escondió el dedo. Se llevó la mano al pecho—. Yo voy a ir tachando los días en este calendario, así tú sabrás qué día es y podrás tacharlo en tu agenda —le dijo Ian, señalando el cuadrado del lunes 21 de octubre en su calendario y luego en la agenda de su madre.

Ella lo miró. Se le empañaron los ojos.

Ian apartó la mirada y la posó en los platos sucios del desayuno, que aún estaban en la mesa de la cocina. La había entristecido. No le gustaba su idea.

—Ya lo quito —dijo, y fue a coger el imán.

—No, no lo quites. —Lo agarró del hombro. Ian tenía muchas ganas de llorar. Apretó fuerte los labios. Se rascó la cabeza, luego cruzó los brazos, tensos, sobre el pecho—. Siento haberte dejado solo anoche. Siento no parar de cometer errores. Lo siento mucho. —Él torció la boca. Apretó aún más los labios, conteniendo el sollozo. Su madre siempre se disculpaba. A él le fastidiaba que se le olvidaran las cosas. Deseaba que fuera normal como las demás madres. Sarah lo agarró de la mandíbula, obligándolo a mirarla. Ian vio que ella tenía las mejillas húmedas y la nariz colorada—. Siento no haberte preparado el desayuno —le dijo.

—No pasa nada.

—Sí, sí que pasa. —Su madre se puso de rodillas y lo cogió de los hombros—. Tendría que haber salido a despedirte cuando te ibas a clase. Cuando pienso que has estado esperando tú solo el autobús… —Inspiró hondo—. Lo siento —susurró.

Ian estaba acostumbrado a sentirse solo y sentirse así también le fastidiaba. Jugó con la esquina del calendario. Se la metió por debajo de la uña del pulgar. Apretó el borde del papel hasta que le ardió el arranque tierno de la uña.

—¿A qué hora volverá papá a casa?

—Tarde, ya te habrás acostado. ¿Te gustaría que estuviera más en casa?

Ian asintió con la cabeza, distraído por el puntito de sangre que le brotaba de debajo de la uña. No se sentiría tan solo si su padre no viajara tanto. Pero tenía que trabajar. Había que pagar las facturas de los médicos y alimentar varias bocas.

Notó que su madre lo observaba, pero no se atrevía a mirarla. Se iba a echar a llorar y eso la entristecería más. Quizá hasta la hiciera convertirse en la otra y volver a olvidar. El dolor del corte del papel lo ayudó a contener las lágrimas.

—Hago todo lo posible por cuidar de ti, ya lo sabes.

Ian asintió despacio con la cabeza, aunque no siempre le parecía que su madre hiciera todo lo posible. ¿Cómo iba a hacerlo? Con tantas horas, incluso días, desaparecida de su propia vida, y el cambio constante de Sarah a Jackie, a Ian le daba la impresión de que era él quien cuidaba más tiempo de ella. Ojalá fuera normal como las demás madres. Él no estaría tan preocupado todo el tiempo.

Capítulo 4

IAN

Aimee no me mira, clava los ojos en su lado del parabrisas mientras yo conduzco de vuelta a Los Gatos. Está callada y la siento más lejos de lo que nos separa el espacio que ocupan los soportes para vasos. Apuesto a que, si intentara tocarla, me toparía con el muro que ha levantado entre los dos.

Ese muro está ahí desde que apareció James el pasado mes de junio.

Quiero demolerlo.

Necesito saber qué bombazo se ha traído ese tío a California.

A juzgar por la fuerza con que Aimee agarra el bolso en su regazo, aún lo está procesando. Pensando en esta tarde.

Pensando en él.

Suspiro bruscamente y me prometo que no voy a insistir. Ha empezado a abrirse en casa de Nadia. Ya hablará cuando pueda hacerlo.

Con suerte, más pronto que tarde. Con el plazo que me ha dado *National Geographic*, me voy a España en breve. Y lo hago sabiendo que James está en la ciudad.

Maldigo por lo bajo, me paso los dedos por el pelo y me revuelvo en el asiento, ladeando el tronco de forma que me quedo más o menos mirando a Aimee. Aprieto el puño para resistir la tentación de cogerle la mano. Me muerdo la lengua para no soltarle de sopetón la noticia por animarla un poco, por decir algo que la obligue a mirarme como si fuera la persona más importante de su vida. Quiero ser ese hombre para ella.

Se me ocurre una idea. Quiero que venga a España conmigo, y no solo por James. Le van a encantar los caballos salvajes. Un viaje juntos nos vendría bien para volver a sintonizar. El ritmo de nuestro matrimonio anda algo alterado desde que volví de la rapa y la presencia de James no nos ayuda precisamente a recuperar la marcha.

Aimee se estruja las manos. Cedo y cruzo la barrera. Entrelazando mis dedos con los suyos, me llevo nuestras manos unidas a los labios. Le beso la muñeca. Me encanta el tacto de su piel. Suave y brillante, como dice la etiqueta del frasco de crema. Ella adora ese frasco de crema de nuestro baño y yo soy el cabronazo afortunado que disfruta de esa piel sedosa al contacto con la mía.

Me paso su mano por la mejilla y, al ver que no la retira, disminuye un poco la tensión de mis omóplatos. Me está mirando. Noto el peso de su mirada y siento un cosquilleo de emoción por todo el cuerpo. Se me acelera el pulso. Cuando lleguemos a casa, me la voy a llevar derecha al dormitorio. Esta mujer preciosa es mía y quiero acariciarla entera. Quiero sentirme cerca de ella, buscar esa conexión que parece que hemos perdido últimamente. Y maldita sea, quiero asegurarme de que es mía.

Aparto la vista de la autovía y la miro.

—Te quiero.

Aimee parpadea. El blanco de sus ojos brilla con los faros de los coches que vienen de frente. Abre la boca para decir algo, esos labios deliciosos que estoy deseando besar y que besaría si no fuera conduciendo.

Contengo la respiración. Conozco esa mirada. Ya está. Está dispuesta a hablar. Se me acelera el corazón como acelera el esprínter al tomar la última curva antes de la meta. Igual cuando lleguemos a casa podemos analizar lo que ha sentido al volver a ver a James. Me fastidia que se sienta tan mal consigo misma. Quizá si salimos a cenar se sienta mejor, se lo quite de la cabeza. Puede que La Foundue aún sea una posibilidad. Solo son las ocho menos diez. Aún faltan cuarenta minutos para la hora de nuestra reserva.

—¿Crees que nos casamos demasiado pronto?

¡Bum! Explota la bomba.

Noto un espasmo en el pie del acelerador y el coche da un bandazo.

No es eso lo que pensaba que iba a decir.

«¡Ni de coña!». Tardé trece meses en decirle que la quería.

Vale, bueno, tal vez la posibilidad de perderla por James cuando la acompañé a México a buscarlo fue el empujón que necesitaba para declararme. Tampoco me atormenta haberle pedido el matrimonio solo tres meses después de nuestro regreso. Nos queríamos. Queríamos pasar el resto de nuestra vida juntos.

Solo una persona podría haberla llevado a preguntarse algo así después de cinco años de casados. Alguien que venía de lejos, de Hawái más concretamente.

—¿Qué te ha dicho James?

—Esto no tiene nada que ver con él —dice, y se zafa de mi mano. Noto un vacío instantáneo, como un puñetazo en el estómago.

—Ah, ¿no? —Estrujo el volante—. El tío se planta aquí. Vas a verlo. Ignoras mis llamadas y mis mensajes. Me paso horas sin conseguir localizarte...

—No han sido horas.

—...y al final te encuentro cabreada en el apartamento de Nadia y me dices que me vaya a casa. ¿Qué quieres que piense?

—Visto así...

—¿Hay otra forma de verlo? —replico.

Aimee se tensa. Me mira fijamente, con los ojos muy abiertos, esperando.

¿A qué? Ni idea. La miro yo también.

No dice nada. Yo tampoco.

No sé qué decir. No se me ocurre nada.

Un momento. Sí se me ocurre algo.

Cierro los ojos un instante y me trago la rabia.

—Lo siento. No quiero discutir.

Nos miramos todo el tiempo que puedo mantener la vista apartada de la carretera sin correr peligro. Se mordisquea el labio inferior y se oye un claxon. Vuelvo la cabeza, cambio de carril y Aimee pronuncia mi nombre en voz baja.

—Yo también lo siento. Tendría que haberte llamado.

—Tendrías que haber venido a casa —le digo con suavidad—. Tendrías que haber confiado en que te apoyaría.

—Lo sé. Pero es que aún me siento mal por lo del verano pasado. En el fondo, más que furiosa estaba avergonzada.

Se estudia las manos en el regazo.

—Mira, entiendo que lo tuyo con James es raro. Fue una relación rara con un final intenso y jodido del que tú no tuviste la culpa.

—En cierto modo, sí. Tumbó al capullo del barrio cuando éramos críos y yo lo adoré como a un héroe durante años. Creo que… No, sé que, en parte, seguí idolatrándolo aun después de que nuestra relación cambiara y nos hiciéramos más que amigos. Debí haber supuesto que…

—No, no, no —la interrumpo—. ¿Cuántos años tenías cuando empezasteis a salir? ¿Trece? No te culpes. Eras una niña. —La miro con recelo. Ya se lo había preguntado antes, pero, aun a riesgo de que se disgustara más, debía insistir—: ¿Todavía estás enamorada de él?

Me muero de vergüenza nada más soltarlo.

«¡Por Dios, Collins, no seas tan inseguro!».

Luego me acuerdo de que todas las mujeres a las que he querido me han dejado. El miedo a que Aimee lo haga también me tiene paralizado.

Aimee me mira con desesperación.

—Sabes que no. Pero él es parte de mi pasado. Soy como soy un poco por él. ¿Cómo hago para que lo entiendas? —Piensa un momento, sopesando lo que va a decir—. A ver… No te quiero menos por James. A él lo quiero de otra forma y, gracias a mi relación con él, hoy te quiero más a ti de lo que te habría querido si James y yo nunca hubiéramos estado juntos. Quizá la mejor comparación sea que yo siento por James lo que tú por Reese.

—Uy, no —digo riendo y sacudiendo el dedo—. No es comparable, ni mucho menos.

—Sé que estuviste enamorado de ella. Forma parte de tu historia y apenas me has contado nada de ella.

—No le des la vuelta a la tortilla. No hablábamos de mí, sino de ti y de…

—Yo siempre te cuento lo que siento. Siempre te hablo de James y de lo que pienso. Acordamos ser sinceros sobre nuestras relaciones pasadas, nuestras parejas y nuestras madres.

—¿Qué tiene que ver mi madre con esto?

—Casi no me has contado nada de Reese, como tampoco me has hablado de tu madre —añade cuando se me tensa la mejilla de apretar fuerte la mandíbula.

—No hay nada que contar —digo en voz baja.

De ninguna de ellas. Me costó años de terapia poder hablar de mi madre sin que me inundara una rabia tan intensa como uno de los géiseres de Yellowstone. Ahora solo siento remordimiento, mucho, también. Sé que podría haber hecho más por ella. Pero también podría haber hecho caso a mi padre y haberla dejado estar. Ella no era responsabilidad mía, pero yo no lo veía así.

Aimee lo sabe todo de mi infancia, de cómo mi padre prácticamente me abandonaba semana tras semana, dejándome solo con mi madre, sin más alternativa que cuidar de ella. Yo era un crío, por Dios. No me imagino haciéndole eso a Caty.

Procuro fulminar la pena que me producen los recuerdos y centrarme en conducir. La carretera que tengo delante es recta, pero nuestra conversación ya es vieja y hace cabriolas entre los dos.

Miro a Aimee de reojo. Ella me mira con frialdad. Tamborilea los dedos en el bolso que lleva en el regazo. Unos golpecitos molestos que me tensan la espalda. Giro los hombros, estiro el cuello, acciono el intermitente y salgo de la autovía, deteniéndome en el semáforo en rojo.

—James está enamorado —dice Aimee cuando el coche se detiene.

—De ti no, espero.

Chasca la lengua nerviosa.

—No, de mí no. De Natalya. ¿Te acuerdas de la mujer que acompañaba a Carlos cuando se presentó en casa de mis padres? Pues esa —dice Aimee—. James ha estado viviendo con ella en Hawái. Me ha preguntado si me parecía demasiado pronto para que se enamorase de alguien a quien en realidad conoce solo desde el pasado junio. Eso me ha hecho pensar en nosotros.

Tal vez Aimee y yo tendríamos que replantearnos nuestra política de franqueza a la hora de compartir pensamientos y sentimientos íntimos. Me hace polvo.

—Te quiero, Aimee. Te quiero muchísimo. Caty y tú lo sois todo para mí.

—Yo también te quiero, Ian.

Se inclina hacia mí y me besa debajo de la oreja y deja ahí pegados los labios. Cierro los ojos un instante. Necesitaba sus caricias. Necesitaba oír y sentir que me quiere.

Aimee bosteza y se lleva una mano al estómago.

—Los martinis no me han caído muy bien. Has dicho algo de planes de cena. —La miro extrañado y se explica—: En casa de Nadia.

Niego con la cabeza.

—No, nada. Vamos a por Caty y luego pillamos comida para llevar. —Asiente y se queda pensativa—. ¿En qué piensas? —le pregunto, ya cerca del barrio.

—Pues… —Se frota la sien—. En que James me ha preguntado si quería presentar cargos contra Phil.

Me estremezco y de inmediato me siento un canalla.

—Por eso estabas triste.

Cierra los ojos y afirma con la cabeza.

—Me ha recordado la proposición de James, la agresión de Phil y todas sus consecuencias.

Antes de casarnos, Aimee me había contado lo de la agresión sexual de Phil. A petición de James, había enterrado el incidente e ignorado todo el dolor que aquello le había causado. Por amor, algo que me desconcertaba. La situación me había parecido tan perturbadora como los Donato. ¿Por qué había accedido a algo así? Pero mi propia madre me había hecho muchas peticiones igual de espantosas y, salvo una, yo las había atendido todas.

«Las cosas que hacemos por amor».

Durante el embarazo de Sarah Catherine, Aimee estuvo viendo a un psicólogo para superar el trauma de la desaparición de James, las maquinaciones de Thomas y la agresión de Phil. Yo la llevaba a la consulta, incluso la acompañé en alguna sesión, y siempre estaba allí para abrazarla al terminar.

—¿Dónde está Phil ahora? ¿Tenemos que preocuparnos por él?

Aimee negó con la cabeza.

—Yo ya no le valgo para nada. Me utilizó para hacer daño a James.

Afortunadamente, Phil está fuera de escena. Le acaricio la mejilla con el dorso de los dedos. Se inclina sobre mi mano.

—¿Quieres presentar cargos?

—No, no. Lo último que quiero es tener que tratar con los Donato.

—Piénsatelo, yo te apoyaré en lo que decidas.

—Eso me ha dicho James. Se ha ofrecido como testigo si denuncio a Phil. Hasta se ha ofrecido a entregarse a la policía, pues fue él quien me pidió que no lo hiciera en su día. Creo que quiere enmendar sus errores.

—¿Por eso ha vuelto a California? —pregunto, aparcando en línea delante de la casa de los Tierney, los padres de Aimee.

—Entre otras cosas.

Por malsana curiosidad, pregunto:

—¿Qué cosas?

Aimee pone una cara rara.

—Quiere conocerte.

«¿A mí?».

—¿Qué demonios quiere James de mí?

Miro a su espalda y la interrumpo levantando un dedo.

—Ahora me lo cuentas.

Caty debe de haber visto nuestro coche por la ventana, porque sale disparada por la puerta, con la falda de princesa al vuelo y haciendo refulgir la varita de purpurina por encima de su cabeza. Puede que tenga mi color de piel, mis ojos ambarinos y mi pelo rubio arena, pero su sonrisa de media luna y sus rizos alocados son de Aimee.

Me aparto del coche y la cojo en brazos antes de que llegue a la acera.

—¡Catiuska! —Le planto un beso sonoro en la mejilla. Huele a melocotón y a helado.

Chilla.

—¡Papi! ¿Qué haces aquí? ¿No ibais a celebrarlo? Hola, mami.

Aimee se une a nosotros. Besa a Caty y me mira extrañada.

—¿Qué íbamos a celebrar?

—Mmm…

—¿Tiene algo que ver con esos planes de cena que de repente ya no son importantes?

Inspiro fuerte por la nariz.

—Puede.

—Cuéntanos, papi, cuéntanos —dice Caty, enroscando los bracitos en mi cuello y tirando fuerte.

Protesto y miro a mi familia. Aunque Amy y yo no hemos empezado muy bien la noche, quizá aún podamos salvarla.

—Me han llamado de *National Geographic*. Y me han encargado un trabajo.

Aimee da un paso atrás, boquiabierta.

—¡Ian, eso es genial!

Sonrío contento.

—Es bastante guay, sí.

—¡Sí, papi!

—Me alegro muchísimo por ti.

La reacción de Aimee me emociona.

—Sí, es una gran noticia para mí.

—Para todos. ¿Y nos íbamos a ir a casa sin que dijeras nada?

—Bueno…

Dejo que Caty se deslice por mi pierna como una lagartija. Luego empieza a dar vueltas en círculo a nuestro alrededor, agitando la varita. Alguien lleva encima un subidón de azúcar y quien le suministra tanta azúcar está plantada en el umbral de la puerta, recortada sobre la luz de la entrada.

—¿Qué hacéis aquí? ¿Habéis discutido? —pregunta Catherine con descaro mientras baja al porche—. Sed buenos y marchaos a cenar.

—¿Quieres ser buena? —le pregunto a Aimee, provocador. Se pone colorada.

—Ian, por favor —me reprende Catherine.

Bajo la barbilla y escondo mi sonrisa. No me importa que Catherine se meta. Tenemos suerte de que los padres de Aimee se preocupen. Ojalá pudiera decir lo mismo de los míos.

Aimee abraza a su madre.

—Ya nos íbamos.

—Bien. Disfrutad de la noche. Caty se queda a dormir conmigo —dice Catherine, cogiendo a su nieta de la mano.

—¿Dónde es la cena? —me pregunta Aimee.

—En La Fondue.

Se le iluminan los ojos, que me recorren de arriba abajo, deteniéndose en mis abdominales y en otros de mis atributos masculinos. Igual está cambiando de opinión en lo de ser buena.

Me sonrojo enseguida. Carraspeo e intento controlar mis pensamientos.

—Por eso vas tan arreglado —observa.

Asiento con la cabeza. He cambiado mi uniforme de vaqueros desgastados y camisetas de cuello de pico por algo mejor. Más elegante y más sexi. Hasta me he peinado, aunque un mechón rebelde no para de caerme por la frente. Me repeino con los dedos.

—Tenemos la reserva para dentro de veinte minutos.

—¿Y qué hacemos aquí? —dice Aimee, y vuelve al coche para abrir la puerta del copiloto.

—Eso mismo estaba pensando yo —tercia Catherine, despidiéndose con la mano. Caty nos lanza besos y entran las dos en casa.

Me reúno con Aimee en el coche.

—¡Vamos a llenar el buche!

Cuando estamos ya delante del restaurante, me vuelvo hacia ella. Le pongo las manos en la parte baja de la espalda y la miro a los ojos. Se ha retocado el maquillaje por el camino. Ya no se nota que ese capullo de James la ha hecho llorar. Al menos yo no lo noto. Le beso los labios pintados, con cuidado de no estropearle el carmín.

—¿Seguro que quieres cenar fuera? Podemos pedir algo para llevar y tomárnoslo tranquilamente en casa.

Acaba de revivir uno de los días más horrendos de su vida. No quiero que se sienta obligada a sonreír y a estar en público si prefiere hacerse un ovillo en el sofá con una caja de clínex y medio litro de Chunky Monkey. Claro que, si eso ocurriera, a mí me darían ganas de ir a por James y partirle la cara.

Aimee parpadea un par de veces, pero sonríe. Toquetea un botón de mi camisa, con los ojos clavados en mi pecho. Araña suavemente el tejido con las uñas. Me eriza el vello de todo el cuerpo. Cubro su mano con la mía y me la llevo al corazón.

—¿Aimee…? —insisto.

—Sí, seguro —me dice al pecho. Quizá ella esté segura, pero yo no. Le levanto la barbilla con un dedo y enarco las cejas—. Seguro —repite con mayor convicción, incluso sonríe—. Vamos a cenar. Ya hablaremos luego de mi día y de lo de James. Quiero que me cuentes todos los detalles de tu encargo —dice y, agarrándome la cara con ambas manos, me planta un beso fuerte en la boca. Después se frota el labio superior como si se quitara el beso.

Suelto una carcajada y ella ríe, como disculpándose.

—Supongo que es mi forma disimulada de decirte que te afeites.

Me rasco el mentón. Tengo que arreglármelo un poco. Solo he estado cinco días sin pasarme la maquinilla, pero me pica la cara como si llevara barba.

Pienso en lo que Aimee ha estado a punto de contarme en el coche. ¿Qué querrá de mí James? Me dan ganas de preguntárselo, pero no quiero invitarlo a nuestra mesa. Esta noche es nuestra, una celebración de nuestros logros.

Envuelvo su mano con la mía y entramos en el restaurante. No venimos a menudo, solo en ocasiones especiales, como para celebrar LA LLAMADA de *National Geographic*.

Durante la cena de tres platos de pan mojado en queso fundido, carne de venado sellada en aceite especiado y fresas sumergidas en chocolate caliente, le hablo del encargo.

—A Al Foster, el editor de fotografía al que Erik me recomendó, le han encantado mis fotos de la rapa. Dice que las de los caballos en los montes son estupendas, pero que pasan demasiadas cosas alrededor, que hay demasiada gente. Quiere que les haga fotos cuando estén tranquilos, por eso me manda a España.

Aimee hace un puchero.

—Aún no he visto tus fotos del viaje anterior.

Hago rodar mi tenedor de *fondue* por el queso derretido.

—Has estado liada —le digo, algo triste. Además, había que atender asuntos más urgentes.

—Caty no para de hablar de ellas —dice, haciendo pedacitos un trozo de pan.

—Mañana te las enseño.

—Estaría bien. Pronto, eso sí, si no te importa. Tengo una reunión con el banco a primera hora y necesito preparármela. —Le da un mordisco al pan—. ¿Vas a escribir el artículo también?

Niego con la cabeza.

—Esta vez no. Solo haré los pies de foto si me lo piden. La revista va a buscar un redactor, pero aún no sé quién. Nos reuniremos allí para recorrer juntos los montes. El editor quiere que mis fotos se ajusten al planteamiento del artículo. —Me inclino sobre la mesa y le paso el pulgar por la barbilla—. Queso.

Se limpia donde le he pasado el dedo.

—Está buenísimo. —Pincha otro trozo de pan y lo hace girar por la cazuela—. Debería añadir una *fondue* de queso a mi carta, igual para los clientes que vienen a última hora de la tarde o primera de la noche.

La miro sorprendido.

—Buena idea, pero ¿quieres servir comida tan tarde? Tendrás que retrasar la hora de cierre.

Ya pasa bastantes horas en el café de Los Gatos. Aunque no cierre más tarde, los otros dos locales que quiere abrir ya le robarán mucho tiempo.

—El Starbucks de la esquina ha añadido vino y tapas a su carta.

—Tu restaurante es mejor que Starbucks.

—Lo sé, pero...

Le cubro la mano con la mía.

—Céntrate en lo que hace distinto tu establecimiento. Que te imiten los otros negocios, no al revés.

—Tienes razón. —Bebe un sorbo de su chardonnay—. Tienes toda la razón. A veces pierdo el norte con estas cosas que se me ocurren —dice, atornillándose con el índice la sien—. Tengo que centrarme. Hay mucho que hacer para abrir los nuevos locales. —Suelta un suspiro largo y hondo—. ¿Conque... España?

Me bebo el vino y dejo la copa en la mesa.

—Ven conmigo.

Vacila. Se lo noto en cómo pasea la mirada por la comida. Procuro no mostrarme decepcionado.

—¿Cuándo te vas? —pregunta.

—Dentro de una o dos semanas. Tengo que ver la previsión meteorológica. Ahora es cuando empiezan las lluvias por allí.

—¿Cuánto tiempo vas a estar fuera?

—Cinco días, una semana como mucho.

Se muerde el labio inferior.

—No sé. Es muy precipitado. —Miro su plato vacío—. Bueno... igual si... No..., no saldrá bien. Es que...

Le aprieto la mano.

—Piénsatelo.

—Lo haré —dice, y con eso me conformo.

Ya concretaremos. De momento, la noche está yendo bien y, teniendo en cuenta que no he pronunciado el nombre de James ni una sola vez desde que nos hemos sentado, yo diría que nuestra cita ha sido casi perfecta.

Aunque debo reconocer que no me lo quito del todo de la cabeza.

¿Qué querrá de mí? Yo no lo conozco. He coincidido con Carlos un par de veces, sí, una en México y otra cuando Natalya y él almorzaron con nosotros en casa de los Tierney. Qué raro.

Se me ocurre preguntarle a Aimee (ha estado a punto de contármelo en el coche, antes de que Caty nos viera), pero ella bebe vino y me mira por encima de la copa con *esa cara*, y todos mis pensamientos sobre «el otro» se esfuman.

Ya le preguntaré por la mañana. Esta noche es nuestra.

Volvemos a casa después de la cena, sin niña. Se me hace raro entrar y que esté todo tranquilo, no tener que pagar a la canguro ni acostar a Caty. Afortunadamente, Aimee y yo estamos en sintonía. Se vuelve hacia mí en cuanto echo el cerrojo de la puerta y, clavando sus ojos en los míos, me echa mano al cinturón. Sonríe perversa y me saca de un tirón el cuero de las presillas de los vaqueros. El cinturón corta el aire y ella lo tira al suelo.

Dios, me encanta ponerla tan cachonda.

Riendo, besándonos y tambaleándonos, vamos hasta el dormitorio, dejando la ropa esparcida por el camino en un reguero de prendas íntimas y zapatos. Con los labios pegados. Cojo a Aimee en brazos. Ella me enrosca las piernas en la cadera y yo me acerco con ella a la cama, donde nos desplomamos sobre el edredón. Ni me molesto en retirarlo; tendría que apartar mis manos de ella demasiado tiempo.

Inhalo el suave aroma del perfume que le regalé las últimas Navidades y me noto el subidón en la entrepierna. Entierro la cara en el hueco de su cuello y le araño suavemente la curva con los dientes. Se revuelve bajo mi cuerpo; sus besos desenfrenados, sus manos frenéticas me vuelven loco. Es como si intentara borrar el día, esas horas de antes de que la encontrara en casa de Nadia. Aparto una de sus piernas largas y suaves y me zambullo en su interior, justo donde he querido estar todo el puñetero día.

¡Y menudo día!

¿Aún lo tendrá en mente? Con la cabeza vuelta hacia un lado y los ojos cerrados, jadeando fuertemente con cada uno de mis envites, ¿en qué piensa?, ¿en quién piensa?

Más vale que esté pensando en mí, su marido.

Me muevo más rápido, decidido a apoderarme de todos sus pensamientos, de todas sus sensaciones. Le paso un brazo por debajo de los hombros, para estrecharla contra mi cuerpo. Entierro los dedos en su pelo y agarro fuerte.

A ella le gusta que sea brusco.

Le encanta que pierda el control y me vuelva loco por ella.

—Mírame —le digo.

Me mira. Sus ojos azules, remolinos de medianoche en el tenue haz de luz procedente del pasillo, se clavan en los míos. Sus manos aferran mis caderas, sus uñas se clavan en mi carne. Aumento el ritmo, imponiéndome sobre ella, en ella, hasta que todos mis pensamientos del día abandonan mi cabeza y no existe otra cosa que nosotros.

Hasta que no existe más que Aimee.

Mi mujer.

Capítulo 5

Ian

Cuando despierto, Aimee no está. Tendido bocabajo, estrujo la almohada y detecto el lado vacío de la cama. Repaso los acontecimientos de ayer, aislándolos como una foto nueva por editar. El alivio de haber podido por fin estrechar a Aimee en mis brazos tras encontrarla en casa de Nadia añade luz a mis recuerdos, pero ese alivio palidece al recordar por qué terminó yendo allí. James la engañó, hurgando en ese pasado que tanto le ha costado superar. Al menos nuestra noche juntos terminó en el punto máximo del espectro de color. Estuvo llena de emociones fuertes y de diversión.

Me encanta divertirme con Aimee. Hacemos buen equipo. También en la cama.

Mi cuerpo se estremece. Con un gruñido, me vuelvo bocarriba, tentado de llevármela de nuevo a la cama, pero su comentario de anoche empaña mi excitación matinal.

«¿Crees que nos casamos demasiado pronto?».

Nunca me había preguntado algo así, ni a mí se me había pasado por la cabeza.

¿Qué haría ella si creyera que nos casamos muy pronto? Una sensación de angustia me retuerce el abdomen. Me dejaría, eso es lo que haría.

«No, no lo haría». Mi vocecilla interior me da una colleja.

Me froto la cara y gruño en el hueco de mis manos. «Maldito seas, James, por meterle esa idea en la cabeza».

Salgo de la cama, me pongo unos pantalones cortos de deporte y una camiseta holgada y voy al baño a hacer pis. Me lavo las manos, me las seco pasándomelas por el pelo revuelto y me lavo los dientes mientras me miro bien la cara en el espejo.

Prioridad número uno para hoy: afeitarme.

Me enjuago la boca y voy a buscar a Aimee. En vez de a ella, me encuentro una nota adhesiva.

> Me ha llamado Maggie. Emergencia familiar. Aimee XO

Maggie lleva la cocina del restaurante, también Darrell, que está de vacaciones. Aimee no sabía que iba a tener que abrir el café hoy, pero ahora está sola en el local en lugar de pasar la mañana conmigo viendo las fotos de la rapa y hablando de su encuentro con James. La charla breve que tuvimos en el coche no fue suficiente. Quiero conocer la letra pequeña, no la versión reducida.

Miro por la ventana para confirmar que se ha llevado mi Explorer. Si tuviera coche, iría a echarle una mano. La furgoneta de Aimee sigue en casa de Nadia. Tomo nota mental de pedirle a Catherine que nos deje a Caty y a mí en el café cuando traiga a la niña de la guardería. Para entonces, Aimee estará agotada.

Paso el pulgar por los besos y abrazos de su nota, preocupado por ella. Entre sustituir a Maggie, ir a los bancos a pedir un préstamo, buscar un local para los nuevos restaurantes y supervisar el actual, ya tiene bastante lío hoy. Se ha estado esforzando demasiado y espero que no se resienta de todo ello. Algo habrá que hacer. Pero ¿qué?

Sí, va siendo hora de que se tome unas vacaciones. Tengo que apartarla de James y del recuerdo de lo de Phil.

Como no puedo ir al gimnasio porque no tengo coche, me ato las Adidas y salgo a correr rápido por la acera. Ya haré luego mi entreno de siempre.

Cuarenta minutos después, vuelvo a casa sudoroso y lleno de energía. Me pongo un café y me hago una tortilla francesa que devoro en un momento. Después de dejar en el fregadero mis platos sucios con la taza usada de Aimee, me doy una ducha, me afeito, me aseo y listo. Satisfecho de pensar que a Aimee le va a gustar lo cortita que me he dejado la barba, me visto y me voy a mi despacho, la habitación extra con puerta corredera al jardín. Hace un día estupendo, soleado ya, a pesar de lo temprano que es, y me ilusiona dejar reservado el viaje a España y hechas nuestras maletas.

Meneo el ratón para sacar el ordenador del modo de reposo. Cobra vida y se iluminan dos monitores de treinta y dos pulgadas. Con estas pantallas grandes, dispongo de espacio suficiente para trabajar en múltiples imágenes. De momento, en cambio, abro el correo electrónico y, como me aseguró mi editor, veo que ha llegado el contrato de *National Geographic.*

Sonrío. Está ocurriendo. Está ocurriendo de verdad.

Entrelazo los dedos y, sacando las palmas hacia fuera, estiro los brazos hasta que me chascan los nudillos. Me froto las manos, meneo los dedos y estoy a punto de abrir el correo cuando me suena el teléfono.

—Ian Collins —respondo.

—Al Foster. Espero no estar llamando demasiado temprano.

Echo un vistazo al relojito de la esquina inferior de la pantalla: las 7.48.

—No, no hay problema. Estoy levantado y trabajando. ¿En qué puedo ayudarte?

—Mi asistente, Tess, te habrá mandado ya el contrato…

—Lo tengo.

Abro con un clic el correo DocuSign.

—Genial. Solo quería asegurarme. Fírmalo y lo firmaré yo también. ¿Cuándo coges el vuelo?

Aún no he podido mirar el parte meteorológico.

—La semana que viene —le digo, sin concretar—. El miércoles o el jueves, seguramente.

—Perfecto. Hay una casa rural cerca de Sabucedo, La Casa de Campo, en la que se alojó uno de nuestros fotógrafos para otro encargo. Ahora le digo a Tess que te mande los datos para que puedas hacer la reserva. En el contrato se detalla tu presupuesto para gastos. Guarda los recibos y te haremos el reembolso.

—Suena bien. ¿Ya me habéis asignado un redactor?

Quiero investigarlo antes de irme, para tener una idea de su estilo y de su planteamiento.

—Estamos en ello. He hablado esta mañana con la editora de reportajes. Ha reducido la selección a dos. Supongo que todo dependerá de su disponibilidad. En cuanto lo sepa, te mando un correo. En cualquier caso, lo conocerás allí.

Hablamos unos minutos más y, después de leer el contrato, satisfecho con las condiciones, firmo el documento y lo envío. Durante la media hora siguiente, miro el tiempo y me desanimo. No va a ser muy bueno en las próximas semanas. Mucha lluvia. Luego reservo en la casa rural que me ha recomendado Al, alquilo un coche y compro los billetes de avión para Aimee y para mí. Sí, doy por supuesto que va a venir conmigo, porque necesita unas vacaciones. Además, James está en la ciudad.

Pulso con ganas la tecla INTRO para confirmar la reserva.

Paso otra hora leyendo y contestando correos atrasados, luego abro la app Sonos y pongo algo de música. Nathaniel Rateliff inunda la casa y yo me pongo a trabajar, retocando las imágenes de una breve excursión que hice al parque nacional de los Arcos, en Moab, Utah.

—¡Papi!

Caty me da una palmada en los hombros y doy un respingo que me levanta medio metro de la silla.

—Jooopeta.

Me tapo la boca con la mano, ahogando la voz. Miro enseguida la hora. ¿Dónde se me ha ido el tiempo? Son más de las doce.

Agarro a Caty por la cintura y me la subo al regazo. Le hago pedorretas en la mejilla. Se retuerce entre risitas.

—Te he asustado, ¿a que sí? —dice sin aliento.

—¡Ya te digo!

Mi corazón loco se derrumba como un corredor agotado y vuelve despacio a mi pecho.

Me mira ceñuda.

—Casi has dicho una palabrota.

—No se lo digas a mami —le pido, llevándome un dedo a los labios.

—Prometido —dice, imitando mi gesto. Enlazamos los meñiques porque así es como sellamos nuestros «pactos secretos». La cara que pone (los labios apenas curvados, los ojos brillantes como papel fotográfico…) me golpea con la fuerza de un cohete de SpaceX y me sacude entero como una onda expansiva. Se la vi a mi madre una o dos veces, cuando yo aún pensaba que significaba algo para ella—. Te he echado de menos, papi —me susurra como si fuera un gran secreto.

—Yo… —Intento deshacer el nudo de la garganta—. Yo también te he echado de menos.

Caty se escurre de mi regazo y se acerca a la puerta. Bosteza, estirando los bracitos por encima de la cabeza.

—Tengo hambre.

—¿Y bostezas de hambre? Yo pensaba que eso se hace cuando estás cansado.

—Noooooo, bobo. —Ríe.

Le guiño un ojo.

—Vamos a comer. —Me levanto, agarrotado, de la silla. Llevo horas sin moverme—. Luego, una siesta.

—¿Podemos jugar a las princesas primero? ¿Por favor? —pregunta, juntando las manitas a modo de súplica y batiendo las pestañas.

—Claro, Catiuska. Pero esta vez me pido Rapunzel.

—Hecho —dice, contenta, y sale corriendo de la habitación.

Sonrío para mí, meneo la cabeza y salgo detrás. Solo por ella me pongo peluca y tutú.

En la cocina, me encuentro a Catherine deshaciendo la mochila de Caty. Charlamos un poco del día de la niña en la guardería hasta que me dice que se va porque tiene hora en la peluquería.

La acompaño a la puerta.

—¿Te importa acercarnos a Caty y a mí al café cuando termines? Aimee se ha llevado mi coche esta mañana. El suyo se quedó en casa de Nadia.

Lo mínimo que puedo hacer es ayudar a Aimee a cerrar esta tarde, pero ahora mismo Caty necesita una siesta. Mi suegra se frota entonces los ojos. Parece que Aimee y yo no somos los únicos que no han dormido mucho. Se ve que alguien dejó que Caty se acostara más tarde que de costumbre y la abuela tiene todas las papeletas para ser ese alguien.

Catherine mira la hora en el reloj de plata que lleva en su fina muñeca.

—Para las dos y media habré terminado.

Dentro de dos horas, tiempo de sobra para que comamos y Caty duerma.

—Me cuadra. Gracias.

Se va y yo preparo unos sándwiches de mantequilla de cacahuete con mermelada y después jugamos a las princesas. Vestido con un tutú azul claro encima de los vaqueros desteñidos y una peluca de larga melena rubia más enredada que lisa, le comunico desde lo alto de la mesita de centro a Caty, arrodillada en el suelo, que no me voy a soltar la melena. En ese preciso instante, suena el timbre de la puerta.

—Voy yo —digo con mi vocecita de princesa. Bajo de la mesa de un salto y me dirijo con elegancia al vestíbulo—. Hooola —canturreo mientras abro la puerta de la calle. El saludo se me muere en la garganta.

En el porche está James, que, al verme, se queda boquiabierto y sonríe sin querer, mirando un segundo a otro lado para disimular.

—Tú —digo.

Debería haber supuesto que en algún momento James haría acto de presencia, en el café o en la galería de Wendy, pero no lo esperaba aquí, en mi casa, mientras juego con mi hija. Claro que James es un Donato y de ellos siempre hay que esperar lo inesperado.

Levanta una mano.

—Perdona, es que... —Menea despacio la cabeza—. Había imaginado varios escenarios, pero ninguno era este. No me lo esperaba. —¿Que él no se lo esperaba? ¿En serio?—. Bonito disfraz —observa.

Frunzo el ceño. Su sonrisa se desvanece.

Menuda cara tiene, llamando a mi puerta.

Habría preferido un terreno neutral, como un cuadrilátero de boxeo en el gimnasio. Le habría causado una impresión mayor, más duradera. Preferiblemente en forma de puñetazo, en vez del recuerdo que le va a quedar de mí vestido con un tutú.

Me tiende la mano.

—Soy Jam…

—Sé quién eres —le interrumpo.

Me quito la peluca de la cabeza, me rasco el cuero cabelludo y me repeino.

—Pues muy bien.

Al ver que no voy a estrecharle la mano, se la mete en el bolsillo. ¿Qué esperaba? Trató fatal a Aimee el último año que estuvieron juntos y ahora viene a recordarle la agresión de Phil y su propio comportamiento de mierda. El muy capullo ni siquiera fue capaz de quitar el cuadro del prado que tenían en el salón, el mismo prado donde ocurrió todo. ¿Quién hace algo así?

«¡Cabronazo!».

James hizo llorar a Aimee ayer. Es la razón por la que hemos estado mal todo el verano, en tenguerengue, intentando encontrarnos de nuevo. Aún no conozco todos los detalles de lo que ocurrió ayer y ahora que Aimee está ocupada con el trabajo me pregunto cuándo los conoceré.

—¿Quién ha venido, papi? —Caty abre del todo la puerta y se asoma. Mira a James y sonríe—. Hola, soy Sarah Catherine, pero me puedes llamar Caty, como todos.

James parpadea y da un paso atrás. No es un paso entero, solo una reacción que evidencia que mi miniAimee lo ha impactado. Caty tiene la sonrisa de su madre y el mismo pelo salvaje, aunque Aimee ahora lo lleve por los hombros y se lo alise.

—Hola —dice James, tragando saliva con fuerza—. Hola, Caty. Encantado de conocerte. Yo soy James, un… —Se interrumpe, me mira de reojo, casi desafiándome a que me oponga a lo que está a punto de decir. Se vuelve de nuevo hacia la niña—. Un amigo de tu mamá.

Pongo mala cara. ¿Qué ha sido de lo de «no hablar con desconocidos»? Me quito furioso el tutú y se lo estampo a Caty en el regazo, metiéndola en casa a la fuerza.

—Ve a prepararte para la siesta.

Caty se aferra al disfraz de princesa.

—No quiero dormir la siesta —gimotea.

—Pues elige un libro, entonces. —Me da igual lo que haga mientras se meta en casa. Le doy una palmadita en la cabeza y la hago girar hacia dentro—. Yo voy enseguida.

La niña hace un puchero, pero obedece.

Con los ojos entornados, estudio a James. Ya no lleva el pelo largo de surfista. Sigue estando moreno y, aunque viste un polo y unos bermudas, su atuendo queda muy lejos de aquel bañador de surf y la vieja camiseta del campeonato que llevaba cuando lo conocí en la playa y cuando volví a encontrármelo un par de días después a la entrada del chiringuito Casa del Sol, en Puerto Escondido. A pesar de la cirugía plástica facial, ahora parece un Donato, y su pose y su forma de vestir son más similares a las de su hermano Thomas.

James se frota el antebrazo, luego deja caer el brazo a un lado, incomodado por mi escrutinio.

—Déjame que empiece por decirte que siento…

—¿Haber besado a mi mujer? —lo interrumpo.

Aprieta la mandíbula.

—Haber venido aquí —dice, señalando la casa—. Sabía que Aimee no estaría y la última vez que ella nos vio juntos, cuando yo aún era Carlos… —Se lleva las manos a la cadera—. Entiendo que fue un poco violento.

Uy, sí, la comida de los domingos en casa de los Tierney con dos invitados sorpresa: Carlos y Natalya. Me encantó. ¡No! Me cruzo de brazos.

—Sigue.

—¿Puedo pasar? —pregunta, mirando a mi espalda.

—No.

Salgo al porche y cierro la puerta.

—Muy bien. —Asiente y retrocede un paso—. ¿Cómo está hoy?

—¿Aimee? Estupendamente —respondo cortante, aunque en el fondo no lo sé. Tendría que haberla llamado esta mañana—. ¿A qué has venido? —pregunto, porque no quiero hablar de mi mujer.

—Llámame curioso, pero quería conocerte —dice, levantando un hombro con desenfado.

—Querías saber si soy digno de Aimee. —Frunce los labios, pero al final asiente. El tío tiene pelotas—. ¿Has venido para quedarte?

Niega con la cabeza.

—Mis hijos y yo estamos en Hawái. Ahora vivimos allí. —Menos mal—. Te voy a ser sincero —dice, agarrándose las piernas—. Quedé con Aimee ayer para disculparme por algunas de las cosas que pasaron cuando aún estábamos juntos. No quería que pensaras que hay algo entre nosotros.

—¿Y por qué iba a pensar eso?

Esboza una sonrisa.

—Yo en tu lugar lo pensaría.

Cierto, lo reconozco.

Me rasco distraído la mejilla.

—Aimee ya me dijo que te había perdonado la última vez que la viste. ¿Qué tiene de distinto esta vez?

—Cuando nos vimos entonces, nos… —James hace una pausa, como si meditara las palabras—. Nos dejamos muchas cosas por decir.

Porque él le metió la lengua hasta la campanilla.

Me dan ganas de estrangularlo, pero respeto su necesidad de pasar página. Aimee pretendía lo mismo cuando fue a buscarlo a México. Aun así…

—¡Besaste a mi mujer!

No me lo quito de la cabeza.

James se ruboriza.

—A riesgo de que me sueltes un puñetazo —me dice, señalando mi puño apretado—, tengo que decir que Aimee y yo siempre vamos a tener un pasado. Eso no puede cambiarlo nadie. Pero ella está enamorada de ti. Y yo..., bueno, yo también tengo a alguien.

—¿A Natalya?

Sonríe de oreja a oreja. Aimee tiene razón: está enamorado.

—Pero no he venido por eso —dice, llevándose la mano al bolsillo—. El mes pasado vino a buscarme a la playa una mujer y me dio esto. —Me enseña una tarjeta de visita y siento un escalofrío en el pecho que se propaga y me eriza el vello de los brazos y de la nuca—. Reconocí su nombre por los diarios que escribía cuando era Carlos. Me dijo que alguien a quien yo conocía la estaba buscando, así que investigué un poco. Creo que se refería a ti.

Miro fijamente la tarjeta que James sostiene con dos dedos, en absoluto sorprendido de ver impreso en ella, en negrita: **Lacy Saunders, Asesora e investigadora psíquica**, «especialista» en desaparecidos y en «encontrar las respuestas que buscas», como dice bien claro debajo de su nombre. Lacy, que recuerdo que me dijo que se llamaba Laney, me encontró en una cuneta cuando desaparecí a los nueve años. También condujo a Aimee a México para que encontrase a James, lo que me llevó a pensar que quizá podría hacer lo mismo por mí y ayudarme a encontrar a mi madre.

Pero Sarah Collins no había desaparecido. Se había marchado.

Cojo la tarjeta con el número de teléfono de Nuevo México y sin quererlo me traslado a la cuneta donde un ángel etéreo encontró a mi yo de nueve años, sucio y muerto de hambre.

—Qué casualidad —dice James, señalando la tarjeta con la cabeza— que precisamente ella estuviera en la misma playa que yo a la misma hora, como si supiera que iba a encontrarme allí, pero eso es imposible, ¿verdad?

Imposible, no; improbable, sí.

Pero ¿quién soy yo para cuestionar a la diosa Fortuna? No le cuesta nada ser una zorra cuando quiere. Todo el mundo termina en alguna parte y con alguien, con suerte en mejores circunstancias.

James sale del porche y me saca de mi ensimismamiento.

—Confío en que encuentres lo que buscas, Ian.

Se despide de mí haciéndome un gesto breve con dos dedos, luego da media vuelta y se marcha. Supongo que vuelve a su coche de alquiler y después a Hawái.

Capítulo 6

Ian, a los nueve años

—¿Y esta camisa? —le preguntó su madre.

Ian arrugó el gesto al ver el polo azul marino. De pijo. Ni hablar. Llevaba media hora de compras con su madre, buscando ropa para el colegio, veintinueve minutos más de lo que le apetecía estar en aquella tienda solidaria del centro. Por el gran escaparate, miró con anhelo hacia Main Street. Tres niños a los que conocía del colegio pasaron por delante, dos pedaleando en sus bicis y uno en monopatín, que saltó de pronto a la calzada. Los sábados eran para camelarse con palomitas a alguna chica en la sesión matinal o para hacer equilibrios en las piedras resbaladizas del río con su mejor amigo, Marshall, a ver quién empapaba a quién primero.

Pasar el día de compras con su madre no era su idea de un sábado divertido y menos teniendo en cuenta lo mucho que cambiaba de Sarah a Jackie últimamente.

La noche anterior había coqueteado con Doug, el cajero del súper. Aquel era un pueblo pequeño. Todos se conocían y Doug sabía que la madre de Ian estaba casada. También sabía, como mucha gente del pueblo, que no andaba del todo bien de la cabeza. Pero eso no le impidió a ella preguntarle a Doug si le gustaba su nueva blusa, si le quedaba mejor abotonada o sin abotonar, metida por la cinturilla de la falda o sin meter, ni hacerle una demostración después. Doug no era el único al que incomodaban sus preguntas mientras le guardaba la compra. Ian estaba muerto de vergüenza y, colorado como un tomate, rezaba para que el cajero se diera prisa y pudieran salir allí antes de que alguno de sus amigos viera a su madre portarse como una adolescente ligona. No quería que ella lo abochornara también en la tienda de ropa y rogaba en silencio para que no apareciera de pronto alguno de sus colegas.

—¿Qué tiene de malo este cuello? —dijo ella, admirándolo. Ian lo toqueteó. Ella chascó la lengua—. Está de moda: lo llevan todos los actores de Hollywood.

Su madre leía de cabo a rabo las «revistuchas», como las llamaba su padre.

—No me gusta.

—No nos vamos hasta que encuentres algo.

Ian protestó y se acercó a un perchero de camisetas con dibujo. Fue pasando las camisetas y se detuvo en una negra con un dibujo de una cámara y una estrella amarilla que representaba la luz del *flash*. La camiseta era fea. No se la habría puesto ni muerto, como tampoco el polo que su madre quería comprarle, pero le recordó una idea que había tenido cuando volvían del súper en el coche la noche anterior.

Se la enseñó a su madre.

—¿Y si te hiciera fotos?

Su madre devolvió el polo a su percha.

—¿A mí? ¿Para qué?

—¿Recuerdas cuando anoche me preguntaste por qué estaba triste?

—Toma esta —le dijo ella, pasándole una camiseta verde.

—Mamá —protestó—, estabas haciendo cosas raras en la tienda de comestibles y no me creías.

—Y sigo sin creerte.

Nunca se lo creía cuando se lo contaba. Le había enseñado las botellas vacías de vodka y ella lo había acusado de vaciarlas. Y después lo había castigado. Como no recordaba habérselas bebido, para ella aquello no había ocurrido.

—¿Recuerdas haber pagado la compra? —Ella dejó la mano suspendida sobre el perchero—. ¿Y haberte desabrochado la blusa delante de Doug? —Se puso colorado solo de pensarlo.

Su madre hizo un aspaviento.

—Ian Collins, ojo con lo que dices. Yo jamás haría algo así.

—Pero yo te vi. Y Doug también. —Masculló lo último.

Su madre empujó con fuerza un montón de camisetas.

—Recuerdo haber hecho la compra y haber vuelto a casa en coche. Pero no el rato que estuvimos en la cola de caja.

—¿Y si te hago fotos cuando haces cosas raras? Ya sabes, esas veces que nos dices a papá y a mí que te llamemos Jackie.

Su madre interrumpió la búsqueda de la camiseta. Se quitó de la boca unos pelos que se le habían pegado a la comisura de los labios y miró al suelo y a otro lado. Ian vio que le temblaba el cuello y supo que le había tocado la fibra sensible. A su madre no le gustaba que se dijera aquel nombre en voz alta. Ian recordaba habérselo oído a ella por primera vez cuando tenía cinco años, pero Jackie ya vivía en ella antes de que él naciera. Su padre siempre le suplicaba que parase, pero ¿cómo iba a hacerlo si no recordaba esas horas, o días, en que se empeñaba en ser otra?

—No sé si es buena idea, Ian —dijo ella, manoseando una percha.

—A lo mejor con las fotografías papá y tú veríais por qué Jackie siempre necesita dinero. Siempre anda buscando tu cartera y yo sé que la escondes nada más llegar a casa. Puedo averiguar por qué la necesita.

Su madre lo atravesó con la mirada, por encima del perchero.

—¿Cómo sabes eso?

—Os he oído hablar a papá y a ti.

—No deberías espiarnos.

—Lo sé, lo siento. Pero puedo enseñarte lo que hace Jackie y adónde va. ¿No quieres saber qué pasa?

—Ian...

—Puedo seguir a Jackie y hacerle fotos.

—Es demasiado peligroso.

Ian puso cara de valiente. Se irguió.

—Jackie nunca me ha hecho daño. Es mala y yo me estoy haciendo más fuerte. —Y más grande. Pronto cumpliría diez años.

—No.

—Pero tú siempre me preguntas qué ha pasado, aunque luego me digas que no me crees.

Su madre le arrebató la camiseta con dibujo y la tiró encima del perchero.

—Te he dicho que no. —Lo agarró de la muñeca—. Ya hemos terminado aquí.

Ian se zafó de ella. Bastante tenía con que se enfadara con él en público; no le iba a permitir que lo sacara a rastras de la tienda como si fuera un crío en plena rabieta. Salió detrás de ella, refunfuñando.

—Tendré cuidado —insistió cuando llegaron al coche, porque no estaba dispuesto a rendirse.

Quizá ella no se diera cuenta, pero lo necesitaba. En temporada de béisbol, su padre andaba de gira con los Padres. Sus prolongadas ausencias la irritaban y angustiaban.

—No vas a hacer semejante cosa —le dijo su madre cuando Ian se hundió en el asiento trasero del Pontiac.

—Pero quiero ayudar.

—Así no. Nada de fotos, Ian. Se acabó la discusión. —Arrancó el coche—. Tu padre llega a casa dentro de unas horas y tengo que empezar a hacer la cena. No quiero andar preocupada porque tú te empeñes en ir por ahí al galope, haciéndote el superhéroe.

—Yo no galopo.

Ian hizo un puchero. Cogió su cámara del suelo y empezó a soltar y encajar la tapa del objetivo. Clic, clac.

Tampoco se estaba haciendo el superhéroe. Pero sí veía a Jackie como una villana.

—Para ya con ese ruidito. Es molesto.

Ian frunció el ceño. Volvió a quitar y poner la tapa, más deprisa. Clic, clac. Clic, clac.

Su madre frenó de golpe y él se dio en la frente con el asiento del copiloto.

—¡Vale ya!

Ian se frotó la cabeza. Sus padres apenas se veían durante la temporada de béisbol. Seguro que su padre se preguntaba qué hacía su madre cuando se convertía en Jackie.

—Se lo voy a preguntar a papá. A lo mejor él quiere ver las fotos.

—Me importa una mierda lo que le preguntes.

A Ian se le erizó el vello de la nuca. Se le puso la carne de gallina como si un montón de hormigas le cruzara los hombros y le bajara por los brazos.

Su madre pisó a fondo el acelerador. El coche salió disparado de frente en lugar de girar hacia casa. Ian vio desaparecer de su vista el desvío que debían tomar. Volvió la cabeza y estaba a punto de decirle a su madre que se había pasado la salida cuando vio que no era su madre la que conducía, ya no. Lo supo por la pose, por la determinación con que apretaba la mandíbula y por la forma en que agarraba el volante. Todo distinto.

El sudor le empapaba las palmas de las manos. De pronto, la idea de documentar el comportamiento de Jackie le pareció estúpida.

—¿Adónde vamos? —se atrevió a preguntar.

Jackie no contestó. Abrió la guantera y hurgó entre manómetros de bolsillo, servilletas de papel y gafas de sol viejas hasta que encontró un coletero. Sujetando el volante con la rodilla, se hizo una coleta alta y bajó las ventanillas. Un aire acre que apestaba a fertilizante inundó el habitáculo como el humo de las cenas quemadas de su madre. Suspendido bajo el techo del vehículo, impregnaba hasta el último rincón.

—¿Mamá? —preguntó Ian, sin atreverse a llamarla Jackie. A lo mejor si seguía llamándola «mamá», volvía en sí—. ¿Mamá? Mamá…, mamá…, ¡mamá!

—Mamá. Mamá. Mamá. ¡Maaamiii! Deja de llamarme así. No soy tu madre. Soy Jackie. Dilo. —Ian mantuvo la boca bien cerrada y negó con la cabeza—. ¡Dilo! —le ordenó ella.

Negó más rotundamente con la cabeza y su madre pisó bruscamente el freno. A él le dio un latigazo en el cuello.

—¡Ay!

Ella aceleró de nuevo y volvió a frenar.

—¡Que lo digas! —Ian se masajeó la nuca y la miró ceñudo—. Voy a seguir haciendo esto.

Le dolían el cuello y la frente.

—Jackie —susurró.

—¿Qué? No te he oído.

—Jackie.

«Zorra», se dijo él, y luego se sintió fatal por haberlo pensado siquiera.

—Mucho mejor. —Sonrió. No era la sonrisa de su madre.

Jackie aceleró. El coche enfiló la carretera de dos carriles, alejándolos aún más del pueblo.

Ian inspiró hondo y, despacio y con sigilo, destapó el objetivo. Se armó de valor y levantó la cámara. Enfocó a Jackie y disparó una foto. Saltó el *flash*.

Jackie volvió la cabeza y le lanzó una mirada asesina.

Él hizo otra foto, capturando su gesto torcido, su piel enrojecida, de la rabia y del aire. Ella le dio un manotazo.

Ian volvió a apretar el obturador. El *flash* saltó de nuevo.

Jackie frenó y viró bruscamente hacia el arcén. Él se bamboleó en el asiento de atrás. Furiosa, puso el coche en punto muerto y vació el bolso de Sarah en el asiento del copiloto. Abrió la cartera y maldijo.

—¡Aquí casi no hay dinero! —Se metió en el bolsillo un billete de cinco y le enseñó a Ian la tarjeta de débito—. ¿Has conseguido el pin? —Él negó con la cabeza—. Me prometiste que conseguirías el pin.

También se había prometido a sí mismo que protegería a su madre cuando su padre no pudiera hacerlo y no tenía intención de incumplir esa promesa.

—No me lo ha querido decir. —Porque no se lo había preguntado.

—Pues claro que no te lo va a decir, idiota. —Le dio un bofetón en el oído. Ian puso cara de dolor—. Tienes que mirar cuando saca dinero del cajero y memorizar los números.

—Me haces esperar en el coche.

Enseguida cayó en la cuenta de su desliz.

—Yo no, Sarah. ¡Yo no soy Sarah! —chilló ella—. Sarah es débil. No tiene agallas. Por eso lo tengo que hacer yo todo por ella.

—¿Qué tienes que hacer por ella?

Jackie lo miró furibunda. Él se irguió. Debía demostrarle que no podía intimidarlo aunque temblara en sus Vans desgastadas.

Ella puso cara de asco, luego volvió a meter las cosas en el bolso de su madre.

—Sin pin no hay transporte. Baja del coche.

—¿Qué?

Ian exploró la zona. Estaban en medio de la nada. Campo abierto por todas partes.

Jackie se inclinó sobre el asiento y levantó el seguro de la puerta de Ian.

—¡Que te bajes de una puta vez!

El tono de su voz lo mantuvo pegado al vinilo del asiento. No se movía. No podía moverse y le temblaban muchísimo las piernas.

Ella agarró un bolígrafo y se pinchó tan fuerte en el cuello que parecía que la punta fuera a perforarle la piel.

—O te bajas o me lo clavo. No volverás a ver a tu mamá.

—No serás capaz —se atrevió a decir él.

—No me provoques —replicó ella, y apretó más fuerte y se hizo un poco de sangre. La creencia de Ian de que Jackie nunca le haría daño, y menos aún se haría daño a sí misma, salió volando por la ventanilla con una ráfaga de aire. Bajó a trompicones del Pontiac—. ¡Cierra la condenada puerta! —le gritó Jackie al ver que se quedaba allí plantado. Él cerró de un portazo—. Ve a casa andando, pringado —le chilló por la ventanilla abierta del copiloto—. No hagas autoestop y procura que no te vea nadie porque, si no, me aseguraré de que no vuelvas a ver a tu mamá.

El Pontiac se alejó a toda velocidad, con el motor gruñendo y las ruedas escupiendo gravilla y tierra.

Cuando lo perdió de vista, se echó a llorar desconsoladamente. No solo se había dejado la cámara en el asiento de atrás, sino que además no sabía volver a casa.

Durante cinco días, Ian siguió la carretera en la dirección que creía lo llevaría a su casa, pegado al borde de los maizales y las granjas lecheras, bebiendo de los arroyos y comiendo maíz medio maduro, aun a riesgo de que lo vieran. Cada vez que se acercaba un coche, se escondía detrás de un árbol o entre cañas que apenas lo tapaban. Quería volver a ver a su madre, así que obedeció las órdenes de Jackie. Dormía por el día y caminaba por la noche para pasar inadvertido. Pero después de la tercera noche vagando solo, cayó en la cuenta de que había girado por donde no era en algún momento.

Se había perdido.

No sabía si llegaría a encontrar su casa. Echaba de menos a su madre. Su padre estaría preocupado. ¿Lo andarían buscando?

Al quinto día, Ian se quedó medio traspuesto al borde de la pared inclinada de una acequia, a la sombra de un árbol grande, y despertó cuando algo suave le acarició la cabeza. Abrió los ojos de golpe y vio la imagen borrosa de una mujer arrodillada a su lado.

Se incorporó enseguida, reculó nervioso y pegó la espalda a la corteza de un árbol. El corazón le latía con violencia. No debía verlo nadie. Jackie se enteraría y le arrebataría a su madre. Intentó ponerse de pie, salir corriendo, pero la mujer lo agarró por los hombros y, con delicadeza, lo instó a que se sentara. Débil y agotado, volvió a desplomarse en el suelo.

—Hola, Ian —le dijo la mujer, sonriente.

Entornó los ojos para que no lo deslumbrara el sol y la miró parpadeando. A la luz del atardecer, el pelo fino y rubio de la mujer formaba una especie de halo alrededor de su cabeza. Contempló hipnotizado el extraño azul de sus ojos. Debía de estar soñando.

Oyó cerrarse de golpe la puerta de un coche y se agarrotó. Intentó recular de nuevo, pero la mujer aún lo tenía sujeto por los hombros.

—No pasa nada —lo tranquilizó su voz. La mujer sonrió aún más, luego miró por encima de su hombro—. Está aquí, Stu.

—«¡Papá!», Ian no pudo contener el sollozo. Croó como una rana—. No tengas miedo —le dijo ella—. Tu padre te va a llevar a casa.

—¿Quién es usted? —le preguntó él con voz temblona. ¿Y de qué conocía a su padre?

—Soy una amiga. Me puedes llamar Laney.

—¿Cómo me ha encontrado?

No quería que Jackie se enterara de que no había vuelto a casa solo.

—Magia —respondió la mujer—. Y Jackie nunca lo sabrá —añadió, llevándose un dedo a los labios al tiempo que se retiraba.

—¡Ian! ¡Por Dios, hijo! —Stu se hincó de rodillas, agarró a Ian y lo estrechó con fuerza contra su pecho—. Te he estado buscando por todas partes.

—¿Y mamá? —lloró él. Empezó a temblar, no sabía si de hambre, de alivio de que lo hubieran encontrado o de miedo a que su madre no hubiera dejado de ser Jackie—. ¿Dónde está mamá?

—Es hora de irse.

Su padre lo cogió en brazos y se lo llevó a su monovolumen, acunándolo como si fuera un bebé.

Capítulo 7

Ian

Me dijo que se llamaba Laney, pero en el falso funeral de James se presentó a Aimee como Lacy. En México, Imelda Rodríguez, propietaria de Casa del Sol, el hotel en el que Aimee se había alojado, la conocía como Lucy.

Un enigma, pienso, recordando cómo Imelda se la describió a Aimee.

Veo alejarse a James en su coche, luego miro la tarjeta que llevo en la mano.

> Lacy Saunders
> Asesora e investigadora psíquica
> Asesinatos, desaparecidos y misterios sin resolver
> Le ayudo a encontrar las respuestas que busca

Cuando vi la foto que Kristen Garner había hecho en la preinauguración de Aimee's Café, enseguida relacioné a la Laney que me había encontrado a mí con la Lacy que había llevado a Aimee a México en busca de James. Aquellos ojos azul lavanda eran inconfundibles.

Me dio por pensar que Lacy podía ayudarme a encontrar a mi madre. Conseguí sonsacarle a Imelda Rodríguez lo que tenía de ella en la base de datos de Casa del Sol, pero el número de teléfono que me dio ya no estaba operativo. Tampoco me sorprendió. Lo que sí me extrañó fue el alivio que sentí, porque, si encontraba a mi madre, ¿qué le iba a decir?

¿Qué podía decirle?

De su identidad fracturada y del consiguiente declive de su vida, me considero en parte culpable. Un «lo siento» nunca será suficiente.

Me pesa la tarjeta de Lacy en la mano mientras me pregunto por qué me habrá localizado de la forma más extraña posible: a través del exprometido de mi mujer.

«¡Qué discreta, Saunders!». No creo que esa sea su forma de dejar claro que quiere que nos llevemos todos bien.

Porque eso no va a pasar. Ni hablar. En cuanto a Laney-Lacy...

La última vez que la vi fue en una carretera perdida de Idaho. Me dijo adiós con la mano, mientras la brisa vespertina agitaba su falda larga y mi padre me sentaba en el asiento del copiloto de su monovolumen. Me llevó al hospital, donde pasé los siguientes días con una vía pinchada en el brazo, reponiendo fluidos.

Al segundo día de estar allí, me despertó la voz de mi madre susurrando mi nombre. Estaba sentada al borde de la cama, inclinada sobre mí. Me apartó con cuidado el flequillo de la cara y me eché a llorar. No pude contenerme. Durante aquellas horas en las que había vagado de noche, solo y perdido, había llegado a preguntarme si volvería a verla.

—Sssh —me calmó, con los labios agrietados y la comisura de la boca hinchada y amoratada. Una lágrima le corrió por la mejilla y, cuando fue a limpiársela, le vi las costras de los nudillos. La rabia me ardió por dentro como brasas y me cerró el lagrimal. Se lo había hecho esa mujer que llevaba dentro. Jackie se lo había hecho a Sarah. Otra vez—. Lo siento, Ian. Lo siento muchísimo. No pretendía hacerte daño. ¿Me perdonas?

—No es culpa tuya.

Como la mente fracturada de mi madre, la mía adolescente distinguía a Jackie de Sarah. A mis ojos, Jackie no era mi madre, sino una persona completamente distinta. No vestían igual y se peinaban de otra forma. Sus gestos también eran diferentes.

Mi madre sollozó. Se disculpó repetidas veces, tantas que llegó a incomodarme. Yo no sabía cómo comportarme con aquella versión hundida y derrotada de ella.

—Estoy bien —dije, porque quería que se sintiera mejor, que fuera ella.

Me limpié bruscamente la cara e intenté sonreír.

—No, no es verdad. Tu padre me ha dicho que has estado días desaparecido. Yo... —Bajó la mirada a la cama. Me pasó la mano por el pecho, aplanando las arrugas de la sábana. Se le empañaron los ojos y vi cómo, al borde del párpado inferior, se formaban las lágrimas que caían después a la sábana—. Él me ha contado lo que pasó. No puedo creer que yo te haya hecho eso. Me cuesta creer que yo haya tardado tanto en volver contigo.

—¿Cuándo has vuelto a casa?

—Esta mañana.

—¿Has estado fuera todo este tiempo?

Me sorprendió. ¿Adónde había ido?

Paseó las yemas de los dedos por mi frente. No podía dejar de tocarme, como si quisiera asegurarse de que estaba sano y salvo. Me repeinó otra vez el flequillo.

—Prométeme que no volverás a seguir a Jackie.

No la había seguido. Se había transformado mientras conducía.

—Pero las fotos...

—Se acabaron las fotos —me dijo, agarrándome de los hombros.

Bajé la mirada a los tubos que tenía pinchados en el brazo. Jamás sería reportero gráfico si no lograba superar mis miedos, por amenazadora que resultara Jackie.

—Solo quiero ayudar.

—¡Por Dios, Ian! —Me abrazó de pronto—. Si Laney no hubiera ayudado a tu padre a encontrarte… —Lloró, con mi cabeza pegada al pecho.

Pero me había encontrado. Nunca supe cómo, salvo por la explicación que ella misma me dio: magia. Mi padre no quiso hablar del asunto.

Le doy la vuelta a la tarjeta. Por detrás está en blanco, pero por delante es idéntica a la que le dio a Aimee hace más de siete años. El mismo diseño, la misma tipografía, pero distinto número de teléfono.

James ha llevado encima esta tarjeta varias semanas. Eso es mucho tiempo en el mundo de Lacy.

Me doy golpecitos con la tarjeta en la mano. Andará en otra cosa, seguro que el teléfono ya no existe. De nada sirve que me haga ilusiones.

Tiro la tarjeta al cuenco de la consola, donde suelo dejar las monedas sueltas, y me digo que no es una excusa, que no estoy posponiendo otra vez lo que debería haber hecho hace quince años.

No lo puedo evitar: entro pavoneándome en Aimee's Café porque me siento como una estrella del *rock*. Me he comportado bien con James, así que ¿qué más da que me hayan dado ganas de torcerle un poco más la nariz visiblemente rota? No ha ocurrido y no voy a tener que explicarle a Aimee los cardenales de mis nudillos porque no los hay. Ni los habrá jamás: James regresa a Hawái.

Adiós, que le vaya bien.

Aimee y yo podemos olvidarnos por fin del «y si vuelve James» que ha estado cerniéndose sobre nuestro matrimonio desde... ¡uy!, desde siempre.

—Quiero un *brownie* —dice Caty, que, aún vestida de princesa, me persigue, dando brincos. Me vuelvo, muy serio—. Quiero un *brownie*, ¡por favor! —Sonríe de oreja a oreja, enseñando todos los dientes—. Y un chocolate con leche.

—Claro, Catiuska. —Me agacho y le digo al oído—. Pero no le cuentes a tu madre lo del chocolate con leche.

Un capricho, vale, pero ¿dos?

«¡Qué blando soy!».

Y Caty lo sabe. Se aprovecha de mí.

Nos llevamos el meñique a los labios como prometiendo silencio y luego los enganchamos como siempre para sellar nuestro pacto secreto.

El café no está muy lleno, a la hora de comer hay mucho más movimiento. Unos cuantos rezagados siguen aún con el postre y la nariz pegada al portátil o al móvil. Instalo a Caty en una mesa pequeña donde puedo verla desde detrás del mostrador y me acerco a la bollería para emplatar un *brownie*. El más grande de los que quedan, por supuesto. Preparo un chocolate con leche con el cacao especial de Aimee, azúcar glas y vainilla.

Trish limpia el mostrador.

—Hola, Ian.

Le sonrío.

—Hola, Trish. ¿Qué tal hoy?

—Mucho jaleo. Esta mañana hemos estado desbordadas, como siempre que andamos faltos de personal.

—La ley de Murphy.

—No falla. Pero Aimee ha mantenido la calma. —Dobla el paño de cocina—. Hacía tiempo que no la veía en la cocina. Y me parece que le ha encantado. Creo que lo echaba de menos.

—Seguro que sí. ¿Está por ahí? —digo, mirando de reojo hacia la cocina.

—Acaba de volver de hacer unos recados. Está en su despacho.

Trish se acerca al fregadero a enjuagar unas tazas.

—Gracias.

Le llevo a Caty su *brownie* y su chocolate con leche. Ha extendido las pinturas por la mesa y tiene el cuaderno abierto por una página en blanco.

—Quédate aquí, donde Trish pueda verte. Voy a hablar con tu madre.

—Vale, papi.

Le beso la coronilla y enfilo el pasillo de la trastienda que conduce al despacho de Aimee. Está sentada a su escritorio, con la cabeza apoyada en la mano, revisando una pila de documentos. Parecen contratos de arrendamiento o impresos de solicitud de préstamo, con mucho texto, por lo que veo.

Me apoyo en el marco de la puerta porque no quiero interrumpirla. Me muero de ganas de acercarme a ella y estoy a punto de meterme en ese minúsculo despacho, pero no me muevo, me limito a observar. Podría mirarla todo el día.

Cinco años casados y aún me emociono cuando la veo. Esa goma elástica de emociones que nos une no se ha roto aún. Se tensa en su ausencia y me atrae hacia ella en su presencia. Lo noté el día en que nos conocimos, en la galería de Wendy, y, por primera vez desde mi regreso a Estados Unidos después de vivir en Francia, no quise seguir viajando. Por Aimee, preferí quedarme.

Bosteza, tapándose la boca con el dorso de la mano. La veo pálida, con el pelo recogido en un moño sujeto por dos lápices.

Debe de haber detectado mi presencia, porque levanta la vista y sonríe sin apenas subir las comisuras de los labios. Las ojeras le cubren el contorno de los ojos como sombras nocturnas.

—Hola —me dice en voz baja, agotada.

—Hola —le digo yo, apartándome de la puerta. Rodeo el escritorio y me instalo en el borde. Unos mechones de pelo han escapado del cruce de los lápices y, a pesar del agotamiento que ensombrece su semblante, le dan a su rostro un aspecto enternecedor—. ¿Un día largo? —pregunto, acariciándole la mejilla con el pulgar.

Se le cierran los ojos. Apoya la cara en mi mano.

—Estoy cansada —dice, riendo por confesar lo evidente.

Levanta la barbilla y yo acepto su invitación y la beso, recreándome en sus labios. Me saben a café y a cacao y un poco a hierbabuena. Y saboreo a Aimee, deliciosa y divina.

—Te he echado de menos esta mañana. Esperaba que pudiéramos repetir lo de anoche —digo, paseando el dorso de mis dedos por la columna de su cuello.

Ronronea.

—Lo de anoche estuvo bien. Me habría encantado pasar la mañana en la cama contigo, pero el deber me llama —dice, señalando con el bolígrafo hacia la cocina y dando después unos golpecitos con él en la pila de documentos del escritorio—. Y esto corre prisa. Me he leído cinco veces el mismo párrafo de este contrato de arrendamiento. Me pongo bizca.

Se aparta del escritorio y se levanta. Se estira, con los brazos en alto y las manos enlazadas, inclinándose primero a la izquierda y después a la derecha.

Miro de reojo los documentos.

—¿Por qué local te has decidido?

—Aún no me he decidido. Estoy desbordada.

—¿Seguro que esto es lo que quieres hacer?

Aimee me mira.

—¿Ampliar el negocio? Pues claro. Ya lo hemos hablado. ¿Por qué lo preguntas?

Me encojo de hombros.

—Ya no cocinas.

Y no lo digo porque yo sea adicto a sus galletas *snickerdoodle*. Antes la apasionaba la repostería. Era una auténtica artesana.

Asoma a sus labios una sonrisa, como un beso breve.

—Me ha gustado estar en la cocina esta mañana.

—Entonces, ¿por qué no lo haces? No necesitas otro establecimiento y menos aún dos. No necesitamos más dinero.

Pero yo sí necesito a mi mujer. Lleva distraída todo el verano y apenas tiene tiempo de arropar a Caty en la cama, menos aún de pasar unos minutos con ella antes de zambullirse en sus planes. Ayer fuimos a La Foundue, pero hacía semanas que no salíamos los dos solos. Meses, mejor dicho.

—Ya es un poco tarde para cambiar de opinión —dice, señalando los contratos.

Paso rápidamente las páginas en forma de abanico.

—No veo firmas. Mira, no pretendo que cambies de opinión. Solo piénsatelo. —Me levanto y le planto las manos en los hombros—. Te estás deslomando por cumplir un plazo que te has impuesto tú misma, Aims. Tú eres quien maneja el barco. Frena un poco. No hay prisa.

Le masajeo los nudos y gime, descolgando la cabeza hacia delante.

—¡Qué maravilla!

—De eso se trata.

Inspiro su aroma. Me cruza la mente un torbellino de imágenes y en todas y cada una de ellas estamos Aimee y yo. Desnudos. En el despacho. Con la puerta cerrada y el cerrojo echado, claro.

Y con ese pensamiento…

Pierdo del todo la noción de lo que le quería decir. Algo sobre nosotros, pero sin el estrés y esa sensación constante de que tenemos una conversación pendiente. La echo de menos. Echo de menos lo nuestro.

Paseo la boca por el contorno de su cuello desnudo y le beso. Deslizo las manos por los laterales de sus costillas y las rodeo hasta los abdominales.

—¿De qué estábamos hablando?

—Ah… eh… —Aimee ladea la cabeza y me da acceso a la curva de su hombro—. Me decías que me piense bien lo de los arrendamientos y los préstamos.

—Eso es. —Sonrío en su piel—. Llevas agobiada desde junio y…

Aimee se zafa de mis manos tan rápido que noto correr el aire entre los dos. Me tambaleo. Ella cruza el despacho y se vuelve como un torbellino, desde el lado opuesto del escritorio.

—Ya estás otra vez con lo de James.

—Oye —le digo, levantando las manos—, que yo no he dicho nada de él.

—No ha hecho falta. Me rindo —dice, imitando mi gesto.

Se me tensa todo por dentro, una tensión mala.

—¿Cómo que te rindes?

—Ya te he contado lo que pasó con él, hasta el último detalle. Sabes que tenía que despedirme del hombre que es ahora, no del tío que era en México. Sí, nos besamos, y sí, me manoseó. Estaba desesperado y perdido y había pasado un infierno. ¿Cuántas veces tengo que decirte que tú eres la persona con la que he decidido pasar el resto de mi vida? ¿Qué tengo que hacer para demostrarte que es a ti a quien quiero? ¿Disculparme? Creo que ya me he disculpado bastante. Pero si necesitas que te lo vuelva a decir, lo siento. Siento muchísimo haberte hecho daño.

—No busco una disculpa.

—Entonces, ¿qué quieres de mí? —Aprieto los dientes y miro a otro lado—. ¿Qué quieres? —repite, desesperada también.

Quiero que James no vuelva a ponerse en contacto con ella y que quite sus cuadros de las paredes. Quiero que deje ese montón de contratos en la mesa y se centre en lo que le encanta, la repostería, y no en lo que piensa que tiene que lograr: conquistar el mundo de las cafeterías. Quiero ser el mejor marido posible y un padre que esté en casa. Quiero hacerlo de la hostia con el encargo de *National Geographic* para que los suscriptores de la revista recuerden mi trabajo durante años, que mis imágenes se les queden grabadas en la memoria con la misma claridad que las impresas en papel fotográfico.

Quiero muchísimas cosas, pero cuando la miro a los ojos, solo soy capaz de verbalizar una:

—Quiero encontrar a mi madre.

Capítulo 8

Ian

—¿A tu madre? —Cuando la beligerancia abandona a Aimee, su pose rígida se desinfla como una vela sin aire—. ¿En serio?

—Sí.

Ahora que lo he dicho en voz alta, me doy cuenta de que es algo que necesito hacer y que no puedo posponer más.

—¿A qué viene esto ahora?

Me encojo de hombros y me muerdo los labios por dentro. No voy a hablarle de la tarjeta de Lacy porque, si lo hago, tendré que hablarle de James y quiero que vea que no estoy obsesionado con él.

—No has vuelto a querer buscarla desde México. ¿Por qué ahora?

—He pensado mucho en ella últimamente. Caty me recuerda mucho a ella.

—Es preciosa.

—Como mi madre.

Aimee pone los ojos en blanco.

—Ya, me refería a ella. Lo sé por las fotos que me has enseñado. Caty se le parece mucho —dice, rodeando el escritorio. Me tiende la mano—. Tú también. Entonces, ¿vas a contratar a un investigador privado? ¿Uno de verdad? —bromea.

Esbozo una sonrisa. Ahora nos reímos, pero no nos hizo tanta gracia hace seis años, cuando Aimee contrató a un investigador para que buscara a James y el tipo le contó un montón de mentiras y se largó con su dinero.

—Aún no lo he pensado bien.

—¿Cuándo vas a empezar a buscar? —pregunta. No contesto enseguida, fascinado por las cicatrices minúsculas de sus dedos. Heridas de guerra de años de trabajar en la cocina de un restaurante. Le vuelvo la mano y sigo con el pulgar su línea de la vida. Gime mi nombre y aparta la mano—. Sigues pensando en irte a España, ¿verdad?

—No estoy seguro.

Cuando se me mete algo en la cabeza, como cuando tengo una idea para una expedición fotográfica, la persigo hasta el agotamiento y eso me preocupa. No podré centrarme en mi trabajo hasta que haga algún progreso con lo de mi madre.

Aimee me mira muy seria, luego coge el bolso, las llaves y el móvil.

—Vamos a por mi coche. Ya le digo a Trish que cierre ella.

Su tono me acelera el corazón, que late más rápido. La he enfadado.

—Estás enfadada.

Se detiene junto a la puerta, con la mano en el pomo.

—No. Estoy confundida.

Me cruzo de brazos.

—No te parece bien que la busque.

—Yo no he dicho eso. Apoyo tu decisión al cien por cien, incluso te voy a ayudar, pero me parece que deberíamos hablarlo esta noche —dice, señalándonos alternativamente—. Quiero entender por qué tienes que hacerlo ahora, por qué no puedes esperar a haber vuelto de España, por qué estás dispuesto a renunciar a tu sueño de trabajar con *National Geographic* para ir en busca de una mujer que te maltrató y te abandonó.

Sarah no me maltrató, al menos intencionadamente. Jackie, el monstruo que habitaba en ella, era otra historia. Aimee sabe que me pasé la infancia cuidando de mi madre más de lo que ella cuidó de mí, que tan pronto me inundaba de amor como me gritaba que me odiaba. Me acostumbré a que me leyera un cuento antes de acostarme y me tirara los libros a la cabeza por la mañana cuando no encontraba las llaves del coche que ella misma se había escondido. El caos era la norma en casa de los Collins. Yo me adapté a sus cambios de humor tan rápidamente como ella alternaba personalidades.

Lo que a los extraños les cuesta entender, como creo que le pasa a Aimee y a veces a mí mismo, es por qué sigo queriéndola. Estoy convencido de que, si mi madre no hubiera tenido una infancia tan horrible y yo no hubiera contribuido a exacerbar su enfermedad mental, aún me querría. No me habría abandonado. Si pudiera pedirle disculpas, quizá cambiaría su situación. No su enfermedad, lamentablemente. Eso no lo puedo arreglar. Pero a lo mejor podría volver a hacerme hueco en su corazón. Podría perdonarme.

Conduzco hasta el garaje de Nadia para dejar allí a Aimee y a Caty. En cuanto prometo estar de vuelta en casa a la hora de la cena y las veo subir a la furgoneta de Aimee, me voy al gimnasio. Hablaremos esta noche y tengo que pensar qué voy a contestar a la pregunta de Aimee: ¿por qué quiero buscar a mi madre ahora?

Hago mi rutina de siempre de pesas, sentadillas y *burpees*, luego corro cinco kilómetros rápidos en la cinta. Como sigo más tenso que una película dentro del carrete, me calzo unos guantes y trabajo un poco el saco. Le doy varios golpes contundentes y, cuando me dispongo a soltarle el tercero, casi le atizo a Erik en su cara sonriente. Esquiva el golpe por los pelos.

—¡Guau, ojo con esa puntería! —dice, agarrando el saco en movimiento.

—Menos mal que tienes buenos reflejos —le digo, señalándolo con una mano enguantada—. Te habrían tenido que poner la ortodoncia otra vez.

—Ni de coña —dice, pasándose la lengua por los dientes perfectos y resplandecientes.

—Avisa si viene alguien —le digo, jadeando, y me paso el antebrazo por la frente sudada.

Erik estabiliza el saco.

—Vas acelerado y parece que quieras asesinar a alguien. Dale fuerte. Yo te cubro —dice, separando las piernas.

En los diez minutos siguientes, pago con el saco los agobios de los tres últimos meses: la rapa en España; la visita de James mientras yo estaba allí y su regreso ahora; el estrés y el agotamiento de mi mujer, que lleva mucho mejor que yo la resurrección de James... Pienso en nuestra hija, cada día más mezcla de mi mujer y mi madre, y eso me recuerda la tarjeta de visita que he dejado en casa. ¿Qué papel juega Lacy en todo esto? Como es lógico, pensar en ella me lleva de nuevo a James y a la rapa y me trae a la memoria las fotos que hice y a esa persona que me pareció ver por el visor en las gradas. Entonces entiendo por qué estoy nervioso desde junio y que no tiene nada que ver con James y Aimee, al menos no de manera directa. Esa imagen algo desenfocada entre las miles de fotos que hice en la rapa me ha estado atormentando subconscientemente, alimentando con disimulo mi frustración y la decepción de mí mismo. Y lo he estado pagando con Aimee, atribuyendo mi falta de determinación a lo suyo con James.

Le doy al saco un último puñetazo castigador cuyo impacto me vibra por el brazo y me hace retroceder castañeteando los dientes. Le debo a mi vida una seria disculpa.

Con las manos enlazadas en la nuca y el pecho agitado, doy vueltas en círculo.

—¿Quién es la víctima? —pregunta Erik.

—Yo.

Suelto una carcajada ahogada y levanto el velcro del guante izquierdo.

Erik le da una palmada al saco.

—Y así es como te castigas. ¿Qué te tiene tan nervioso?

Niego. Esa es una conversación que debemos tener Aimee y yo. Tendré que arrastrarme, me temo.

Erik me hace una seña con los dedos para que suelte prenda.

—Me he pasado los últimos diez minutos rezando para no salir hoy del gimnasio con un ojo morado. Lo mínimo que puedes hacer es contarme por qué he arriesgado mi cara bonita.

Se cruza de brazos.

—¿Se puede ser más creído que tú?

—Probablemente —contesta, encogiendo un hombro.

Meneo la cabeza, me quito el guante y lo sostengo debajo del brazo.

—No voy a convertir esto en un dramón.

—Tú mismo —dice, y me sacude el polvo del hombro.

—¿De qué va esto?

—Sea lo que sea, *shake it off* —dice, imitando a Taylor Swift con un puñetazo al aire.

—Gracias por recordarme que soy mayor que tú.

—Siete años mayor.

—Disfruta de los treinta mientras duren —digo y, después de quitarme el otro guante, de golpe los tiro los dos al suelo. Saco una toalla y me seco la cara y el cuello. Ese hedor acre a sudor rancio que jamás se va de las toallas del gimnasio me quema las fosas nasales—. ¿Ya has entregado las fotos de Big Sur?

—Sí. El artículo ha salido esta mañana. Y tú te lo has perdido, está claro.

Le dedico una mirada de «Me declaro culpable» y bebo un trago de agua. El periódico que he metido en casa cuando he vuelto de correr esta mañana sigue en la encimera de la cocina, sin desdoblar ni leer.

—¿Y tú qué? —me dice Erik, dándome con los nudillos en el hombro—. *National Geographic*, ¿eh?

Siento una euforia repentina, pero la misma cae en picado de inmediato.

—Me ha llamado Al para ofrecerme un trabajo. Me manda otra vez a España.

—Genial. Tus fotos de la rapa son increíbles. Sabía que te cogerían. ¿Cuándo te vas?

—Aún no sé si me voy a ir.

Recojo del suelo los guantes y el móvil y le hago una seña a Erik para que me acompañe al vestuario.

—¿Cómo que no vas? —pregunta espantado.

—Igual tengo un conflicto. —El conflicto de «no puedo seguir posponiendo la búsqueda»—. Ya te contaré. —Debo volver a casa y llamar a Al.

—Pues más vale que sea un conflicto de vida o muerte, porque no te van a volver a dar otra oportunidad como esta.

Me entra un mensaje de Aimee y la distracción me sobresalta. Lo leo. Kristen está de parto y, como en sus dos embarazos anteriores, quiere que sus amigos vayan al hospital a apoyarla. Aimee está preocupada por mí. Me entra otro mensaje.

Ven conmigo. Podemos hablar allí mientras esperamos a que dé a luz.

Supongo que hablaremos en la cafetería del hospital. Espero que tengan pastel de humildad.

—Me tengo que ir volando —le digo a Erik—. Mi mujer me reclama.

—Está en juego mi reputación, tío. No podré recomendarte otra vez. Más vale que vayas a España.

«Estoy embarazada».

Camino del hospital, recuerdo la noticia de Aimee hace cinco años. Dos palabras que fueron como un derechazo.

Me lo susurró, con el test de embarazo en la mano.

Estaba preocupada. Los dos lo estábamos. Con la infancia que yo había tenido, no tenía claro si podría ser buen padre. ¿Sería como el mío y desaparecería cuando se complicaran las cosas en casa? ¿Quería siquiera tener hijos? Aimee y yo solo llevábamos unos meses saliendo. Aún no habíamos hablado de casarnos, ni habíamos hecho planes de futuro, pero, en cuanto me lo dijo, supe dos cosas: quería ser el padre de su criatura y pasar el resto de mi vida con ella. Haría lo que fuera por verla feliz. Incluso dejar la fotografía. Tanto la quería. Y la quiero.

Casi sin pensarlo, se vino a vivir conmigo y, a principios de junio, ya estábamos casados. Seis meses después de nuestra primera cita oficial.

Seis meses después de que dejara a James en México.

¿Le metí prisa para que nos casáramos? Medito su pregunta mientras espero en un semáforo. Llevaba locamente enamorado de ella más tiempo del que me atrevo a reconocer y que por fin ella me deseara tanto fue importantísimo para mí, porque hasta ese instante de mi vida, no había tenido otra cosa que a mí mismo y mi trabajo, al que no quiero renunciar, jamás, caigo en la cuenta mientras me ducho, ya en casa, después del gimnasio. Lo quiero todo: a mi familia, hacer las paces con mi madre y ese encargo de *National Geographic* que llevo persiguiendo desde que cogí una cámara por primera vez.

Cambio de perspectiva y reconozco que el plan que he preparado en casa, en el que he convencido a Al Foster para que acepte, es el correcto.

Entro en el aparcamiento del hospital, encuentro una plaza vacía cerca de la entrada principal (¡qué suerte la mía!) y subo a la planta de maternidad. Me encuentro a Nadia hojeando una «revistucha» en la sala de espera, que huele a desinfectante para manos y a ramos de flores. En los rincones, hay plantas de plástico. Por megafonía, piden a una tal Evelyn Wright que acuda al puesto de enfermeras.

Al verme, Nadia deja la revista y se levanta.

—Hola, Ian.

Me da un abrazo.

—Hola, ¿cómo está Kristen? —me acuerdo de preguntar mientras echo un vistazo alrededor en busca de Aimee.

—Bien. Aimee y yo hemos estado con ella hasta que ha llegado el médico hace un rato. —Mira de reojo su móvil—. El pequeño Theo llegará en cualquier momento. Nick está como loco.

Su primer chico.

—Genial. —Asiento con la cabeza, algo distraído—. ¿Dónde está Aimee? La he estado llamando para decirle que ya venía.

—No le habrá entrado la llamada. La cobertura es irregular aquí dentro. Está en el nido.

—Gracias —le digo, apretándole el brazo.

De memoria, porque aún lo recuerdo de cuando nació Caty, voy hasta Aimee. Me la encuentro plantada delante del ventanal del nido, con los brazos cruzados, agarrándose los codos con las manos. Me acerco a su lado y le paso el brazo por la cintura, apoyando la mano en la parte baja de su espalda.

—¿Te puedes creer que Caty fuera tan minúscula? —me dice, admirada.

—La cabeza le cabía en la palma de mi mano.

—Y lo bien que olía. —Inspira hondo, sumida en sus recuerdos.

—¿Qué parte? Porque el olor que yo recuerdo…

—Ian, no seas guarro. —Aimee ríe, una risa grave, y no puedo evitar sonreír. Me da un codazo en las costillas—. La cabecita, no el culete. Y la piel, ese aroma tan especial a bebé. —Suspira, melancólica—. Lo echo de menos.

—Yo también —digo, mirándola desde arriba, recordando cómo cogía a Caty mientras le daba el pecho, cómo se fue creando ese vínculo especial madre-hija delante de mis ojos.

Contempla las cunitas, alineadas como coches en venta. Ambos fuimos hijos únicos y ninguno de los dos ha hablado nunca de darle un hermanito a Caty. Hemos estado demasiado ocupados, pero detecto en Aimee ese anhelo.

—Ian —dice, volviéndose hacia mí—, ¿tú quieres…?

Le sello los labios con un dedo, frenando la pregunta que sé que me va a hacer: «¿Tú quieres tener otro bebé?». Con Aimee, tendría una docena. Pero hay algo que debo transmitirle primero: la disculpa que ahora sé que le debo y algo que debo hacer antes de pensar en traer otra criatura al mundo, solucionar mis propios problemas y dejar atrás el pasado.

Aimee me mira extrañada, como preguntándose qué pasa.

—El entreno de hoy me ha ido muy bien. Me ha despejado la cabeza y he entendido por qué he sido tan capullo contigo últimamente.

—No has sido…

—Sí, sí lo he sido —la interrumpo—. No he sido justo contigo en lo de James. No es lo tuyo con él lo que me molesta. Los dos hemos tenido otras relaciones, algunas más significativas e intensas que otras. —Meneo una ceja, como refiriéndome a su ex—. No podemos cambiar el pasado, pero sí podemos decidir cómo avanzar juntos. —La agarro por los hombros y me pongo a su altura—. Confío en ti, Aimee. Te creo cuando me dices que me quieres y que quieres pasar el resto de tu vida conmigo. Sé que James es historia y que has pasado página. Tú ya has cerrado ese capítulo de tu vida, pero yo, en cambio, con lo de mi madre… —Bajo los brazos, los dejo caer a los lados y retrocedo un paso—. Yo no.

Mira a derecha e izquierda, buscando mi rostro.

—¿Qué quieres decir, Ian? Te noto raro.

—Ha habido un cambio de planes. Me voy a España esta noche.

—¿Esta noche?

—Mi vuelo sale en unas horas. Ya tengo hechas las maletas.

—Pero ¿no querías que fuese contigo…?

—La próxima vez.

Me mira aún más extrañada. La preocupación le empaña los ojos.

—Lo que dices no tiene sentido, Ian. ¿Qué tiene que ver España con tu madre?

—Todo.

Capítulo 9

Ian, a los once años

—¿Has dormido bien? —le preguntó a Ian su madre cuando entró en la cocina. Ella estaba sentada a la mesa, bebiendo a sorbitos su té.

—Sí —bostezó Ian y, rascándose la cabeza entre el pelo alborotado, se puso un cuenco de Wheaties.

Se sentó a la mesa con su madre y se metió una cucharada en la boca. Ella lo observó mientras comía, como distraída, mirándolo sin verlo.

A Ian lo angustiaba que lo mirara así. Le daba una punzada en el pecho y empezaba a masticar más despacio bajo su escrutinio, expectante. Cuando su madre se abstraía de ese modo, él nunca sabía quién terminaría siendo. Reparó en su pelo sin peinar y en sus ojeras, en la bata mal abrochada y en cómo se mordisqueaba las uñas destrozadas.

—He oído el teléfono —dijo, paseando los cereales por el cuenco—. ¿Era papá?

—Sí —asintió ella antes de beber un sorbo de té.

Ian suspiró de alivio al ver que era su madre la que contestaba.

—¿A qué hora llegará?

—Quiere quedarse a la rueda de prensa. Vendrá mañana a mediodía.

Ian se derrumbó en el asiento. Pensaba que irían juntos a pescar al lago esa tarde, como de costumbre, y que, mientras picaban, su padre le enseñaría trucos nuevos con su cámara. Había leído un artículo sobre fotografía en *time-lapse* y quería probarla. No conocía la técnica ni tenía el equipo. Pero su padre sí. Aunque ahora que había retrasado su vuelta, no tendrían tiempo antes de que volviera a marcharse.

Lo echaba de menos.

Echaba de menos pasar tiempo con él.

Después de que Jackie abandonara a Ian en la cuneta, su padre se había quedado en casa casi un año, trabajando para el periódico local. Su madre había accedido a que la ingresaran en el hospital, donde la habían tenido «en observación», como decía su padre, y luego la habían soltado a condición de que fuera a ver a un psiquiatra. Además, al poco de que a Ian le dieran el alta, había ido a verlos una mujer que le había hecho muchas preguntas sobre la convivencia con sus padres. Había sido entonces cuando su padre había decidido estar más en casa. No quería ser un padre negligente y arriesgarse a que los servicios sociales se llevaran a su hijo.

Cuando Ian oyó a aquella mujer del traje de lana beis y el archivador grande decirle a su padre que el niño podía terminar en manos de los servicios sociales, se prometió vigilar a su madre más de cerca. Procuraría que nadie se enterara de con qué frecuencia lo dejaban solo sus padres. No quería que se lo llevaran de casa. Y durante un año la vida de los Collins fue casi normal. Su padre y él salían de aventura juntos casi todos los fines de semana. Salían a explorar después de clase, en rápidas expediciones fotográficas por la zona.

Pero su madre empezó a resistirse a la terapia y se negaba a tomarse las pastillas. Su padre se hartó de discutir con ella. Discutían hasta que su madre se echaba a llorar y su padre la estrechaba contra su cuerpo y la abrazaba sin más. Habría jurado que también su padre había llorado un par de veces.

Luego estaban las facturas médicas sin pagar. Ian oyó una vez a su padre explicarle a su madre que había muchas cosas que su seguro no cubría y que con el trabajo del periódico apenas podían pagar lo que comían. Si no empezaba a aceptar más encargos, perderían la casa. Pronto comenzaron a ver menos a su padre. Y al final su rutina volvió a ser como antes de que él se perdiera.

Ian, que ya no tenía apetito, llevó el cuenco al fregadero, rebosante de platos. Su madre a menudo dejaba que se acumularan durante el día y los lavaba después de cenar. Nunca había visto tantos juntos. La pila y la encimera estaban repletas de cazuelas y de platos. El rollo de carne picada de hacía dos noches y los espaguetis de la noche anterior se habían quedado fuera y estaban estropeándose.

Puso cara de asco al ver la leche cuajada del cuenco de cereales de la mañana anterior y se volvió a su madre. Ella estaba sentada, inmóvil, mirando por la ventana de la cocina al infinito. Una capa de polvillo de la siega de los campos empañaba el cristal. Los maizales secos se habían desbrozado para la siguiente siembra. El paisaje en pendiente se extendía hacia la elevación montañosa del horizonte.

—¿Quieres que friegue yo los cacharros? —Su madre no contestó, y eso lo preocupó. Estaba desconectada desde que su padre se había ido a principios de esa semana. Dormía la siesta todos los días y había dejado de leer. El día anterior, Ian había llegado a casa con su sobresaliente en el examen de Ciencias y, cuando se lo había enseñado, ella lo había cogido, le había soltado un simple «Qué bien, cielo» y lo había dejado a un lado sin más—. Voy a hacerlo —dijo él por lo bajo. Dudaba que lo estuviera escuchando. Despejó la pila y abrió el grifo. Veinte minutos después, con la encimera limpia y el lavavajillas cargado, repasó la agenda de su madre—. ¿Has terminado ya las camisas de la tropa de *boy scouts* del señor Hester? —La miró un segundo y la vio asentir una vez. Pasó la página—. ¿Y has empezado los disfraces de la señora Layton para… —forzó un poco la vista— para el musical *Oklahoma!*?

Traqueteó la taza de té en la mesa.

—Sí, Ian —le contestó ella con aspereza.

—Solo intento ayudar.

—Gracias, pero no es necesario —dijo ella, cubriéndose la cara con ambas manos y apoyando después en ellas la barbilla. Entonces asomó a sus labios una leve sonrisa—. ¿Qué haces hoy?

Ian miró por la ventana. El cielo estaba salpicado de nubes que eran como algodones blancos.

—Voy a salir de expedición fotográfica.

—Ah, ¿sí? —dijo ella con exagerado interés.

—¿Quieres venir conmigo?

No le sentaría mal un día al sol. Llevaba toda la semana encerrada en casa, enterrada bajo las mantas como un conejo en la maleza.

Su madre se levantó y llevó la taza al fregadero.

—Díselo a Marshall. Seguro que él va contigo.

—Nah.

Ian no quería invitar a su vecino. No quería que sus amigos fueran allí.

—¿Por qué no? Hace mucho que no os veis.

No quería arriesgarse a que su madre se transformara en la loca de Jackie delante de ellos.

Podía ir él a casa de Marshall, pero entonces no estaría pendiente de su madre. Su padre le había dicho que se quedara en casa del vecino cuando él andaba de viaje. Hasta le había pedido a la señora Killion que lo tuviera vigilado. Pero si se iba, nadie controlaría a su madre hasta que volviera su padre.

—Marshall está ocupado hoy.

Su madre lo miró extrañada.

—¿Va todo bien entre vosotros?

—Sí, estupendamente. Es que no quiero que venga aquí, nada más.

—Ah —dijo ella, y se miró las manos y cruzó los brazos para esconder sus uñas descuidadas.

—No pretendía... Lo que he querido decir... —Ian se frotó la mata de pelo, mirándose los pies descalzos—. Es que quiero que vengas tú conmigo —dijo con un hilo de voz.

Notó que su madre lo escudriñaba, así que levantó la cabeza.

Ella sonrió.

—Muy bien. Voy contigo.

Quince minutos después estaban vestidos e iban camino del estanque de patos que había cerca del límite occidental de la finca. El aire olía a tierra fertilizada y a hierba seca. Un ratón de campo pasó correteando por su lado.

Ian se detuvo y le hizo una seña a su madre para que guardara silencio.

—Va a volver —dijo, tirándose al suelo, y apoyado en los codos con la cámara pegada a la cara, esperó.

Su madre se tiró despacio a su lado. A los pocos segundos, el ratón gris parduzco salió de debajo de un seto, pasó a toda velocidad por delante de ellos y desapareció de nuevo entre la hierba alta. Las briznas vibraron al sol, revelando su recorrido. Lo vieron dar vueltas en círculo hasta que pasó de nuevo como una bala por delante, con briznas de hierba y ramitas como agujas en la boca, para regresar enseguida a su escondite.

—¿Qué hace? —le susurró ella.

—Preparar el nido, creo. —El ratón volvió, se detuvo a frotarse el hocico. El disparador de la cámara hizo clic. Sarah se sobresaltó y el ratón salió corriendo—. Lo pillé —dijo, se levantó de un salto y se sacudió la tierra de la camisa y de los pantalones cortos.

Siguieron caminando, dejando atrás el fresno blanco. Su madre arrancó una ramita y la hizo girar entre los dedos.

—¿Aún quieres ser fotógrafo de mayor?

Ian había querido ser fotógrafo desde que su padre le había regalado la primera cámara de verdad en su quinto cumpleaños y le había enseñado a usarla. También le había enseñado a revelar. Esas horas que pasaban juntos en el cuarto oscuro eran muy especiales para él.

—Sí, pero no de partidos de fútbol como papá. Quiero viajar por el mundo y hacer fotos de todas las personas a las que conozca. —Salvo por las veces que había acompañado a su padre a algún viaje, Ian no había salido de Idaho—. Si pudieras ir a cualquier parte del mundo, ¿adónde irías? —le preguntó a su madre.

—Fácil: a París.

Ian sonrió.

—Yo también.

—Seguro que irás algún día.

—¿Y tú? ¿Tú no irás?

—A mí me encanta estar aquí —dijo, volviendo la vista a la casa—. Es seguro y tranquilo. Además —lo miró a él de nuevo—, yo viajo todos los días.

—No, no viajas.

—Es una forma especial de viajar.

Ian la miró de reojo.

—¿En serio?

Ella se acercó y le susurró al oído.

—Viajar desde el sillón.

—Bah —resopló Ian—, eso no es viajar.

—Para mí sí. Voy adonde me llevan los personajes de mis libros.

—Pero eso no es viajar de verdad.

Sarah sonrió.

—Prométeme una cosa, Ian.

—¿Qué? —dijo él, e hizo una foto de una hoja roja.

—Prométeme que, cuando te enamores, serás tan bueno con tu mujer como lo eres conmigo.

Ian arrugó el gesto al oírla hablar de «su mujer». Le gustaba una niña de clase. Lisa era callada y mona, pero él no había tenido valor para decirle otra cosa que «Hola». Tenía once años y aún no había besado a ninguna chica, ¡cómo le hablaba su madre de matrimonio! Puaj.

A menos que…

—¿Papá se porta bien contigo?

Su madre partió la ramita en dos.

—Recuerdo la primera vez que vi a tu padre. Yo trabajaba en uno de los puestos de comida del estadio de béisbol de los Padres. Había muchísima cola y servíamos los refrescos tan rápido como podíamos en el cierre de la séptima entrada. Los Padres iban perdiendo y algunos fans se estaban alterando. Se ponían groseros e impertinentes.

»Un tío muy grande, mucho más grande que tu padre, pidió dos refrescos y, cuando aún no me había dado tiempo a coger los vasos, empezó a gritarme que me diera prisa. Al otro lado de la barra había un caos terrible. Nos chocábamos todo el rato unos con otros y eso fue lo que ocurrió. Yo llevaba los refrescos a la barra y alguien chocó con mi brazo. Los refrescos se me escaparon de las manos y terminaron empapando al tipo que me los había pedido. Se enfadó muchísimo conmigo. —Silbó al recordarlo—. Y entonces llegó tu padre. Salió de la nada. Calmó al tipo, camelándolo no sé cómo. Hasta le pagó las bebidas.

—¿Y tú qué hiciste?

—Nada. Me quedé paralizada. No podía moverme. Tu padre tuvo que pedirme las bebidas varias veces hasta que me di cuenta de que hablaba conmigo. Debió de notar lo alterada que estaba, porque vino a verme después del partido. Me acompañó a mi coche y me pidió el teléfono.

—¿Y se lo diste?

—Pues claro. Tu padre era el primer hombre que me trataba bien. Me aseguró que siempre me querría y cuidaría de mí. Quería protegerme.

Lo mismo que él. Le gustaba ser igual que su padre en eso.

—¿Sabía papá…? —No terminó la pregunta. Se miró las manos y empezó a darle vueltas a la tapa del objetivo.

Su madre le levantó la barbilla con un dedo y le sonrió con ternura.

—¿Sabía papá, qué?

—¿Sabía papá lo de… o sea…, sabía lo de Jackie antes de casaros?

Un cuervo que los sobrevolaba graznó con fuerza. Su madre levantó la vista y miró alrededor. Habían llegado al estanque.

—Ya estamos aquí.

Su madre se sentó en un tocón y él inspeccionó el borde del estanque en busca de su siguiente momento Kodak. Al ver un sapo, se hincó de rodillas y colocó la cámara. Ella se abrió paso entre la maleza y aterrizó de rodillas a su lado.

—¡Guau! ¡Mira ese sapo, es enorme! —El sapo se tiró al agua de un chapuzón antes de que Ian pudiera hacer la foto—. Uy —rio ella—. Me parece que lo he espantado.

Estaba claro. Ian gruñó irritado.

—Estate callada. Igual vuelve.

—Vale —susurró ella sin bajar la voz. Se sentó con las piernas cruzadas y arrancó un junco. Mordisqueó el extremo, luego se lo enroscó en los dedos. Se clavó el junco en el pelo y empezó a toquetearse la cabeza. Tiró el junco al estanque y suspiró exageradamente—. Esto es un tostón. Vamos al arroyo.

Bajó la cámara a su regazo y miró a su madre, que ya no era ella. Sarah nunca habría mordisqueado un junco ni se lo habría clavado en el pelo. Billy sí.

Ian suponía que Billy era un niño de ocho años perpetuos, porque se comportaba como él imaginaba que lo haría un molesto hermano pequeño. Había aparecido hacía dos años, después de que Jackie lo abandonara en la cuneta. Ian había oído hablar a sus padres de la visita al psiquiatra. El médico les había explicado que Billy era la forma en que su madre había hecho frente al remordimiento que sentía por el incidente de la cuneta. Su mente se quebró aún más y apareció Billy. Ian había observado que, cuanto menos iban sus amigos a casa, más a menudo aparecía Billy, como si su madre supiera que, en el fondo, necesitaba un compañero.

Le gustaba estar con Billy, menos cuando se empeñaba en acompañarlos a él y a sus amigos a la pista de monopatines. Eso habría sido raro.

Billy se puso de pie de un brinco y salió corriendo. Volvió el sapo. Asombroso. Ian hizo una foto, luego oyó un fuerte chapoteo. Levantó la cabeza y se quedó de piedra.

—¡Billy! ¿Qué haces?

Su madre estaba plantada en el centro del estanque poco profundo, con el agua por las caderas. Paseaba los dedos por la superficie, canturreando una tonada melodiosa que él no conocía y cuya belleza desentonaba con la porquería del agua.

Ian puso cara de asco. Vio los antebrazos de su madre cubiertos de verdín. Los patos nadaban, comían y defecaban en aquel estanque. Él solo se había metido allí una vez que Marshall le había puesto la zancadilla. Ian había tropezado y, haciendo el molinillo con los brazos, había caído de espaldas. Se había empapado. Solo por el olor había salido disparado a casa en busca de la manguera.

Pero aunque el agua rebosara verdín, barro y vete a saber qué más, su madre estaba serena. Hermosa. Billy se había ido y había vuelto Sarah. La luz del sol danzaba en las ondas que provocaba con su movimiento, producía destellos en los mechones brillantes de su pelo. Siguió tarareando, con la cabeza levantada al cielo, los ojos cerrados y un amago de sonrisa iluminándole el rostro.

Ian levantó la cámara. Quería recordar a su madre así: tranquila, entera. Así era como estaba empezando a comprender el funcionamiento de su mente. Apretó el disparador. La cámara hizo clic y ella dio un respingo. Tendió las manos al cielo, estiró los dedos y gritó, furibunda.

—¡Qué asco!

Giró alrededor, mirando el agua y luego a Ian. Su expresión reflejaba el mismo asco que él había sentido hacía un momento. Entonces vio la cámara. Apretó los dientes, frunció los labios y se acercó a la orilla, anadeando por el agua densa, hasta plantarse delante de él. Le chorreaba agua de la falda empapada. Su pecho subía y bajaba, su respiración sonaba como si tuviera un motor en la garganta.

«Jackie».

Sin saber qué lo impulsaba, le hizo una foto. La diferencia entre Jackie y Sarah, hacía un instante, era asombrosa. Quería documentar la transformación. Pero sabía que se la estaba jugando. Sonó el disparador y la cámara salió volando de sus manos. Sintió que le ardía la mejilla. Se llevó la mano a la cara, mirando rápidamente del suelo a Jackie.

—¡Me has tirado la cámara!

—¡Espero que se haya roto! —chilló Jackie, dando un pisotón—. Me doy asco —dijo mientras se escurría la falda—. ¿Qué día es hoy? —Atónito por el bofetón que ella le había dado, se quedó mirándola, mudo. Jackie lo agarró del brazo y él siseó—. ¿Qué día es hoy? —repitió.

—¡Que te den! —le espetó él, recuperando de pronto la voz. Lo había aprendido de ella. Si Sarah llegara a enterarse, le lavaría la boca con jabón.

Jackie lo apartó de un empujón y corrió a casa.

Ian cayó sobre la cámara. Le limpió el polvo al objetivo, inspeccionó el compartimiento de la película y miró por el visor. Pulsó el disparador y la cámara hizo clic. Soltó un suspiro de alivio. Estaba intacta.

Volvió a casa justo cuando Jackie abría de golpe la mosquitera de la puerta de atrás. Sus padres no querían que le hiciera fotografías. Era peligroso que la acosara. Ella era impredecible. O se pasaba las horas recorriendo la casa como un animal enjaulado o se iba a Dios sabe dónde. Nunca se lo decía. Trataba a Ian más como a un hermano que como a un hijo y él empezaba a verla como una hermana perversa que hacía todo lo posible para fastidiarlo.

Pero si quería ser reportero gráfico, no podía permitir que el miedo le impidiera perseguir a su sujeto.

Una sombra se movió detrás de los visillos del dormitorio de sus padres. Jackie estaba arriba. Ian fue disparado a casa y, en cuanto entró, oyó un estruendo de cristales rotos. Miró al techo. Se cerraban de golpe los cajones y algo pesado cayó al suelo. Subió corriendo las escaleras, de dos en dos, y se detuvo en seco a la puerta de la habitación que Jackie estaba saqueando. La ropa brotaba de la cómoda de su madre como una cazuela de gachas rebosante. Los calzoncillos y las camisetas de su padre se amontonaban en el suelo, como charcos de prendas. Los cajones estaban tirados por ahí. El vestido sucio de su madre estaba hecho un gurruño en el suelo. Jackie se había puesto una blusa y unos vaqueros. Abrió la puerta del armario y apartó de un empujón las camisas de su padre y los vestidos de su madre. Palpó los bolsillos.

—¿Qué haces? —le preguntó Ian, entrando en la habitación, agarrando con fuerza la cámara, a modo de ancla.

Jackie se echó el pelo por encima del hombro.

—¿Dónde están las llaves del coche?

—No lo sé.

Ian inspeccionó la habitación. En menos de cinco minutos, Jackie había causado más daños materiales que un tornado. Hizo una foto.

—Te juro, niño, que como hagas una sola foto más te estrangulo con la correa —le dijo ella, alargando la mano para coger una caja de zapatos del estante más alto.

—No deberías estar aquí —le dijo él, pasando más adentro.

Jackie le sonrió por encima del hombro. No fue una sonrisa agradable y tuvo que hacer un esfuerzo por no acobardarse. Ella barrió el estante con el brazo y lo tiró todo al suelo. Las cajas de zapatos y los bolsos aterrizaron con gran estrépito y su contenido cayó.

—Deja de revolverlo todo —le dijo Ian, y agarró una caja de zapatos.

Jackie se la arrebató. Ella miró dentro y rio.

—¡Qué imbécil eres! —le dijo, sosteniendo en alto un juego de llaves y agitándolo delante de su cara.

A Ian se le revolvió el estómago. Por lo visto, iban a salir de paseo.

Jackie se guardó las llaves en el bolsillo.

—¿Dónde guarda tu padre las pistolas? —Ian tragó saliva con dificultad y retrocedió bruscamente. Ella lo agarró de la muñeca—. ¡Habla! —lo instó, tirándole fuerte del brazo.

—No… no tiene pistolas —dijo él, procurando no hacerse pis encima.

—¡No me digas! —se mofó ella—. Sé que tiene, así que no me mientas. ¿Dónde están?

Él apretó la mandíbula y juntó las rodillas. Aun así, temblaba como un chucho nervioso, esperaba que Jackie no se diera cuenta.

Ella le dio un tortazo en la sien.

—No seas mierda. ¡Dímelo!

Ian se agarró la cabeza.

—No.

—Dios, no hay quien te aguante. Vale, genial. —Lo apartó de un empujón—. ¿Dónde tenéis mi dinero?

—No es tu dinero —replicó él, frotándose la muñeca—. ¿Adónde vas?

—¡Y a ti qué te importa! —Jackie hurgó en los bolsos, que estaban vacíos—. ¿Qué día es hoy? —volvió a preguntar.

—¿Qué más te da?

Jackie agarró una lima metálica del tocador y se la pegó a la muñeca.

—O me dices qué día es o desangro a tu queridísima mamita por toda la moqueta.

—Es 10 de julio —cedió Ian, demasiado asustado como para no contestar.

—Mierda. —Tiró la lima y paseó nerviosa por la habitación, con la mano en el bolsillo, haciendo sonar las llaves—. Él se ha vuelto a mudar. Mierda, mierda, mierda. —Se tiró fuerte del pelo, estirándose la piel de la frente—. ¿Queda tiempo aún? —Se asomó por los visillos—. Aún es de día. Vale, vale, vale. Hay tiempo. Vendrá.

Ian la miró perplejo, confundido por sus palabras.

—¿Tiempo de qué? ¿Quién vendrá? ¿Papá?

—¡A tu padre, que le den! —Se volvió de pronto y sonrió maliciosa—. Ya está de viaje otra vez, ¿no? —Cruzó la estancia y se plantó delante de Ian—. ¿Echas de menos a papi? —le preguntó con voz de bebé.

Su padre estaba fotografiando el partido de los Padres contra los Cardinals. Sí, lo echaba de menos, pero no lo iba a reconocer delante de ella. Confiando en distraerla de la pregunta, puso la cámara entre los dos y le hizo una foto. Saltó el *flash* y la cegó momentáneamente.

Jackie se abalanzó sobre él. Ian se coló por debajo de su brazo. Subió a la cama de un brinco y se deslizó por ella, aterrizando al otro lado. Pero Jackie no lo persiguió. Salió corriendo de la habitación y cerró la puerta de golpe.

Se llevaba a su madre.

Corrió tras ella y se detuvo en seco en el porche. El Pontiac salió disparado por el caminito de entrada, levantando una nube de polvo.

Lo había vuelto a dejar solo.

Despacio, arrastrando los pies, volvió adentro.

Visto lo visto, cenaría cereales. Otra vez.

Capítulo 10

AIMEE

Ian y yo llevamos más de cinco años casados. Estoy habituada al esmero con que elige el destino de su siguiente expedición fotográfica. Lo he visto investigar la zona meticulosamente, su cultura y su clima, las costumbres de los nativos... Cuando llega, ya sabe con exactitud qué tipo de fotos quiere hacer. Pero esta repentina urgencia por ir a España cuando no tenía previsto marcharse hasta la semana que viene no le pega nada. Tan pronto está hablando de James, como de su madre, como me dice que se va a España dentro de tres horas. Y esas tres cosas (mi relación con James, la necesidad de Ian de hacer las paces con Sarah y su trabajo para *National Geographic*) están conectadas de algún modo.

Decir que estoy desconcertada sería poco.

—Lo que cuentas no tiene sentido, Ian. ¿No podrías posponer lo de España hasta la semana que viene, como habías previsto? ¿Por qué no lo hablamos primero? —Pero tensa los músculos faciales y aprieta fuerte la mandíbula. Tiene la mirada perdida y sé que ya está en el avión rumbo a España—. Estoy preocupada.

—Pues no lo estés. Todo va a ir bien. Solo quiero que sepas que siento muchísimo cómo te he tratado. Lo voy a arreglar.

—¿A arreglar el qué?

—Lo mío. Lo nuestro. Sé que esto es una locura y muy repentino, pero tengo un plan para arreglarlo todo. Para arreglarme yo. Necesito que confíes en mí. Te llamo cuando aterrice. Te quiero.

Me besa y me da un abrazo de los que te revientan las costillas. Luego tiene el descaro de marcharse.

Me deja helada. Muda. «¿Lo nuestro necesita arreglo?». Casi ha llegado a la escalera cuando vuelvo en mí. No bromeaba. Se va esta noche de verdad. Y no quiero que se vaya y menos así.

—¡Ian, espera!

Corro tras él, había olvidado lo rápido que se mueve. Esquivo a las enfermeras y a las visitas cargadas con ramos de flores descomunales. Vuelvo a llamarlo a gritos, pero termina dándome en las narices con la recia puerta metálica de la escalera. Me estremezco, abro la puerta de un tirón y me asomo por el hueco de la escalera. Ian ya ha bajado dos pisos. Se oye un portazo. Se ha ido.

Vuelvo adentro. Suena el timbre de llegada del ascensor que tengo al lado, se abre la puerta y salen unos abuelos con un montón de globos y un Ígor de peluche. Miro indecisa al interior de la cabina vacía.

Lo que sea que vaya a hacer Ian, no quiero que crea que tiene que hacerlo solo.

—He visto a Ian salir corriendo. ¿Qué prisa tiene? —pregunta Nadia, de pronto a mi lado con el móvil en la mano.

Distraída, la miro con desconcierto.

—¿Qué?

Las puertas del ascensor se cierran sin que yo haya entrado.

«Debería estar con él».

Pulso desesperada el botón de llamada. Se iluminan los números encima de la puerta. El ascensor sigue subiendo.

—¿Adónde va?

Aporreo el botón. Uf.

—Va a coger un vuelo a España.

Nadia termina de escribir un mensaje de texto y lo manda. Me mira con la cabeza ladeada.

—¿Esta noche? Pensaba que no se iba hasta dentro de una semana.

—Ha cambiado el vuelo.

El ascensor empieza a bajar.

—¿Ahora? Imposible. Dudo que haya vuelos internacionales ya a estas horas. —Mira el móvil—. Son las seis de la tarde.

Le entra un mensaje. Lo lee y sonríe.

—Me ha dicho que había podido reservarlo.

Me tiro del labio inferior. Se abren las puertas del ascensor y dejo que se cierren otra vez. No voy a poder pararlo. Probablemente ya esté en la carretera. Supongo que hablaremos cuando aterrice.

Le mando un mensaje con ese fin y añado un *emoji* con beso. Tengo una rayita intermitente de cobertura, según para dónde mire. Confío en que le llegue el mensaje, estaré preocupada hasta que sepa que le ha llegado.

El deseo de estar con él, de viajar con él a España es cada vez mayor, pero no voy a encontrar un vuelo tan tarde.

De repente, la ampliación de negocio ya no me parece tan importante. De hecho, mi interés ya había empezado a menguar antes de que Ian me plantase cara esta tarde. «¿De verdad es esto lo que quieres?».

No, no lo es. Asoma una sonrisa a mi rostro cuando pienso en cómo me he sentido contemplando a los recién nacidos.

Nadia teclea a toda velocidad. Manda otro mensaje. La miro ceñuda.

—¿Tienes cobertura aquí?

—Va y viene.

—¿A quién escribes?

—A alguien que conozco.

Su tono coqueto me hace sonreír.

—Estás escribiendo a un tío. ¿Quién es? ¿Estáis saliendo?

No ha salido con nadie desde que rompió con Mark el año pasado. Aquello sí que fue una relación sin futuro. Él era un triunfador muy comprometido con su carrera, algo que habría sido admirable si hubiera mostrado el mismo nivel de compromiso con Nadia. Pero a ella no le gustaba ser una segundona. ¿A qué mujer le gusta serlo en una relación seria?

—Sí, es un tío. No, no estamos saliendo. Es por trabajo.

—¡Aimee! ¡Nadia! —Nick Garner se acerca corriendo, sonriente. Lleva el pelo de punta y la camisa de trabajo con el cuello desabrochado y remangada. Uno de los faldones se le ha salido de los pantalones—. ¡Soy papá! ¡Otra vez! ¡Tengo un niño! ¡Ay, Dios mío, tengo un niño! —Se agarra la cara con las dos manos y ríe.

—¡Enhorabuena! —decimos Nadia y yo al unísono.

Nick nos abraza una a una y, cuando me toca a mí, me sube en volandas. Me sorprendo sonriendo como una boba, igual que él. El hombre está en la gloria.

Nos hace una seña para que lo sigamos.

—Kristen pregunta por vosotras. Venid a conocer a Theo.

Después de hacerle cucamonas a Theodore Michael durante un par de horas y de ver a las hijas de Kristen conocer a su hermanito (¡qué ganas tengo de darle uno a Caty!), Nadia y yo dejamos a los Garner para que disfruten en privado de su nuevo fichaje. En cuanto salimos del hospital, nos entran notificaciones en el móvil. Nadia se zambulle enseguida en las suyas.

—Estoy pensando en dar carpetazo a los planes de expansión —le digo a Nadia cuando paramos en la senda peatonal antes de seguir cada una por nuestro camino. En el ascensor me ha preguntado cómo va el proyecto, porque la he contratado para que me diseñe los nuevos locales.

—Eso es porque estás en la fase aburrida del papeleo y la financiación —dice mientras sigue con el móvil. Teclea otro mensaje—. Todos los proyectos parecen un tostón en ese punto.

—Es más que eso. —Miro al fondo del aparcamiento. El tráfico nocturno, el rumor constante de los coches que pasan y el sonido ocasional de un claxon o una sirena contaminando la noche. Los primeros indicios de otoño impregnan el aire: olor a leña y el aroma que queda de la quema de matojos. Hojas secas y manzanas. Me ruge el estómago. Ya hace rato que tendría que haber cenado. Tengo que recoger a Caty y buscar algo que comer. Hoy nos acostaremos tarde y llevo levantada desde el alba—. Esta mañana he estado trabajando en la cocina. He hundido las manos en la masa hasta la muñeca y me ha encantado. Se me han ocurrido tres cócteles nuevos mientras esperaba a que se hiciera el café. He charlado con los clientes habituales y... ¿A quién escribes? —pregunto, porque ni siquiera sé si me está escuchando.

Intento asomarme a su móvil. Lo aparta.

—Ya te lo he dicho: a un cliente. —Manda el mensaje y se mete el móvil debajo del brazo—. ¿Qué decías?

Levanto un hombro, pensando en mi día.

—Echo de menos todo eso.

—¿El qué echas de menos?

—¿Has oído algo de lo que he dicho?

—Eeeh... ¿amasar?

—¡Sí, eso! —Levanto las manos y curvo los dedos de frustración. Me dan ganas de zarandearla. Quiero que entienda mi deseo de volver a lo básico—. Echo de menos amasar y hacer café. Las cosas sencillas. ¿Te parece patético?

Vuelve a sonarle el móvil.

—Perdona.

Noto que enarco las cejas hasta la línea del cuero cabelludo.

—¡No fastidies!

—Un segundo. —Pone cara de disculpa—. El plazo de este proyecto está a punto de cumplirse. —Lee el mensaje. Yo también. No puedo evitarlo. La tengo justo al lado, con el móvil delante y no está tapando la pantalla.

Ven a cenar conmigo a última hora.

—¿Con quién has quedado para cenar? —me sorprendo preguntando mientras deslizo la mirada al nombre del contacto que aparece en la parte superior de la pantalla: Thomas Donato.

Tardo tres segundos de silencio absoluto en procesar que es a Thomas a quien Nadia está mandando mensajes, porque me cuesta digerir lo que eso significa: Nadia y Thomas, juntos.

Ella nota que acabo de ver el nombre. Baja el brazo y el remordimiento le nubla el gesto.

Me quedo boquiabierta, señalando el móvil.

—¿Estás trabajando con Thomas? —pregunto incrédula. Destrozada. Traicionada por mi mejor amiga.

—Te lo iba a comentar anoche, pero…

—Pero ¿qué? ¿Vino James y pensaste que estaba demasiado afectada como para digerir la noticia de que estás trabajando con su hermano?

—Algo así —reconoce en voz muy baja, algo impropio de ella. Sabe cuánto me ha ofendido.

—Lo que no entiendo es cómo has accedido siquiera a trabajar con él. Con todo lo que me ha hecho.

—Solo es un trabajito. Termino dentro de dos semanas —se defiende.

—Pensabas que no me iba a enterar.

Baja la vista al suelo.

—No debería ni mencionar el proyecto. He firmado una cláusula de confidencialidad.

—¿Cómo has podido?

Abre la boca para decir algo, pero la cierra enseguida y menea la cabeza. Mira al infinito y se me cae el alma a los pies.

—Te gusta —digo. Ya estuvo colada por Thomas, en el instituto.

—No, no es eso.

—Entonces, ¿qué es?

Aprieta mucho los labios. Guarda el móvil.

—No puedo hablar de los detalles ni decirte por qué he aceptado el proyecto. Además, dudo que ahora mismo pueda decir nada que te haga cambiar de opinión.

—Prueba a ver. —Me suena el móvil y levanto la mano delante de su cara para pedirle silencio—. Olvídalo. No quiero saberlo. Es que no puedo ni…

No termino la frase. Necesito un instante para recomponerme. Necesito a Ian.

Miro el móvil y leo una retahíla de mensajes suyos.

Voy en el vuelo nocturno al JFK que sale del SFO. Vuelo a España mañana por la mañana. Te mando los datos del vuelo.

Estoy a punto de embarcar.

Estoy embarcando.

¿Te llegan mis mensajes?

¿Estás enfadada?

Estás enfadada.

Lo siento, Aimee, nena. Sé que he elegido un mal momento, pero debo hacer esto. Estoy harto de tenerlo pendiendo sobre mi cabeza. ¿Me perdonas?

Te llamo cuando aterrice. Te quiero. Que duermas bien, cariño.

Se me parte el corazón. No tendría que haberle hecho caso a Nadia. Tendría que haberme subido a ese ascensor. Tendría que haberle llamado. Ian se ha ido y ni siquiera he podido despedirme de él.

—No puedo entretenerme contigo ahora —le digo, y me voy.

—¿Adónde vas?

—¡A España! —le grito por encima del hombro.

Y le hago un corte de mangas.

Capítulo 11

Aimee

Es más de medianoche cuando llego a casa con Caty. Mi madre me ha preparado algo de cena cuando le he dicho que no había comido nada y, mientras me la tomaba, mi padre me ha comentado que Ian ha pasado por allí, camino del aeropuerto, para despedirse de Caty.

—Papi va a ver los caballitos otra vez —me ha dicho la niña, instalándose en la silla de al lado de la mía con un cuenco de helado. Eran más de las nueve de la noche y un día laborable. Le he lanzado a mi madre una mirada acusadora. Ella ha encogido un hombro y vuelto a guardar el envase en el congelador—. Va a hacer fotos para mí —ha añadido mi hija, hundiendo la cuchara en el helado de chocolate con trocitos de galleta.

—Estoy deseando verlas —le he dicho yo, diciéndome que debería haber insistido más en que Ian me enseñara las que hizo el verano pasado.

Cuando he terminado de cenar, Caty ya se había dormido en el sofá. No he podido llamar a Ian porque aún iba a tardar varias horas en aterrizar y para entonces yo ya estaría como un tronco. No podremos hablar hasta mañana, antes de que coja el vuelo de enlace, así que me he quedado un rato más con mis padres y hemos hablado de los pros y los contras de la ampliación de negocio. Ellos han pasado años trabajando en el sector de la restauración y he agradecido sus consejos, aunque no me hayan dicho nada que no supiera ya. Me han preguntado cuáles eran mis prioridades. La familia, obviamente. Pero me han dicho que sobre todo haga lo que me guste, no lo que piense que debo hacer.

«Mmm. Me suena familiar».

Caty se revuelve en mis brazos cuando entramos en casa, cierro la puerta y echo la llave. La dejo en el suelo, donde se tambalea de cansancio. La agarro por los hombritos y la llevo hasta su cuarto. Se pone el pijama como un zombi, se mete en la cama y se deja caer sobre las almohadas. Le doy un beso en la frente y vuelvo a la entrada, donde me he dejado el bolso. También quiero contestar los mensajes de Ian con uno mío.

Me tienes preocupada. Te echo de menos. Llámame cuando aterrices. No me importa que me despiertes.

Recojo los tiques que Ian se ha dejado esparcidos por la consola, echo en el platillo las monedas que han caído fuera y agarro una tarjeta de visita que no debería estar ahí y la añado a los tiques que voy a llevar al escritorio de Ian. El nombre de la tarjeta me sobresalta y casi la tiro al suelo.

LACY SAUNDERS

Me asaltan de pronto un montón de recuerdos. Lacy localizándome en el funeral de James para decirme que estaba vivo; Lacy plantada en la puerta de mi casa con la cartera que había perdido sin darme cuenta; Lacy apareciendo sin avisar en la preinauguración del café y desapareciendo antes de que pudiera hablar con ella; la pintura de James que Lacy me envió desde México junto con la nota manuscrita que lo cambió todo…

Aquí tienes la prueba… Ven a Oaxaca.

Cogí un avión a México en busca de James, pero terminé en brazos de Ian.

«Ian».

¿De dónde habrá sacado esto?

Soltándolo todo menos mi móvil y la tarjeta de Lacy, voy al salón y me dejó caer en el sofá esquinero de piel. Solo me viene un nombre a la cabeza.

James.

«Debo hablar con tu marido, ¿te importa que me ponga en contacto con él?».

Le doy vueltas al móvil de canto, pensando en lo de ayer. James me llamó al fijo del café. No esperaba volver a tener noticias suyas, menos aún verlo. No quería verlo, pero hablaba con una desesperación difícil de ignorar. Debía decirme unas cosas. Cosas importantes que hacía tiempo que tenía que haberme contado y que yo merecía oír de sus labios. Quería que nos viéramos cara a cara, siempre que a mí me pareciera bien.

No del todo, pero me picaba la curiosidad. Al final quedé con él, en una cafetería de Palo Alto. Había venido a ver a unos amigos de la universidad, de su época de Stanford (amigos que pensaban que había muerto, añadió con una risita) y se alojaba en un hotel cercano.

—La cafetería es terreno neutral —dijo con una pizca de vulnerabilidad que yo jamás le había notado antes. Era un sitio en el que no habíamos estado juntos, con lo que no corríamos el peligro de revivir viejos recuerdos.

Pero revivieron, ya lo creo.

Solo estar en presencia de James, aun en la otra punta de la cafetería, bastó para reabrir la vieja herida. Me detuve nada más entrar y esperé a que me devorara esa pena que brotaba en mí siempre que pensaba en él y que ya conocía tan bien. La sentí, pero menos intensa, más débil, y no nacía de un anhelo de que las cosas hubieran sido de otro modo entre nosotros. Nunca había sido así. La pena que me encogía el pecho y me robaba el aliento venía del dolor antiguo provocado por la forma en que habíamos terminado. Los secretos, las mentiras, la traición. Y, finalmente, mi perdón.

Inspiré hondo para serenarme y la sensación se desvaneció casi tan rápido como había aparecido. A diferencia de cuando había visto a James en verano, estaba decidida a no perder el control.

Me acerqué a él. Se levantó al verme, incluso me apartó la silla. Observé que, al hacerlo, mantenía la distancia. Tampoco intentó abrazarme antes de que me sentara.

—¿Qué quieres tomar? Yo ya he pedido cuando he llegado —dijo, señalando su café cuando volvió a su sitio.

Miré de reojo el líquido turbio.

—No es café solo.

—No. —Esbozó una media sonrisa—. Ahora lo tomo con leche y un chorrito de coco.

—Se te está pegando lo hawaiano.

—Este perro viejo aún puede aprender trucos nuevos —dijo, dándose unos golpecitos en el pecho.

—Sí, bueno, todos hemos cambiado.

James frunció un poco el ceño. Yo miré a otro lado. No pretendía sonar sarcástica. Me salió así. Inspirando hondo, dediqué un instante a recomponerme. «Controla tus emociones, Aimee».

No estaba enamorada de James, pero, sentada en frente de él, recordé cómo era estarlo. Recordé a la persona que solía ser con él: ingenua, tímida e inmadura.

Habíamos hecho tantísimas cosas juntos. Él era mi infancia.

Pero no era mi futuro, y me había llevado meses y mucha terapia comprender mi propia ineptitud durante mi relación con él. No había sabido valorarme.

A petición mía, Ian había asistido conmigo a algunas de mis sesiones de terapia. Mientras me escuchaba atentamente, cogiéndome de la mano, me había oído decir que no quería volver a ser esa mujer, la de los ojos y los oídos tapados, en mi relación con él. Me había abrazado y se había enamorado aún más de mí al tiempo que yo aprendía a volver a quererme.

Me disculpé con James.

—Lo que intentaba decir es que…

—No te preocupes —dijo él, levantando la mano para interrumpirme—, lo entiendo. ¿Te pido un café? —añadió, señalando su taza.

Miré la carta de cafés colgada de la pared. La selección era pobre y corriente comparada con la de Aimee's Café.

—No, gracias. Hoy ya he cubierto el cupo.

—Claro, ahora tienes un suministro ilimitado al alcance de la mano —dijo y, apoyado en los antebrazos, se asomó a su taza—. No he tenido ocasión de decírtelo aún, pero estoy orgulloso de ti. —Me miró—. Por haber abierto tu propio negocio.

Asentí con la cabeza, digiriendo el cumplido. James había sido quien me había alentado a hacerlo, pero por aquel entonces yo tenía miedo de emprender sola aquella aventura.

—Gracias —dije—. Significa mucho para mí. ¿Te has fijado en el logo?

—Sí. Fue un boceto rápido. No pretendía… —Calló de pronto y dio un sorbo largo al café. Dejó la taza en la mesa y lo vi triste y arrepentido. James se había ido a México con mucha prisa—. Puedo hacerte uno mejor.

—Me gusta el que tengo.

No quería cambiarlo. El logo con la taza de café humeante representaba todas las dificultades a las que había tenido que enfrentarme para llegar adonde estaba: desde tomar la decisión de montar el café yo sola hasta abrir los nuevos establecimientos. Si los abría.

Pero había algo que debía cambiar en el local de Los Gatos.

—Estoy pensando en quitar tus cuadros. ¿Los quieres?

Negó con la cabeza.

—Quédatelos. Son tuyos.

—No puedo.

Me miro extrañado.

—¿No puedes o no quieres?

—Las dos cosas.

Debía hacer algo más que decirle a Ian que lo de James era historia.

—Mándaselos a mi madre —dijo con una sonrisa pícara.

—¿A tu madre? Ella odiaba tus cuadros.

—¿Por qué crees que te he dicho que se los mandes a ella?

Reí, meneando la cabeza.

—¡Qué malo eres!

—¿Te puedes creer que ella también fue artista?

—¡No fastidies!

—Pues sí. ¡Y lo sigue siendo!

—¿Pinta? —Asintió con la cabeza—. No me la imagino. Pero de alguien tenía que venirte el talento.

—Al principio, yo tampoco.

Se puso pensativo, aunque no me dio más explicaciones. Deduje que la historia tenía miga, pero no me la iba a contar. Al menos ese día.

—¿De verdad quieres que se los mande? —pregunté, para asegurarme.

—No, era broma. Empaquétalos y mándamelos contra reembolso. —Sacó el teléfono—. Dame tu número y te paso mi dirección.

Vacilé. ¿Quería darle a James mi teléfono particular? ¿Quería tener ese tipo de relación con él?

«Madura, Aimee», me reprendí para mis adentros. Lo bloquearía si me enviaba algún mensaje que no tuviera que ver con sus cuadros.

—Déjame tu móvil —le pedí.

Me dio su terminal y yo añadí mi número a mi contacto. James ya tenía el fijo del café. Se lo devolví y me mandó un mensaje enseguida.

—Avísame cuando los mandes. —Dejó el teléfono bocabajo en la mesa—. Tienes buen aspecto. Te has cortado el pelo.

Me toqué distraída la onda que me caía por un lateral de la cabeza.

—¿Para esto hemos quedado? ¿Para hablar de nimiedades?

—No —contestó con un gesto negativo.

—¿Por qué me has pedido que viniera aquí?

—No es fácil para mí decirlo. —Se frotó el puente de la nariz, luego bajó el brazo de nuevo a la mesa—. Quiero disculparme por cómo actué aquel último año después de… después de…

—¿Después de que Phil intentara violarme? —terminé yo sin alterarme.

—Sí. Eso.

Tragué saliva para deshacer el nudo que se me había hecho en la garganta y miré un instante por el escaparate. Estábamos en un centro comercial abarrotado, enfrente del campus de Stanford. Acababan de terminar las clases en el instituto de al lado y la cola en el mostrador de pedidos crecía sin parar mientras hablábamos.

Phil me había asaltado poco después de que James se me declarara, su forma de vengarse por el modo en que los Donato lo habían sacado del negocio familiar. Atónita, aterrada y desmoralizada, había accedido a la súplica de James de no contar una palabra de lo ocurrido. Según él, en Donato Enterprises estaba ocurriendo algo gordo que tenía que ver con Phil y, como supe después, con la DEA.

Pensé en el junio pasado.

—Ya me pediste perdón y te perdoné.

—Quiero explicarte por qué hice lo que hice.

—No hace falta.

—Por favor, déjame decirte esto —me pidió con voz pastosa.

Yo no le debía nada, pero si quería pasar página lo mínimo que podía hacer era concedérselo.

Asentí despacio.

Se aclaró la garganta tapándose la boca con el puño y se armó de valor.

—Phil había estado usando Donato Enterprises como tapadera para blanquear dinero. Yo no sabía que Thomas estaba colaborando con la DEA ni que los federales iban detrás del intermediario también, no solo de Phil. No estaba al tanto —añadió en tono burlón—. Pensaba que, si denunciabas a Phil, huiría. Y que si los federales no lo tenían a él, irían a por Donato Enterprises. La empresa habría tenido que renunciar a sus activos y cerrar, seguramente.

»Si eso hubiera ocurrido, yo no habría tenido fondos para abrir mi galería, ni para ayudarte a lanzar Aimee's Café, algo que me hacía mucha ilusión. No me habría quedado dinero para darte la vida que quería. Pensé que lo perdería todo. Pensé que te perdería a ti.

—James...

Sentí pena por él y por todo lo que había perdido, porque, al final, su error le había dejado sin nada. Había perdido la vida que tenía. Me había perdido a mí.

James se recostó en el asiento y dejó caer las manos en el regazo.

—A veces pienso que deberías denunciarme.

—¿Por qué iba a hacer algo así?

—Porque me empeñé en que fingieras que no había pasado nada.

Había fingido, sí, más de dos años, hasta que había encontrado a James, cuando ya era Carlos, y había sido capaz de reconocer lo mal que lo había pasado. Los dos lo habíamos pasado mal. Y James ya había sufrido bastante.

—James, no, no voy a hacerte eso. Debemos pasar página. Además, tus hijos te necesitan.

Noté que le brillaban los ojos.

—Sí, me necesitan. Gracias por entenderlo.

Descansé una mano en la suya, muy seria, para que viera que no bromeaba.

—No te voy a denunciar. Te perdono. Ahora, perdónate tú. No pasa nada por seguir adelante.

—Lo intento. Pero Aimee, lo de Phil…

Se me heló la sangre.

—No quiero hablar de él.

—Ni yo, pero si quieres presentar cargos, te apoyaré. Úsame como testigo.

Negué rotundamente.

—No voy a presentar cargos. No quiero que tu familia vuelva a entrar en mi vida. No quiero tener nada que ver con ellos.

—Ni conmigo.

—James…

—No, si tienes razón… —dijo, levantando las manos, como rindiéndose—. Es mejor así.

Luego sonrió. La primera sonrisa de verdad que le había visto desde que se había ido a México antes de nuestra boda. Se me hizo un nudo en la garganta.

—He conocido a alguien. Ya la conocía de cuando era Carlos, pero ahora la he conocido siendo yo. Se llama Natalya. Me estoy enamorando de ella.

Mentiría si dijera que sus palabras no me dolieron, pero la alegría que sentí por él fue mucho mayor. Lo felicité y después hablamos de sus hijos y de cómo se había convertido en Carlos una vez en México. Me explicó que Thomas lo había escondido incluyéndolo en el programa de protección de testigos de ese país. Luego llegó el momento de despedirnos y esa vez sí me abrazó. Me dijo que me cuidara y yo le dije lo mismo. Di media vuelta para marcharme, pero entonces me llamó.

—Debo hablar con tu marido, ¿te importa que me ponga en contacto con él?

No le di una respuesta porque empezaba a notarme los efectos de nuestra conversación, pero es evidente que ha hablado con Ian esta tarde, me digo, con la tarjeta de Lacy en la mano. Aunque Ian no me lo haya comentado.

Ya me encargaré de mi marido más tarde.

Mando un mensaje a James.

Has quedado con Ian. ¿De dónde has sacado la tarjeta de Lacy?

Es tarde, casi las doce y media. No tengo ni idea de si ha vuelto ya a Hawái o sigue en California. Me da igual. Le mando el mensaje sin esperar una respuesta hasta mañana. Dejo el teléfono en la mesa y, cuando ya me voy a levantar, entra una notificación.

¿No te lo ha contado?

No, no me lo ha contado, pero eso no se lo voy a decir a James. Otro mensaje.

Me la dio Lacy.

¿Ha conocido a Lacy? Tecleo rápido:

¿Cuándo? ¿Dónde? ¿Qué quería?

El mes pasado. Me encontró en una playa de Kauai.

Me deja gélida. Tiemblo. Vale, esto da un poco de miedo.

Me dijo que yo conocía a alguien que iba a necesitar su tarjeta, alguien que la había estado buscando. No te lo conté ayer porque no quería incomodarte más de lo que ya te había incomodado nuestra conversación.

No tengo ni idea de cómo ha llegado James a la conclusión de que Lacy quería que le pasara su tarjeta a Ian, pero es lo que hay. Lacy ha vuelto y es muy probable que tenga información sobre Sarah, lo que explicaría el renovado interés de Ian por encontrar a su madre.

«¡Maldita sea, Ian!, ¿por qué no me lo has dicho?».

Me entra otro mensaje.

¿Aimee…?

¿Sí…?

Buenas noches.

No digo nada más. A pesar de la hora, marco el número de Lacy. Suena una vez y salta una locución: «El número marcado…».

Cuelgo, en absoluto sorprendida. Ian tampoco habrá podido hablar con ella. El número de la tarjeta es de hace más de un mes. Nunca averiguaremos qué sabe ella de Sarah ni cómo puede ayudar a Ian a encontrar a su madre.

Pero yo sí conozco a una persona que podría ayudarnos. Que Dios me asista.

Capítulo 12

Ian, a los once años

Ian cenó cereales, pero no pasó la noche entera solo. Su madre volvió hacia las dos de la madrugada. Lo sabía porque estuvo despierto, pendiente del reloj digital, hasta que oyó crujir la gravilla. Los faros del Pontiac iluminaron su habitación cuando se detuvo delante del garaje independiente. Se apagó el motor y su habitación volvió a sumirse en la oscuridad. Oyó el tintineo de las llaves y que se abría la puerta de la calle. Unos segundos después crujió el primer peldaño de las escaleras y ya está, ya no oyó más. Dejó de aferrarse a las sábanas y soltó todo el aire que había estado reteniendo en los pulmones.

Era Sarah la que había vuelto a casa, no Jackie.

Su madre era considerada. Se quitaba los zapatos y caminaba con sigilo por la casa cuando los demás dormían. A Jackie le daba igual. Daba portazos y cerraba de golpe los armarios. Subía las escaleras como un caballo, cantando a todo pulmón «Jack & Diane», de John Cougar Mellencamp. Cantaba fatal. Como un gato escaldado.

Ian se hizo un ovillo, de lado, mirando a la pared. Oyó un roce de ropa a la puerta de su cuarto. Se le erizó la piel de la espalda. Sabía que su madre lo observaba, para asegurarse de que estaba allí.

Jackie habría pasado de largo y entrado directamente en el dormitorio de sus padres. Se habría tirado en la cama, bocarriba, haciendo la estrella de mar, con un brazo y una pierna colgando por el borde. Si su padre hubiera estado en casa, no lo habría dejado acostarse con ella. Cuando Jackie estaba en casa, él dormía en el destartalado sofá de piel de su despacho.

Se hizo el dormido. Aunque lo aliviaba que su madre hubiera vuelto a casa, aún estaba conmocionado. Jackie le había pedido la pistola de su padre. Ian le había llamado en cuanto ella se había largado y su padre le había dicho que se marchara de casa, pero ¿y si volvía Sarah y no lo encontraba allí? No quería preocuparla, por eso se había quedado. Su padre se iba a enfadar y, probablemente, le castigaría sin salir el fin de semana. Hacía un rato había llamado a Marshall para decirle que no irían al cine. Ya vería *Parque Jurásico* la semana siguiente.

Oyó a su madre alejarse. Empezó a pesarle el cuerpo y fue quedándose dormido. Estaba agotado. Había pasado casi todo el día y parte de la noche limpiando el estropicio de Jackie. Sarah se iba a entristecer si veía su habitación en ese estado y él no quería que se sintiera así porque, entonces, se pasaría el resto del día en la cama, no cumpliría los plazos de entrega y perdería clientes. Si el negocio iba mal, su padre tendría que aceptar más encargos y estaría de viaje más tiempo del que ya estaba y él ya estaba harto de hacerlo todo solo. Siempre estaba solo.

—Ian… —le llamó su madre desde su cuarto a última hora de la mañana siguiente—, ¿podrías venir a ayudarme? —Ian tiró a un lado la revista *Popular Photography* de su padre y miró al techo de encima de su cama. El corazón le iba a toda pastilla. El día anterior había sido duro—. Ian, ven aquí, necesito ayuda. —Tragó saliva para deshacer el nudo que se le había hecho en la garganta y lanzó las piernas por el borde de la cama—. ¡Ian! —le gritó su madre, algo impaciente.

Al llegar al dormitorio de sus padres, se detuvo en el umbral de la puerta. Allí olía como en unos grandes almacenes. El día anterior, cuando buscaba rabiosa las llaves del coche y el dinero, Jackie había hecho añicos un frasco de perfume y empapado la alfombrilla trenzada. Él había recogido los cristales, pero no había podido quitar el olor.

Su madre estaba sentada al tocador, de espaldas a él y con la cremallera del vestido a medio subir. Tapó un bolígrafo y dobló una hoja de papel, que metió en el cajón de en medio del tocador.

—¿Qué quieres? —preguntó él con recelo.

Ella lo miró por encima del hombro y sonrió un poco.

—Ah, ya estás aquí. Se me ha enganchado el pelo —dijo, señalándose la cremallera de la espalda.

Ian entró en la habitación y se puso detrás de su madre. El tocador estaba atestado de cosméticos, brochas de maquillaje y horquillas. Otro estropicio de Jackie que él había olvidado arreglar porque estaba cansadísimo.

Su madre se echó la melena de color castaño claro por un hombro y le señaló el nudo atrapado en la cremallera.

—¿Me lo puedes soltar?

Ian observó a su madre en el espejo y procuró distinguir sus rasgos de los de Jackie. Sarah sonreía más; Jackie fruncía el ceño. La miró a los ojos. Ella esbozó una sonrisa. Le dio las gracias en un susurro. Él asintió con la cabeza y empezó a soltarle el pelo enredado en los dientes de la cremallera.

—Tienes las manos frías —le dijo ella con una risa grave, y se estremeció.

—Lo siento —contestó él ceñudo.

La cremallera seguía atascada, así que fue rompiendo los pelos uno por uno, intentando no alterarse. Le gustaba el pelo de su madre, algo más claro que el suyo. Se lo cepillaba todas las noches antes de acostarse, hasta que le brillaba. A Jackie le gustaba cardárselo porque le daba «volumen», como le había explicado una vez que él había tenido el valor de preguntarle. Recordaba que había usado esa palabra: volumen. A Jackie no le gustaba nada el pelo de Sarah. Decía que era lacio y aburrido. Pelo de niña pobre.

Por la ventana abierta oyó a su padre hablar con el señor Lansbury sobre las tierras que le tenía arrendadas y la cosecha de la temporada. La producción era baja y el señor Lansbury necesitaba dos semanas más para pagarle. A Stu no le hizo gracia.

Notó que su madre lo escudriñaba.

—¿Eso te lo he hecho yo? —le susurró de una forma que él supo enseguida que conocía la respuesta.

Ian se miró en el espejo. El cardenal que Jackie le había hecho en la mejilla al arrebatarle la cámara estaba de un rojo subido, más intenso que el día anterior.

—No fuiste tú —replicó él, luego reparó en las suaves sombras ovaladas de su muñeca y le acarició una.

Ella apartó bruscamente el brazo.

—Ya se irán —murmuró, organizando sus cosméticos. Nerviosa, agitada. Hizo una pelota con un papel y lo tiró a la papelera. El gurruño aterrizó junto a las pastillas que el psiquiatra le había recetado. Ian se agachó a coger el botecito de plástico—. Déjalas —le dijo ella—. Me dan dolor de estómago.

—Pero ¿no te van bien?

Su madre negó con la cabeza.

Ian se irguió, deseando que hubiera algún medicamento que hiciese desaparecer a Jackie, y siguió deshaciéndole el nudo de pelo de la cremallera.

—¿Qué pasó ayer? —preguntó Sarah.

Sabía que, aunque prefería ignorarlo, su madre se obligaba a preguntarle. Y él siempre se lo contaba, por mucho que lo hubiera incomodado lo ocurrido.

—Jackie quiso romperme la cámara quitándomela de un tortazo.

—Ya veo que no lo conseguí… No lo consiguió.

Él levantó un hombro. Le estaba costando subir la cremallera.

—Ian —le dijo su madre al cabo de un rato—, lo siento.

—No es culpa tuya. No pasa nada.

—Sí pasa —contestó ella, negando con la cabeza y tirando sin querer del pelo atrapado.

—No te muevas. —Por fin consiguió soltarle el nudo y desatascar la cremallera. Le pidió el cepillo y, mientras le deshacía el enredo, ella lloró en silencio. Las lágrimas fueron dejándole un rastro brillante en las mejillas, como el de los caracoles en el hormigón. Al verlas, le dieron ganas de llorar a él también. Fijó la vista en la cabeza de su madre para no tener que verle la cara en el espejo. Le cepilló despacio la melena, tan larga como su espalda, hasta que el pelo volvió a brillarle—. Listo —dijo, devolviéndole el cepillo.

Sarah cogió un clínex. Se limpió los ojos y se sonó la nariz.

—¿Le hiciste alguna fotografía a Jackie? —Él asintió, mordiéndose los labios por dentro—. Ian, por eso te hizo daño —se lamentó ella—. Ya te lo he dicho: es peligrosa. ¿Por qué sigues jugándotela? —Ian cogió el colorete de su madre. Abrió y cerró el estuche, luego lo dejó en su sitio—. Muy bien —dijo ella, resignada. Metió un lápiz de cejas en el frasco de cristal donde tenía los perfiladores labiales y los tubos de rímel—. ¿Has revelado ya las fotos? —Él dijo que sí con la cabeza. Ella giró la silla y se estiró la falda del regazo—. Enséñamelas.

No le iban a gustar. Nunca le gustaban.

Ian fue a su cuarto por las fotos que había revelado en el cuarto oscuro de su padre después de que Jackie se fuera. Se las dio a su madre.

Sarah cerró los ojos e inspiró hondo, luego bajó la barbilla y estudió la primera imagen, Jackie saqueando el dormitorio. Su madre había aprendido a esconder bien el carné de identidad, las tarjetas de crédito y las de débito. Jackie ya le había vaciado la cuenta bancaria antes.

—Anda buscando dinero otra vez —conjeturó Sarah.

—Sí, y… —empezó Ian, agarrándose el hombro, incómodo, y cambiando de postura.

Ella levantó la cabeza.

—¿Y qué? —Él se tiró del bajo de la camisa—. Ian, dímelo.

—Quería… quería una pistola.

Sarah palideció.

—¡Cielo santo!

Le temblaron las fotos en las manos. Pasó a la siguiente, un primer plano de la cara de Jackie cuando le había gritado: «¡Como hagas una sola foto más te estrangulo con la correa!».

Pasó las dos siguientes, de Jackie subiendo al coche y marchándose.

—Ojalá tuviera más —dijo él.

—Me alegro de que no las tengas —replicó ella, limpiándose la nariz—. Daría lo que fuera por poder protegerte de mí —murmuró.

—No necesito protegerme de ti, sino de Jackie. La mala es ella, no tú, mamá.

—Ya lo sé, cariño —contestó ella, cogiéndole la cara con ambas manos—. ¿Qué he hecho yo para merecerte? Eres demasiado bueno para mí.

—Te quiero —espetó Ian, tirándose aún más de la camisa, estirando el tejido—. Ojalá papá estuviera en casa más tiempo.

Él siempre sabía lo que hacer cuando aparecía Jackie. Lo que no sabía era lo a menudo que aparecía, sobre todo últimamente.

Ian lo había oído una vez proponer que la ingresaran en un hospital si las transiciones se hacían más violentas, pero él no quería perderla y creía que su madre tampoco quería irse, porque no le había gustado la idea de que la internaran. Además, él se quedaría solo, porque su padre no podía dejar de trabajar. Así que se propuso cuidar de su madre, porque su padre tampoco lo estaba haciendo muy bien, la verdad.

Sarah le devolvió las fotos.

—Guárdalas con las otras en tu escondite.

Un escondite que Ian había prometido no desvelar ni a su madre ni a Jackie, porque algún día esas fotos podrían venirle bien.

Capítulo 13

Ian

Yo tenía veintidós años y acababa de graduarme en Periodismo, en la rama de reportero gráfico, cuando mi madre salió de la cárcel de mujeres Florence McClure de Las Vegas, Nevada. Había cumplido condena sin incidentes. Era una mujer libre. Desapareció del mapa de inmediato.

Con la esperanza de poder verla por primera vez en nueve años antes de que mi padre y ella volvieran a Idaho y sin saber que desaparecería, me reuní con mi padre en su habitación del hotel Mirage, de Las Vegas, donde él me contó que se había largado.

—He esperado más de una hora a ver si aparecía. Confiaba en verla con el vestido de flores y las manoletinas de piel azules que había elegido para ella y le había enviado —me contó con voz pastosa—. Me dijeron que pasara a recogerla a las dos. A las dos en punto, me dijeron, lo juro por Dios. Pero no —añadió, arrastrando la última palabra—. Se había ido a la una. Cuando he llegado allí, ya no estaba.

Aterrado, había bombardeado a preguntas al guardia de seguridad: que si había cogido un taxi; que si se había ido andando; que si iba con alguien más, con otro hombre… ¡Que por favor no le dijera que se había enamorado de otro!

No había sido así, pero el guardia le había propuesto a mi padre que fuese a la terminal de autobuses. No era inusual que un guardia dejase al preso recién liberado en algún sitio si este solicitaba un medio de transporte. A lo mejor tenía suerte y aún la encontraba allí si todavía no se había ido dondequiera que pensase ir.

Mi padre no había tenido suerte. Y en mi opinión, tampoco había buscado muy bien. «Llama a las compañías de taxis, a los aeropuertos, a las centrales de reservas de todos los hoteles de la ciudad… ¡Haz algo!», le había gritado yo. Ella podría haber ido a cualquier parte. Podría estar en cualquier parte.

—Tu madre nos lo ha dejado clarísimo: no quiere estar con nosotros —me soltó mi padre mientras agarraba su *whisky* aguado, al que se le había derretido el cubito de hielo hacía rato, echaba la cabeza hacia atrás y le daba un buen trago.

—Y, entonces, ¿ya está? —repliqué, atónito—. ¿Te rindes?

No solo renunciaba a buscarla, sino que también renunciaba a ella.

Yo no estaba preparado para eso.

—¡Le doy lo que quiere! —me dijo, dando un puñetazo en la mesa. El vaso traqueteó. Las colillas de los cigarrillos botaron en el cenicero sucio. Una columna fantasmal de humo subió del extremo del que tenía encendido y se quedó suspendida entre los dos como un espectro en la noche. Agarró el pitillo y le dio una calada larga y profunda—. No he hecho otra cosa que darle lo que quiere —dijo al exhalar. El humo le rodeó la cabeza, llenó la habitación—. Y lo que quiere no somos nosotros.

—¡Chorradas! —Le di un manotazo al vaso de *whisky*, que se estampó en la pared, abollándola. El líquido salpicó el televisor y el escritorio y manchó la moqueta. El olor a turba de desinfectante y tinta fuerte se expandió a nuestro alrededor—. Si no vas a buscarla tú, lo haré yo. La encontraré.

Mi padre me sostuvo la mirada unos cuantos tictacs de mi reloj. Agachó la cabeza y ancló la mirada perdida en la mesa a la que estaba sentado. Le dio unos golpecitos al cigarrillo para tirar la ceniza.

—No te quiere. Yo en tu lugar no perdería el tiempo con ella.

Pues yo sí, por una sencilla razón: era mi madre. Necesitaba saber si estaba bien, que estaba sana y estable emocionalmente, si es que eso era posible.

Mi padre se pasó una mano por el pelo, pringoso de la grasa natural de su cuero cabelludo. Levantó la cabeza y me miró con los ojos irritados del cansancio y, suponía yo, de su propio fracaso como marido. Una barba gris de varios días le salpicaba la barbilla.

—Terminará haciéndote daño, Ian.

—Eso es problema mío.

Salí de la habitación y, salvo cuando lo llamé para decirle que me casaba, esa fue la última vez que hablé con él.

Seis meses después de lo de Las Vegas, había hecho suficientes trabajos por mi cuenta como para poder contratar a Harry Sykes, un investigador privado que encontré en las páginas amarillas de Las Vegas. Me mudaba a Francia dentro de un mes y quería encontrar a mi madre antes de marcharme. No había tenido ninguna suerte por mi cuenta. Harry me acribilló a preguntas sobre Sarah: sus datos personales y su historial, las personas a las que conocía y los lugares donde había residido… Yo las contesté todas con la misma afirmación: que la había conocido mejor en otro tiempo. Luego hablamos de los acontecimientos que condujeron a su detención y su condena.

—Las transcripciones de los juicios son del dominio público, ¿has leído la del suyo? —me preguntó Harry.

—No —reconocí.

Tenía catorce años cuando la habían juzgado. Mi padre solo me dejó asistir cuando tuve que declarar.

—Pediré que me dejen verla. Quizá haya algo en ella que nos indique adónde ha podido ir. Deberías leerla tú también —dijo, señalándome con su lápiz del número 2 desde el otro lado de su escritorio metálico de los setenta—. Es tu madre. Algo de lo que dijo podría darte una pista —añadió, dándose golpecitos con el lápiz en la cabeza—. Podría ayudarme a encontrarla.

Siguiendo su consejo, leí la transcripción y descubrí un montón de cosas. Yo había contribuido a la causa de su enfermedad. La había exacerbado. No era de extrañar que no me quisiera.

Harry Sykes me dejó un mensaje varias semanas más tarde. Había localizado a Sarah Collins. No le devolví la llamada, ni ninguna de las que me hizo después. Supuse que algún día haría el esfuerzo de ir a verla. Le debía la disculpa de mi vida. Solo debía reunir el valor para hacerlo y ese momento ha llegado. Le he hecho una promesa a mi mujer: que haría frente a los fantasmas de mi pasado para poder seguir avanzando juntos, que arreglaría mi relación con mi madre.

Aterrizo en Nueva York al alba y diviso un rincón tranquilo lejos del bullicio de la mañana. En él hay un sillón, una toma de corriente y un puerto USB. Eso y un café gigante es lo único que necesito para pasar las tres horas que faltan hasta mi siguiente vuelo.

Abro el portátil, cargo el móvil muerto y engullo el café. Con los dedos sobre el teclado, tomo aire y me paro a pensar. «¿Qué he hecho?». Las últimas veinticuatro horas calan en mí como la tinta de impresora en el papel fotográfico y la imagen resultante no es agradable. He dejado a Aimee en la estacada. Ella está desbordada de trabajo y cuidando de nuestra hija y yo hago las maletas y me marcho.

«Te has lucido, Collins».

Pensaba irme la semana que viene de todas formas, sí, pero mi espantada la ha obligado a ajustar su horario más días y a planificar el cuidado de Caty porque yo ya no voy a pasar las tardes con la niña. Por si fuera poco, no sé cuánto tiempo estaré fuera. Primero tengo cinco días para cubrir el encargo y luego me voy a Idaho. ¿Y cuando llegue allí? Podría quedarme atrapado veinticuatro horas o un par de semanas. No puedo evitar compararme con mi padre.

Siempre dejaba sola a mamá. Una rueda de prensa de última hora y salía disparado de la ciudad. O surgía un escándalo sobre un jugador con contrato multimillonario que manipulaba al equipo. O detenían a un debutante estrella por pedir una fulana. Mi padre nos dejaba de un momento a otro para no perderse ninguna gran ocasión fotográfica que poder vender a los nuevos mercados. Su excusa era que necesitábamos el dinero y yo me quedaba pensando si esa sería la única razón por la que se iba. Nunca lo reconoció abiertamente, pero yo creo que, por mucho que quisiera a mi madre y deseara protegerla, también le tenía miedo. Sabía manejar sus cambios, dándole espacio y dejándola a su aire, pero yo estaba convencido de que sus otras personalidades lo incomodaban porque sus formas de ser y de comportarse no tenían nada que ver con las de la mujer con la que se había casado.

Fue durante mis años de adolescencia cuando mi relación con mi padre dejó de ser problemática para convertirse en el problema. Ya no me importaba dónde estaba ni cuándo volvería a casa. Me metía en peleas, no hacía los deberes y me convertí en un auténtico macarra. En mi segundo año de instituto, tenía partes de expulsión de sobra para forrar con ellos las paredes de mi cuarto, como hacen en los bares con los billetes. Meterme en líos me ayudaba a olvidarme de lo que ya era del dominio público: que mi madre estaba en la cárcel y yo iba al psicólogo por su culpa.

TEPT. Ese fue el diagnóstico de mi psiquiatra. Para el mundo exterior, vivir con una madre con trastorno de identidad disociativo y un padre ausente era un infierno. Para mí siempre fue una versión retorcida del purgatorio. Cumpliría condena y algún día me darían mi tarjeta de «Suerte: Quedas libre de la cárcel». Cuando eso ocurriera, me iría de Idaho sin mirar atrás.

No reaccioné hasta que en mi penúltimo año de instituto, después de un par de suspensiones temporales con amenaza de expulsión, vi ese nubarrón negro amenazando mi futuro inmediato. La señora Killion, la madre de Marshall, se ocupó de cuidarme cuando mi padre le pidió que me vigilara mientras él estaba de contrato y viajando con sus equipos deportivos. Menos mal que ella intervino cuando lo hizo; de lo contrario, el aspirante a fotógrafo jamás habría ido a la universidad. Me obligaba a sentarme a la mesa de su cocina hasta que terminaba los deberes. Luego se empeñaba en que me quedara a cenar. Así cinco días a la semana.

Podría haberme ido en cualquier momento, sí. Haberme marchado a casa a beberme la cerveza de mi padre y jugar a la consola. La señora Killion no me ataba a la silla ni me ponía una pistola en la sien. Yo quería estar allí. Por primera vez desde que se había ido mi madre, alguien se preocupaba por mí.

La terapia me ayudó a digerir los años que había vivido con mi madre, pero fue la señora Killion, que en paz descanse, la que me devolvió la confianza en mí mismo.

Me vibra el móvil, que ya se ha cargado lo suficiente para encenderse. Se me llena la pantalla de notificaciones. Abro el último mensaje de Aimee y leo los que me ha ido enviando durante mi vuelo. No se ha cabreado porque me haya ido. Me hundo en la curvatura profunda del respaldo del sillón, agradecido de que no me haya desterrado al viejo sofá del garaje. ¡Dios, cómo quiero a esa mujer!

Está a punto de amanecer en California. Ella aún duerme, seguramente con Caty desparramada en mi lado de la cama, que sé que ocupa cuando yo estoy de viaje muchos días seguidos. Le mando un mensaje en lugar de llamarla como me ha pedido porque, si no, las despertaré a las dos. Luego le mando un correo a Al Foster para preguntarle por el redactor del artículo y cuándo se espera que llegue.

Echo un vistazo al resto de los correos y después abro el navegador, dispuesto a petarlo con la búsqueda, con una renovada determinación de localizar a mi madre, las manos suspendidas sobre el teclado y los dedos preparados para escribir…

Nada.

Cero. *Nothing. Zilch.*

Croo de nuevo como una rana.

Cierro furioso el portátil.

Por el ventanal que tengo al lado, veo los aviones despegar y aterrizar. Los trenecitos de transporte de equipajes serpentean por la pista como el Peoplemover por Disney World. Dentro se anuncian los vuelos por megafonía y se insta a los pasajeros a que acudan a las puertas de embarque.

Cuando estaba en el instituto, despreciaba a mi madre por la vergüenza que me hacía pasar. Mientras las madres de mis amigos los animaban en las competiciones de atletismo y en los partidos de fútbol, la mía estaba en la cárcel. La rabia y el resentimiento alimentaban mi odio, pero en la universidad me enamoré de una mujer cuyo aspecto y temperamento me recordaban el lado Sarah de mi madre.

Al final, la rabia fue mermando y olvidé el resentimiento, que dejó sitio al remordimiento. Tendría que haberme esforzado más por comprender su enfermedad. Tendría que haber insistido más a menudo, aun a pesar de las objeciones de mi madre, en que mi padre la obligara a buscar la ayuda que todos sabíamos que necesitaba. Mi psicóloga me decía a menudo que lo que había ocurrido con mi madre no era culpa mía. Claro, porque ella no había leído la transcripción del juicio.

«Venga, Collins, no seas crío».

He decidido irme antes a España por una razón: aprovechar el tiempo mientras espero el siguiente vuelo.

Me rasco la barba de dos días por debajo de la mandíbula y traslado el portátil que tengo encaramado en las rodillas a la mesita baja que hay a mis pies. Busco en Google el motor de búsqueda del que me habló Erik, ese que está programado para buscar solo personas. Su exnovia se había mudado a otro estado, a casa de un hombre al que había conocido en un vuelo de negocios a Nueva York. Estaba a punto de saltar al modo exnovio-obsesivo-acosador cuando lo hice entrar en razón con una buena colleja. Tecleo SARAH COLLINS en el campo de búsqueda y selecciono TODO EE. UU. en el menú desplegable. Le doy a INTRO y espero. Aparece un listado con más de veinticinco Sarahs. Demasiadas. Edito los parámetros de búsqueda e incluyo el segundo nombre de Sarah: Elizabeth. Me salen tres Sarah Elizabeth Collins residentes en Estados Unidos: una en Virginia, otra en Utah y la tercera… en Las Vegas, Nevada.

«¡Viva Las Vegas!».

Es ella. Tiene que ser.

Y me mata pensar que se haya movido tan poco.

Se me hace un nudo en el estómago, duro y amargo, justo debajo del esternón. ¿Habrá estado viviendo en Las Vegas todo este tiempo? Coste de vida más bajo. Sin impuestos estatales. Montones de oportunidades laborales dudosas para una mujer con antecedentes penales y una enfermedad mental. Tiene lógica, suponiendo que sea ella.

La duda se apodera de mí como una ladrona que acecha en los rincones oscuros de mi mente y me roba la poca esperanza que me queda. Bien podría ser otra Sarah Elizabeth Collins. Mi madre podría estar en cualquier otro lugar y que su dirección y su teléfono no estén registrados.

Pero esta Sarah tiene teléfono.

Agarró mi móvil. Me tiembla tanto la mano que casi se me cae. Tecleo el número y oigo un tono, dos. Al tercero, salta una grabación. El saludo se oye algo distorsionado, una voz de mujer, y no puedo distinguir si es la de mi madre. No la he oído hablar desde que tenía catorce años y los recuerdos no siempre son fiables.

Estoy a punto de dejarle un mensaje, «¿Eres tú?», cuando recuerdo a lo que me comprometí antes de salir para España.

Cuelgo. He esperado media vida. Puedo esperar cinco días más.

Es casi de noche cuando llego a mi alojamiento, una granja reconvertida en casa rural, toda de piedra. Un labrador canela se me acerca mientras abro el maletero y saco el equipaje. Me saluda con un ladrido, sacudiendo con la cola el parachoques del coche de alquiler. Me empuja las piernas con la cabeza y me olisquea la mano.

—¡Hola, guapo! —le digo, rascándole debajo de la barbilla.

Me sigue a la entrada, hasta que detecta un pollo que corretea por la hierba. Ladra fuerte. Olvida su labor de botones y persigue al pollo por toda la finca.

Asentada entre los pintorescos campos de Galicia, al noroeste de España, veo enseguida mi alojamiento, La Casa de Campo, lugar de vacaciones ideal para recién casados. Una pareja joven pasa el rato en el jardín, admirando el cielo del atardecer, que va oscureciéndose sobre los pinares y los bosques de eucaliptos. Me saludan con la mano mientras degustan distintos tipos de queso, acompañados de vino blanco.

—Buenas noches —dicen al unísono en español.

—Buenas noches —contesto yo en mi idioma.

El hombre sonríe brevemente y se vuelve hacia su mujer. Se inclina sobre ella y le besuquea el cuello. Ella ríe como una boba, luego gime en voz baja, lánguida, y ladea la cabeza para ponérselo fácil a él, que me mira de pronto por encima del hombro de ella al ver que estoy allí plantado, mirándolos. Vuelvo en mí, me cuelgo la bolsa del hombro y paso a recepción, echando de menos a mi mujer.

En el comedor de al lado están cenando los huéspedes. El aroma a pollo asado y pan recién horneado me hace pensar en casa y en

Aimee. La echo de menos. No hemos podido contactar durante mi escala y, salvo por el mensaje que le he mandado al aterrizar en el pequeño aeropuerto de Santiago de Compostela, a una hora de aquí, no he vuelto a hablar con ella desde que la dejé en el hospital. Le debo una llamada y una explicación. No ha sido solo el que ella haya pasado página con James lo que me ha llevado a querer pasar página yo también con mi madre.

Arde un fuego en el salón del vestíbulo y una mujer, sentada de espaldas a la estancia, habla por el móvil en francés. Me acerco al mostrador de recepción y suelto las bolsas a mis pies. Tengo hambre y estoy agotado. Quiero registrarme para poder pedir que me suban algo de comer a mi habitación y quedarme como un tronco.

Un hombre bajito con gafas de montura metálica redonda me sonríe desde el otro lado. Se presenta como Oliver Pérez, el propietario.

—Buenas noches —me dice en español—. ¿Tiene reserva? —continúa en mi idioma.

—Sí, Ian Collins —le contesto yo también en español.

Oliver busca mi reserva en el ordenador.

—Aquí lo tengo. Se queda con nosotros tres noches. —Toma mi tarjeta y empieza a contarme un rollo de que la mujer con la que lleva casado treinta años y él son los dueños del establecimiento y que se está sirviendo la cena en el comedor: pollo asado al horno en jerez y vinagre de vino tinto—. El pollo se ha criado aquí, en la finca.

—¿Y lo ha matado su perro?

Oliver abre mucho los ojos detrás de las gafas.

—¿Cómo dice?

—El labrador canela que andaba por el jardín… Que lo he visto persiguiendo al pollo.

Aprieta fuerte los labios y masculla algo en español.

—No debería andar persiguiendo a los pollos —dice, de nuevo en mi idioma.

—Perdone, era un mal chiste —digo yo, esbozando una sonrisa. Un chiste terrible. ¡Dios, qué cansado estoy! Me paso la mano por el pelo—. ¿Qué decía…?

Deja mi tarjeta en el mostrador con un clac.

—No tenemos servicio de habitaciones. Le sugiero que cene ahora si tiene hambre, antes de que se acabe la comida —dice, señalando al comedor—. Mi perro no volverá a matar a ningún pollo hasta mañana.

—¿Qué? —digo, y levanto la vista de la cartera, en la que estoy guardando la tarjeta. Oliver me sostiene la mirada, muy serio. Luego sonríe, mostrándome su dentadura completa manchada de nicotina—. *Touché*, Oliver —añado, agitando el dedo índice delante de él.

Me da una llave de verdad; no hay tarjetas de plástico en este sitio.

—Confío en que encuentre su habitación agradable y provista de todo lo imprescindible.

Salvo una neverita de cortesía.

—Gracias —le digo en español.

Me guardo la llave en el bolsillo y me agacho a coger mis bolsas.

—Ian. Collins —oigo que me llaman a mi espalda, separando nombre y apellido en dos frases.

Esa voz.

Me viene de pronto a la cabeza una avalancha de recuerdos de mis últimos años de adolescencia y de mis veintipocos. Las vacaciones de primavera en Ensenada, borrachos de Coronas. Los fines de semana de invierno llenos de adrenalina, surcando las montañas nevadas de Colorado. Las semanas de exámenes finales, sin dormir, salpicadas de apasionados paréntesis entre torres de libros en la biblioteca de la universidad. Largas tardes repletas de cafeína, trabajando codo con codo en la terraza de aquel café del sur de Francia. Su cama fría y la forma en que me alejó de ella cuando se fue. Lo había pasado bien. Ya se había hartado de mí.

Me tenso entero y me yergo todo lo posible, dejando las bolsas en el suelo. No necesito volverme para saber a quién tengo a mi espalda, pero me vuelvo. La mujer que gritaba al teléfono hace un rato está plantada delante de mí, con un brazo cruzado mientras se da golpecitos en la barbilla con el móvil. Me mira fijamente a los ojos, moviendo los suyos a derecha e izquierda como si le costara creer que es a mí a quien ve. Yo reparo en su larga melena de pelo rubio ceniciento, en sus ojos almendrados y en su cuerpo delgado como un palo. No ha cambiado en trece años, pero a la vez está mayor. Se me revuelven las entrañas. Con la nitidez de una imagen de gran resolución, veo claramente lo que negué en su día, lo que ella me echó en cara: que se parece a mi madre.

Me quedo sin habla, aunque no debería sorprenderme encontrarla allí. Tenía que ocurrir en algún momento. Hemos estado moviéndonos en los mismos círculos desde que mi trabajo tomó derroteros más periodísticos, más humanos.

—Me alegro de verte —dice, ladeando la cabeza.

Lástima que yo no pueda decir lo mismo.

Al menos ya no tengo que andar dando la lata a Al Foster. Una llamada menos que hacer esta noche, porque es evidente que en *National Geographic* se han dado prisa en atender mi petición de cambio de fechas y han mandado a su redactora aquí a tiempo.

Inspiro hondo y me armo de paciencia. La voy a necesitar en los próximos días, porque sé cómo trabaja ella. Imagino el enfoque que le dará al reportaje, y no será positivo. Si quiero firmar este trabajo, dispongo de tres días para convencerla de lo contrario.

Fuerzo una sonrisa.

—Hola, Reese.

Capítulo 14

IAN

A *rapa das bestas* tiene lugar todos los años el primer fin de semana de julio. En mi visita anterior de este verano, acababan de concederme acceso al curro abarrotado de caballos salvajes de pura raza gallega cuando la vi por primera vez. Era el segundo de los tres lapsos de diez minutos durante los cuales se permite a un fotógrafo que ha firmado una cláusula de exención de responsabilidad acceder al centro de la barahúnda de la rapa. Yo, rodeado de montones de caballos enormes, estaba estresado, preocupado y agotado, pensando en Aimee, a mucha distancia de donde debería haber estado.

Llevaba en pie desde el alba, procurando en vano no darle vueltas a la conversación telefónica que había tenido con ella la noche anterior ni a las otras que habíamos tenido desde mi llegada a España, hacía nueve días. Cuando le pregunté, me dijo que estaba bien, pero se le notaba en la voz que no. Llevábamos casados el tiempo suficiente como para saberlo. Yo sabía cuando mi mujer no estaba bien. No podía disimular las ganas de llorar. Le propuse volver a casa, pero insistió en que me quedara en España. Había pasado años hablándole de la rapa, meses planificando aquel viaje. Hablaríamos cuando volviera. Colgué y me pasé la noche dando vueltas, sin pegar ojo, y por la mañana fui a misa de mala gana con las gentes del pueblo, muchos de ellos jinetes que, a caballo, se encargarían de reunir a las bestias, y los *aloitadores*, los que las manejarían, que también habían pasado la noche en vela, celebrándolo. La iglesia olía a incienso y a alcohol, una combinación repugnante con la que casi me desmayé. Le pidieron a san Lorenzo que los participantes en la rapa salieran ilesos de ella. Debería haberlo tomado como una advertencia.

Después de misa, fui de excursión por el monte con los lugareños y los turistas, siguiendo las sendas que los jinetes habían tomado para reunir a las bestias. Lo que más me sorprendió del evento fue que todo aquel proceso fue desarrollándose tranquila y metódicamente. No hubo jaleo. Los caballos no estaban agitados. Fueron bajando obedientes por el monte hasta el pueblo, donde los metieron en un prado grande hasta la hora de llevarlos al curro.

La segunda sorpresa no fue cuántos sino por qué metieron en ese ruedo tan pequeño a unos doscientos caballos. Sin espacio para moverse, el riesgo de que los animales sufran daños se reduce enormemente. No fue el caso de los *aloitadores*, entre los que hubo narices y dedos rotos, costillas partidas de lidiar con las bestias para apaciguarlas. En grupos de tres, fueron recortándoles a los caballos, uno a uno, las crines y las colas, desparasitándolos e inyectándoles el microchip si aún no lo tenían. Sacrificaron su propia seguridad por el amor a los animales que merodean por las colinas verdes de los alrededores de Sabucedo. Así es como controlan a la manada, como la mantienen sana y salvaje. Un ritual ancestral que ha evolucionado con el tiempo y que es absolutamente espectacular. Casi no podía creer la suerte que había tenido de estar en medio de todo aquello.

El curro atestado apestaba a estiércol y a sudor de caballo. Llenaba el ruedo el humo denso de la barbacoa con el aroma a carne quemada. Hice una foto detrás de otra, siguiendo a los *aloitadores* por el ruedo, con un ojo puesto en ellos y el otro en los caballos que tenía cerca, listo para largarme de un brinco, por si corcoveaban o me daban una coz. Con aquel sol abrasador, me caía el sudor por la nuca y mis manos sudadas manejaban rápidamente los controles de la cámara. Aunque los caballos estaban relativamente tranquilos, el pánico se veía en sus ojos. Y me lo estaban contagiando. El recuerdo súbito del pánico de mi madre que yo había captado con mis fotografías me nublaba la visión.

Con el pecho oprimido, hice una pausa para respirar hondo, mirando a otro lado con el fin de que no me absorbiera más el torbellino emocional que captaba mi objetivo disparo tras disparo. Conocía perfectamente la clase de sombras que acechaban en los ojos del sujeto y hacer aquellas fotos de la rapa me estaba afectando de un modo que no había previsto, recordándome por qué había elegido al principio la fotografía de paisajes.

Me limpié el sudor de la frente, levanté la vista a las gradas y vi a mi madre. Noté que me mareaba y que el tiempo se detenía. Ella se volvió hacia mí, sin verme, y la angustia que le fruncía el gesto, las lágrimas que le empapaban las mejillas me golpearon con fuerza el pecho. Retrocedí tambaleándome y entonces caí en la cuenta de que no era mi madre, sino Reese. ¿Qué hacía allí?

Levanté la cámara, acerqué la imagen, pulsé el disparador y un *aloitador* me gritó en la cara: «¡Cuidado!».

Detrás de mí corcoveó un semental, que me golpeó fuerte en el hombro con el lomo. Caí de espaldas sobre otro caballo, con la cámara meciéndose colgada de mi cuello. Recobrando el equilibrio, con el corazón desbocado, volví a mirar a las gradas. Reese ya no estaba.

Luego, ya en la habitación del hotel, llegué a la conclusión de que, en realidad, ella no había estado allí, que me lo había imaginado porque me había dejado llevar por la energía del ruedo y por haber estado pensando en mi madre. La imagen del visor era demasiado borrosa como para confirmar si aquella mujer era Reese de verdad.

Supongo que fue producto de mi imaginación.

Mis ojos se centran en Reese. Ella sonríe.

—¿Qué tal Ian?

—¿Qué haces tú aquí?

Reese mira a otro lado y después vuelve a mirarme a mí.

—Lo mismo que tú. Me manda *National Geographic*.

—A ti no te gusta hacer reportajes sobre fauna salvaje.

—Yo no llamaría «fauna salvaje» a unos caballos medio domesticados. No son leones, ni tigres, ni osos.

—¡Cielo santo! —digo con sarcasmo.

Finge una carcajada.

—¡Qué gracioso eres! No me gustan los animales encerrados, seguro que lo recuerdas.

—Lo recuerdo. Dejaste escapar al gato que adopté para ti. El mismo día, mientras estaba en el trabajo, para que no pudiera disuadirte.

—Era alérgica.

—Yo no lo sabía.

—Tampoco me lo preguntaste —resopla.

—Lo atropelló un coche.

—Eso fue un accidente. Yo jamás había tenido gato. Ignoraba que iría directo a la carretera. Ya sabes lo mal que me sentí —dice, y vislumbro un asomo de remordimiento en su rostro.

—Lo iban a sacrificar. Yo intentaba salvarlo.

—Pues tendrías que haberme preguntado antes de llevarlo a casa. No todo el mundo necesita que lo salven. O que lo arreglen —añade.

—¿Qué insinúas?

—¿Ya estamos otra vez? —dice, haciendo girar el dedo índice en el aire, como queriendo decir que siempre nos enredábamos en discusiones sin fin.

—No, tranquila.

No volvería a pasar. Podía reprocharle que no me hubiera pedido que devolviera el gato al refugio o le buscase otro hogar, pero eso ya lo habíamos discutido en su día y no me apetecía volver a hacerlo.

Echo un vistazo a mi móvil. Al aún no me ha contestado.

—Mi editor aún no me ha confirmado que vayamos a trabajar juntos.

—¿Qué? ¿No vas a hablar conmigo del reportaje hasta entonces?

Me vuelvo a guardar el móvil en el bolsillo.

—¿Tú no tendrías que estar en Yosemite?

—¿Y tú cómo lo sabes? —pregunta perpleja.

—Por un conocido común. —Me mira fijamente, esperando a que le diga quién y yo decido ser más agradable, más simpático. Vamos a tener que aguantarnos el uno al otro durante los próximos días. Más vale que me esfuerce por que nuestra convivencia no sea un infierno—. Por Erik Ridley. Es mi amigo. Un tío muy majo. Trátamelo bien —le digo, esbozando una sonrisa.

—No soy tan zorra con mis compañeros —me contesta, provocadora—. He oído maravillas de su trabajo. Ese proyecto se ha pospuesto dos semanas, así que puedo hacer este contigo.

Lo dice de una forma que me inquieta. Recojo mis bolsas sin saber qué pensar y decido no darle demasiada importancia. Estoy agotado.

—Cena conmigo y nos ponemos al día.

Me cuelgo la cámara del hombro.

—Tengo que darme una ducha y llamar a mi editor. —Y a mi mujer.

—Ya has oído a Oliver: no hay servicio de habitaciones. Solo se puede cenar en el comedor. Además, recuerdo que investigabas los destinos de tus encargos hasta que te sangraban los ojos, así que apuesto a que ya sabes que no hay otro restaurante en kilómetros a la redonda. Tengo la sensación de que hemos empezado con mal pie. Anda… —dice, juntando las manos como si rezara—, vamos a cenar juntos, nos ponemos al día y preparamos el plan de ataque para las próximas jornadas. Prometo portarme bien.

Me dedica una sonrisa inmensa, de oreja a oreja, y yo noto un puñetazo en el estómago. Hubo un tiempo en que, con esa sonrisa, conseguía lo que quisiera de mí: un perfume francés, una bici de paseo con la que iba a todas partes, noches de pasión interminables, un gato naranja… Pero ya no. Ahora mismo esa sonrisa me produce calambres en el estómago. O igual es que tengo hambre.

Miro la hora.

—Pilla mesa para los dos. Te veo allí dentro de veinte minutos.

Salgo por la puerta principal y cruzo el jardín. Los alojamientos están esparcidos por la finca en casitas de dos plantas, cada una con cuatro *suites*. La mía está en la planta baja y tiene un patio que da al bosque. Está decorada en colores apagados y las sábanas y las mantas parecen gastadas y cansadas, pero la cama es cómoda. Es lo único que necesito para los próximos días.

Me siento al borde, llamo a Aimee y, mientras espero a que lo coja, me desato los cordones de las zapatillas. Salta el buzón de voz y le dejo un mensaje, procurando no sonar muy decepcionado por no hablar con ella directamente. Le digo que estoy en la casa rural, que la echo de menos: «¡Dios, cómo te echo de menos, nena!». Más de lo que recuerdo haberla echado de menos en otros viajes. Seguramente por cómo me he ido. Le digo que la quiero y que me llame cuando tenga un rato.

Me desnudo, me ducho, me afeito y miro el móvil. El condenado correo electrónico de Al ha llegado por fin. Se disculpa por la demora. Estaba esperando a que le contestara la editora de reportajes. Se le ha asignado el artículo a Reese Thorne. Estaba haciendo otro reportaje en Londres y no le iba a costar nada acercarse a España. Me incluye enlaces de sus tres artículos más recientes. Uno de ellos, sobre los mejores destinos del mundo para el viajero corriente, salió en el número de *National Geographic Traveller* del mes pasado.

Tan pronto me pongo unos vaqueros y una camiseta *henley* azul marino, voy a reunirme con Reese en el comedor. Ella ya ha pedido una botella de vino y un entrante: un plato de quesos y embutidos de la región. En cuanto me siento, aparece una camarera y empieza a llenarme la copa. Levanto la mano para detenerla. En medio de esa luz tan tenue, con la mesa iluminada por velas y la pareja de tortolitos de la mesa de al lado, compartir una botella de vino con mi ex no me parece bien.

—Tomaré una cerveza, Álex —digo, al verle el nombre en la pechera. Estiro el cuello para ver los grifos que tienen en la barra—. Una San Miguel.

—Sí, señor —me contesta en español.

Reese le señala su copa para que se la rellene. La camarera lo hace y empieza a recitar la retahíla de platos disponibles para la cena. No tienen carta, solo sirven lo que el chef decide preparar. Esta noche es pote gallego, con sus grelos y sus alubias, y pollo asado al horno. Me va a traer la cerveza y nos dará tiempo para que terminemos el entrante antes de traernos el potaje.

Cuando Álex se va, Reese me dice con un dedo amenazador:

—Venga, suéltalo: ¿de qué conoces a Erik?

—Nos conocimos hace varios años en una feria de fotografía. Él está empezando a hacer sus pinitos en fotografía de paisajes y me da consejos a mí como reportero gráfico. Somos un poco mecenas el uno del otro.

Llega Álex con mi cerveza. Se lo agradezco y le doy un buen trago.

Reese bebe su vino a sorbitos, observándome por encima del borde de la copa.

—Debo reconocer que, cuando has mencionado lo de Yosemite, he pensado que me estabas siguiendo la pista.

—Tu nombre ha surgido una o dos veces en la conversación durante estos años.

Pero yo nunca he hecho un gran esfuerzo por buscarla. Normalmente he sabido de su trabajo por otros fotógrafos o porque me he topado con su nombre en alguna revista. Por lo demás, no tenía ni idea de qué era de su vida personal.

—Yo sí te he estado siguiendo. Tu trayectoria profesional, quiero decir.

Me sorprende, teniendo en cuenta cómo se fue. Sin avisar, sin dar explicaciones, sin intentar arreglar lo nuestro. Yo volvía a casa antes de tiempo de un encargo en el valle del Loira. Una bodega quería unas fotografías profesionales de sus viñedos para su campaña de *marketing*. Cuando llegué a nuestro piso, me encontré a su amigo Braden esperando a la puerta del edificio en su Fiat descapotable.

—Lo siento, tío —me dijo cuando le pregunté qué hacía allí.

—¿El qué? —le contesté yo.

—Habla con Reese —replicó, levantando las manos como a la defensiva.

Estiré el cuello y miré hacia nuestras ventanas, dos pisos más arriba. Estaban abiertas para que entrase la brisa vespertina. Una sombra pasó por detrás del visillo.

Reese.

Con el corazón desbocado, subí de dos en dos las escaleras que conducían a nuestro piso y me detuve a la entrada de nuestro diminuto dormitorio.

—¿Qué haces?

Reese, que estaba de espaldas a mí, soltó un grito y se volvió bruscamente. El montón de ropa que llevaba en brazos salió disparado. La había asustado.

—Ian, ¿qué haces tú aquí? —preguntó espantada, llevándose una mano al pecho. Vi las maletas abiertas detrás, encima de la cama. Ella me siguió la mirada—. Quería irme antes de que volvieras.

Dejé caer las bolsas con un gran estrépito.

—¿Irte? ¿Adónde?

—Aún no lo he decidido. Me quedaré en casa de Braden un tiempo. Si me dejo algo, me lo puedes mandar allí.

Entré en la habitación, hecho un lío hasta que conseguí ordenar mis pensamientos y lo vi claro. No se iba a pasar el fin de semana, ni a trabajar fuera. Me estaba dejando.

Me agarré con fuerza al poste de hierro forjado de la cama. Habíamos encontrado el armazón en una tienda de segunda mano y Reese se había enamorado enseguida del diseño de volutas. Lo compramos en el acto.

La de horas que pasamos limpiando el hierro de óxido y porquería. La de horas que pasamos entrelazados en aquel colchón. Aquellas horas ya no significaban nada sin Reese tendida a mi lado. Aquellas horas ya no significaban nada sin ella allí.

—¿Por qué? —pregunté con voz pastosa.

—No puedo seguir contigo —me contestó ella.

—Yo te quiero.

—Yo no. Ya no.

Alargué el brazo para acariciarla y ella esquivó mi mano y se desplazó al extremo opuesto de la cama.

—Uno no se desenamora así como así, Reese. ¿Qué ha pasado? ¿Qué he hecho mal?

—Has…

—¿He, qué?

Negó con la cabeza.

—Da igual. Necesito espacio, eso es todo.

Necesitaba espacio. Me aferré aún más al armazón de la cama, con los nudillos blancos. Tragué saliva, procurando librarme de los recuerdos dolorosos que me producían aquellas palabras.

—¿Por cuánto tiempo?

Bajó la vista a la cama.

—Permanentemente —dijo antes de cerrar la cremallera de su bolso de viaje.

Me costó muchísimo olvidar aquel sonido, el ruido penetrante de la cremallera al deslizarse. Un sonido rotundo. Tampoco pude olvidar fácilmente el silencio de nuestro piso después de que ella saliera por la puerta, ni lo solo que me sentí. El no saberme querido ni deseado no era algo nuevo para mí, pero me dolió igual.

—Tu trabajo es extraordinario. —La voz de Reese interrumpe mis recuerdos—. No te imaginas la ilusión que me ha hecho saber que íbamos a trabajar juntos después de tantos años.

Algo que ha dicho antes en el vestíbulo me hace fruncir el ceño.

—¿Cómo has conseguido este trabajo? —le pregunto, apoyando los antebrazos en la mesa.

Álex nos trae el potaje. Me recuesto en el asiento para dejarle espacio.

—Huele fenomenal —dice Reese, cogiendo la cuchara—. Nos lo ofrecieron, a mí y a otro redactor, Martin Nieves, un veterano colaborador de la revista.

Le doy las gracias a Álex con un movimiento de la cabeza y cojo la cuchara yo también.

—He oído hablar de él —le digo a Reese—, pero solo he visto un artículo tuyo en *National Geographic*, ¿cómo es que te eligieron a ti?

—No me crees lo bastante preparada —suelta con la cuchara suspendida sobre el cuenco.

—No he dicho eso. Te creo más que preparada. Al me ha mandado enlaces a un par de artículos tuyos, incluido uno reciente sobre senderismo. Los he leído antes en mi habitación.

—¿Te los acabas de leer?

Parpadeo, extrañado.

—Sí, ¿qué pasa? —Reese apura su vino y observa a la pareja sentada a nuestro lado. Acaricia con el dedo índice el pie de la copa—. ¿Ocurre algo? —insisto.

Me dedica una sonrisa de desaliento.

—Te parecerá una tontería, pero supongo que esperaba que fuera mentira.

—¿El qué?

—Que no has estado al tanto de mi trayectoria profesional.

Aparco los codos en la mesa y junto las manos.

—Tus artículos son buenos. Los que he leído.

—Gracias. Estoy aquí por dos razones —dice, levantando el dedo—: ya estaba en Londres, con lo que para mí era más fácil venir aunque me avisaran con poca antelación y —levanta otro dedo— ya estuve en la rapa en verano, y Nieves no.

—¡Eras tú la de las gradas! —suelto casi sin darme cuenta.

Baja los dedos despacio y me mira asombrada.

—¿Me viste? ¿Y por qué no te acercaste a hablar conmigo? —Aprieto fuerte los labios hasta que forman una línea recta. Reese baja la vista a la mesa y limpia una mancha de potaje del borde de su cuenco—. Bueno, entiendo que no lo hicieras. Por si sirve de algo…

—No estaba seguro de que fueras tú —la interrumpo, antes de que aquello nos lleve catorce años atrás—. Yo estaba en el curro, rodeado de caballos, cuando creí verte y, al mirar de nuevo hacia las gradas, ya no estabas.

—Me tuve que ir —contesta sin darme detalles, yo tampoco se los pido. Álex se lleva los cuencos y vuelve con el segundo plato. Estoy a punto de preguntarle a Reese a qué hora le gustaría empezar por la mañana, porque tengo entendido que las manadas no siempre son fáciles de localizar, con lo que puede que nos lleve el día entero, cuando ella me pregunta—: ¿Cuánto tiempo llevas casado?

Levanto la vista del plato.

—Estás al tanto de algo más que de mi trabajo.

—Llevas alianza —me dice, y yo miro el anillo de oro sucio—. Pero sí, así es —reconoce—. ¿Cómo es ella?

Se me alegra el cuerpo pensando en Aimee.

—Es la mujer más extraordinaria que he conocido jamás —contesto mientras corto un trozo de pollo.

—Una mujer afortunada —dice Reese, viéndome masticar. El pollo está delicioso y especiado, pero no es comparable con la cocina de Aimee. Reese frunce los labios y tengo la sensación de que quiere preguntarme algo. Enarco una ceja y ella se inclina hacia delante—. La periodista que llevo dentro necesita saberlo: tu madre... ¿Llegaste a encontrarla?

Niego con la cabeza.

—No. —Pero lo haría pronto, a la semana siguiente, sin ir más lejos.

—¿Aún la buscas? —Como otro bocado de pollo y mastico, mirándola a los ojos—. Sí, la buscas —susurra ella en mi lugar. Miro el plato y toqueteo las verduras con el tenedor—. ¿Se parece a ella?

—¿Quién?

—Tu mujer. ¿Se parece a Sarah?

Suelto de golpe los cubiertos, que suenan al chocar con el plato.

—Mañana hay que madrugar. Te veo en el vestíbulo a las ocho —digo antes de apartar la silla para levantarme.

Reese alarga la mano por la mesa.

—No pretendía... Soy una bocazas. Hay cosas que no cambian. Sigo teniendo la mala costumbre de soltar preguntas sin pensar. No pretendía disgustarte.

Le hago una seña a la camarera, que se acerca enseguida.
—Por favor, apunta las cenas a mi habitación.
—Ian… ¡espera!
Me levanto.
—Descansa, Reese. Mañana será un día largo.

Capítulo 15

Ian, a los doce años

Ian estaba sentado en los escalones del porche, limpiando el objetivo de su cámara. El sol de primeros de mayo bañaba el caminito de entrada a la finca y calentaba la gravilla. Dentro, Jackie mecía un vaso del *bourbon* de su padre. Lo había dejado sin vodka. Llevaba toda la mañana llamando a un tal Clancy, pero el tipo no descolgaba el teléfono y ella empezaba a ponerse furiosa.

Dobló el paño y sostuvo a la luz el objetivo para ver si quedaban huellas o manchas. El objetivo pasó la inspección. Volvió a encajarlo en la cámara y, con los codos clavados en las rodillas y la barbilla apoyada en una mano, se apartó el pelo de la frente de un soplido. Echó un vistazo alrededor, esperando. Las aguileñas que su madre tenía en tiestos se balancearon. Las hojas del roble japonés se estremecieron. Las ramas y el tronco crepitaron y se expandieron bajo la luz directa del sol.

Debería estar haciendo sus tareas, pero cuando Jackie andaba de mal humor, prefería estar fuera. Lo mejor que podía hacer era mantenerse alejado de ella, como esperaba su padre. Pero Jackie tenía las llaves del coche. Antes de transformarse, su madre no había tenido tiempo de guardarlas en el nuevo escondite, una caja de seguridad en el escritorio de su padre. Ian sabía que Jackie tenía pensado marcharse en breve y estaba preparado. Le daba igual que su padre lo castigara sin salir o, peor aún, que le quitara la cámara, cuando se enterase de que no había ido a casa de Marshall como él le había ordenado que hiciera cuando Jackie fuera la personalidad dominante. Tampoco su padre estaba allí para vigilar a Sarah. Alguien debía asegurarse de que no se hacía daño.

Oyó la voz de Jackie por la mosquitera de la puerta. Un zumbido eléctrico rebosante de excitación nerviosa. Aguzó el oído para enterarse de lo que hablaba y captó fragmentos de conversación sobre un hombre al que Jackie había estado buscando y que Clancy por fin había encontrado. Iba a quedar con Clancy para que le diera la ubicación del hombre.

—Dentro de dos horas. Allí estaré. —Soltó de golpe el auricular.

Ian se colgó la cámara al hombro y se levantó. Se situó de espaldas al Pontiac y de frente a la puerta de la casa. Estaba preparado.

A los diez minutos, Jackie salió de la casa y se detuvo bruscamente. Ian se mantuvo firme en su posición, separando aún más las piernas y los brazos. Ella rio con desdén.

—Aparta —le dijo.

Él se irguió aún más. Echó los hombros hacia atrás y cruzó los brazos sobre el pecho. Había dado un estirón recientemente y ya era unos tres centímetros más alto que su madre. Como Jackie llevaba chanclas de plataforma, le quedaba a la altura de los ojos. Aun así, Ian no reculó. Ni se inmutó.

—Estás borracha. Dame las llaves —le dijo, tendiéndole la mano, que le temblaba.

Jackie llevaba unos vaqueros caídos y una blusa blanca de esas que la compañera de Ian, Delia, llamaba «camisas de campesino», una ropa impropia de su madre, que jamás se habría vestido así, ni se habría maquillado de ese modo. Jackie iba pintada como una puerta. Ian le veía las grietas en la base, que exageraban las arrugas de expresión encorchetándole la boca. El rímel negro le cerraba los ojos.

Una sonrisa asomó de pronto a su rostro y dejó al descubierto los incisivos manchados de carmín.

—¿Te refieres a estas llaves? —le preguntó ella, agitándoselas delante, como si fuera a tirárselas a la cara.

Él se sobresaltó. Jackie le dio un empujón en el hombro y le hizo perder el equilibrio. Su cuerpo desgarbado se tambaleó y chocó con el poste del porche que tenía a la espalda.

Jackie bajó con parsimonia los escalones, haciendo girar las llaves alrededor de su dedo índice, burlándose de él. Se había rizado el pelo. Los tirabuzones enroscados botaban en sus hombros. Se le torció el tobillo en la chancla de plataforma y dio un traspié en la gravilla. Hizo el molinillo con los brazos, como un ganso abriendo las alas, y se enderezó.

—¡Uf, casi…! —dijo, riendo como una boba.

Ian miró de reojo aquella ropa que jamás le había visto a su madre, aquel lápiz de labios que su madre en la vida se habría puesto. Pensó en la caja de seguridad donde su madre guardaba las tarjetas de crédito y el dinero. Salvo que hubiera averiguado el modo de acceder al de sus padres sin que él se diera cuenta, Jackie debía de tener su propio alijo.

Inspiró hondo, preguntándose qué más habría escondido. Un sudor nervioso le empapó la piel cuando se materializó el recuerdo del año anterior, nítido y aterrador. El del día en que Jackie le había pedido una de las pistolas de su padre. El temor por la seguridad de su madre le tenía desbocado el corazón y le obligó a tomar una de las decisiones más desafortunadas de su existencia, como bien le diría su padre después. Mientras Jackie se instalaba al volante del Pontiac, Ian se coló en el asiento de atrás. Cerraron las puertas a la vez. El coche tembló.

Jackie arrancó el motor y fue pasando las emisoras de radio hasta detenerse en un tema de Eric Clapton: «Lay Down, Sally». Metió la marcha atrás y lo miró a los ojos por el retrovisor. A él le temblaron las manos en el regazo, pero no apartó la vista, le sostuvo la mirada. No se iba a mover de allí. La seguiría adonde fuera.

Ella torció el gesto. Enarcó las cejas.

—Como quieras, idiota —le espetó antes de pisar a fondo el acelerador.

Giraron las ruedas, escupiendo gravilla, y el Pontiac salió disparado antes de que quedaran encajadas y enfilara el caminito de salida a toda velocidad.

Condujeron casi dos horas, en dirección al parque nacional de Boise. Ian ya había estado por allí, cazando ciervos con su padre. Stu comparaba la caza con la fotografía. Miras por el visor, estudias al sujeto o a la presa, como quieras llamarlo, y, sin respirar, apuntas y disparas.

Ian odiaba la caza y todo lo que significaba, desde acechar al animal hasta las poses de su progenitor junto a la presa muerta, levantando la cabeza por los cuernos como si fuera un trofeo. No lo soportaba. Había decepcionado a su padre, así se lo había dicho más de una vez, el día en que, teniendo un ciervo justo a tiro, había fallado el disparo. Le daba igual lo que pensara de él. Se negaba a apretar el gatillo. Disparar a un animal vivo no se parecía en nada a apretar el obturador.

Pegó la frente al cristal de la ventanilla. Por los altavoces sonaban a todo volumen canciones de los setenta. Jackie no hablaba con él. No le hacía ni caso. Mejor para él. Había aprendido a no hacer preguntas ni decir nada que la distrajera de la conducción. Y a tener la cámara escondida. No iba a arriesgarse a que lo obligara a bajarse del coche otra vez, y menos esa vez, que se habían alejado de casa más que nunca. Iba tomando nota mental de los puntos de referencia del camino y de los rótulos de la autopista. Después del viaje, su madre estaría confusa y desorientada. Necesitaría que él la ayudara a volver a casa.

Jackie iba cantando las canciones, tamborileando con los dedos en el volante. Cantaba de pena, pero Ian no le dijo nada. En su lugar, fue fijándose en el paisaje. Deseó haber cogido algo de comer o de beber. Se estaba haciendo pis.

Empezó a sonar una balada de los Bee Gees: «How Deep Is Your Love». Ian se estaba quedando traspuesto cuando el coche comenzó a detenerse. Se incorporó de pronto y, después de frotarse los ojos, miró alrededor. La autopista se extendía infinita a su espalda y se curvaba en un recodo que tenían delante. Jackie giró hacia el aparcamiento de un motel de mala muerte y apagó el motor. Pinos altos bordeaban el terreno. Al otro lado de la calle, el neón de un pequeño supermercado parpadeaba en lo alto de una gasolinera. A Ian le rugía el estómago y le reventaba la vejiga. Se revolvió en el asiento.

—Quédate aquí —le ordenó Jackie, bajándose del coche.

—¿Adónde... —se cerró la puerta de golpe— vas? —terminó la frase con resignación.

La vio cruzar el aparcamiento hasta un teléfono público. Hizo una llamada, luego empezó a dar vueltas nerviosa en pequeños círculos. De vez en cuando miraba hacia la autopista. ¿A quién esperaba? ¿A Clancy? En el aparcamiento no había otro coche que el suyo. Aquel sitio parecía un vertedero. A las ventanas de varias habitaciones les faltaban las mosquiteras. Una de las puertas tenía un agujero en la parte inferior en forma de puntapié dado con una bota. Desde luego no parecía un sitio seguro en el que andar merodeando.

Pasó media hora, que a Ian se le hizo eterna, y no ocurrió nada. Jackie se había acercado a la autopista, de espaldas a él, y nada más. Confiaba en que no pensara en largarse de allí haciendo dedo, porque entonces él no tendría forma de volver a casa.

Le estallaba la vejiga. Se estaba escurriendo hacia la puerta con la idea de acercarse de una carrera a la gasolinera, cuando entró en el aparcamiento un tipo grande en una Harley. Su enorme barba castaño oscuro salpicada de canas le llegaba hasta el pecho. La tripa le asomaba por debajo de la camisa negra descolorida. Bajó de la moto y se dirigió anadeando hacia donde estaba Jackie. Debía de ser Clancy.

Por fin ocurría algo. Ian buscó a tientas la cámara.

Jackie esperó a Clancy, con los brazos cruzados y la cadera ladeada. Él fue derecho a ella, le dio un pellizco en el culo y la estrechó contra su tripa. La besó, sacando la lengua de la boca antes de anclarla en la de ella.

Ian hizo un aspaviento y se le cayó la cámara, que sonó con fuerza en el asiento de vinilo. El motero por fin tomó aire. El pecho de Jackie se infló. Tenía los labios empapados de saliva. El tipo entró en la recepción del motel y Jackie se limpió la boca con el dorso de la mano. Miró de reojo el Pontiac. Ian se hundió todo lo que pudo en el asiento, asomándose por encima del borde. Se encontraba mal. Las manos sudadas le resbalaban por el vinilo.

Jackie se estiró la blusa y se frotó las caderas como también hacía Ian cuando estaba nervioso. Se cerró de golpe la puerta de recepción y eso llamó su atención. Clancy le enseñó a Jackie una llave y señaló una de las habitaciones.

¿Quién era aquel tipo y qué quería de Jackie?

Ian recogió la cámara. No se fiaba de aquel hombre, ni una pizca. Con manos temblorosas, hizo una foto de Jackie al lado de Clancy, que le sacaba más de una cabeza. Ella se movía nerviosa en el sitio mientras él abría la puerta. Luego él se hizo a un lado y, plantándole una mano en el trasero, la empujó adentro. Ian hizo otra foto antes de que cerraran la puerta.

¿Y qué iba a hacer ahora?

Le rugía muchísimo el estómago y, peor aún, tenía que hacer pis o iba a reventar. Por una décima de segundo pensó en comprarse una chocolatina en el minisúper de la gasolinera y usar el baño, pero descartó la idea enseguida. No podía irse. ¿Y si reaparecía su madre y desaparecía Jackie mientras estaba sola con Clancy? Debía estar allí para protegerla. Quizá tuviera que ayudarla a escapar de él.

Se colgó la cámara del hombro y abrió la puerta del coche. Estuvo allí plantado cinco minutos largos, con las piernas temblando de nervios y de miedo. Pasó por la autopista algún coche. Los cuervos picoteaban la basura. Soplaba en el aparcamiento un aire perfumado de pino y de leña quemada, que le azotaba la espalda. Fue el empujón que necesitaba.

Ian se bajó la cremallera del pantalón y se alivió allí mismo, en el aparcamiento, en el hueco formado por el coche y la puerta abierta. Gimió de gusto y luego, botando sobre los dedos de los pies, se sacudió y se subió la cremallera. Miró alrededor para asegurarse de que no lo había visto nadie.

Todo despejado. Cerró despacio la puerta del coche y se acercó a la habitación del motel. Levantó el puño para llamar, pero titubeó al oír un ruido. Pegó la oreja a la puerta. Quejidos y aspavientos ahogados y un constante golpear de carne penetraban la puerta hueca. Una voz profunda y gutural maldijo. Después, más gruñidos.

Reculó, casi tropezando con el tope de la plaza de aparcamiento. Había oído antes esa clase de sonidos, en el dormitorio de sus padres, en la oscuridad de la noche.

Se sintió como si se hubiera tragado un sapo. Una especie de pelota asquerosa y empalagosa le botaba en el estómago, le subía a la garganta y se espesaba en ella. Le dieron arcadas.

Olvidando las punzadas de hambre, cruzó corriendo el aparcamiento, tropezando y cayendo al suelo en su premura por llegar al teléfono público. Las piedrecitas del suelo le arañaron las manos y la barbilla. Apenas se percató de las heridas, de los desconchones. Se levantó y abrió de un empujón la puerta de cristal de la cabina telefónica. Llamó a cobro revertido al hotel de su padre y pidió que le pasaran con su habitación. El teléfono sonó y sonó hasta que la operadora le confirmó lo que ya sospechaba: que había salido. Estaba solo.

Colgó.

Le dieron ganas de llorar.

Le dieron ganas de salir corriendo.

No quería volver a casa con Jackie. No quería estar con ella. Había traicionado a Sarah de la forma más vil posible. Acostarse con un desconocido era mil veces peor que los moratones que arruinaban el rostro de su madre cada vez que Jackie hacía una de sus misteriosas salidas.

Salidas que probablemente la llevaban hasta Clancy. Alguien le tenía que haber hecho esos moratones.

Sonó el teléfono, estridente, y dio un respingo. Levantó el auricular y contestó con voz de pito:

—¿Diga?

—Ian, ¿eres tú?

—¡Papá!

Sintió un alivio casi incapacitante. Se dejó caer sobre la pared de cristal garabateada de números de teléfono y mensajes de «Llámame» escritos con rotulador.

—¿Qué demonios haces en Donnelly?

Ian se frotó los ojos con la base de las manos para limpiarse las lágrimas.

—Jackie nos ha traído aquí.

Le contó lo que había visto y oído.

Su padre guardó silencio un buen rato. Ya pensaba que había colgado cuando oyó un golpe seco. Sonó como un puñetazo en la pared, acompañado de una maldición.

—¿Papá? —le preguntó titubeante.

—Por Dios, Ian, te he dicho montones de veces que no subas al coche con Jackie. Y que salgas corriendo a casa de Marshall y me llames en cuanto tu madre se transforme.

—¿Para qué? —le replicó furioso—. Si ya habrá vuelto a ser mamá cuando llegues a casa.

—Maldita sea. Haz lo que se te ordena por una vez. Vete al coche para que no te deje ahí tirado. Ella volverá a casa, siempre lo hace. Pero ni se te ocurra contarle a tu madre lo que ha pasado. Ya hablaré yo con ella cuando llegue. Esto le va a costar digerirlo.

—Pero papá…

—¡Hazlo! Es una orden —bramó su padre lo bastante fuerte como para que Ian se apartara el auricular de la oreja—. Y más te vale irte con Marshall cuando llegues a casa. Espera ahí hasta que vaya a recogerte. No quiero que te pase nada.

—Yo no quiero que le pase nada a mamá. Jackie le va a hacer daño.

Se oyó un portazo que llamó la atención de Ian. Se volvió hacia el motel y se le encogió el pecho.

—Tengo que colgar —dijo, y el auricular le resbaló de la oreja.

—¿Ian? ¡No me cuelgues! ¡Ian! ¡¡Ian!!

Su padre siguió gritándole hasta que colgó y así lo silenció.

Jackie estaba plantada a la puerta de la habitación del motel, al otro lado del aparcamiento. A pesar de la distancia que los separaba, pudo ver el brillo de las lágrimas en sus mejillas. Con el rímel corrido, el pelo alborotado y la blusa descolgada de un hombro, le recordaba al ciervo al que su padre le había pedido que disparara. Del mismo modo que había levantado el rifle hacía meses, se acercó la cámara a la cara, despacio, con cuidado, para no espantarla. Esa vez sí disparó. Apretó el botón. El obturador hizo clic. Y lloró. Porque no era a Jackie a quien había capturado su objetivo.

Capítulo 16

AIMEE

¿Qué demonios estoy haciendo?

Debería estar en el café para la hora punta o llamando a los bancos para conseguir el préstamo. Debería estar en un avión rumbo a España. Donde no debería estar es en el vestíbulo de Donato Enterprises, esperando a que me reciba el dueño de la compañía, Thomas Donato.

Pero aquí estoy.

Anoche, pedirle ayuda a Thomas me pareció la solución perfecta, igual que esta mañana, cuando me he levantado con idéntica determinación. Thomas es la vía más rápida para alcanzar el fin que persigo: localizar a Lacy Saunders.

Sin embargo, ahora que estoy aquí sola, sentada en la sala de espera de un despacho en el que jamás pensé que fuera a poner un pie, mi determinación comienza a evaporarse.

No paro de mover las rodillas. El café de esta mañana me ha hecho un nudo duro debajo de las costillas. Juego con el móvil, pasándomelo de una mano a otra.

«No voy a poder».

No puedo plantarle cara a Thomas otra vez.

Ya me estoy poniendo en pie cuando recuerdo de pronto por qué he venido.

Por Ian. Esto lo hago por Ian. Busco a Lacy por él.

¡Qué distinta sería mi vida si hubiera hecho caso a esa mujer en el funeral de James, cuando me dijo que seguía vivo! Mi inacción me había privado de James y del futuro que creía querer tener con él. Pero…

No habría conocido a Ian.

Ni habríamos tenido a Caty.

La sola idea de no tenerlos en mi vida me produce una súbita tristeza. La pena me paraliza momentáneamente. Me empapa el alma.

Por eso me propongo hacer caso a Lacy esta vez, averiguar qué quiere de Ian. Ya no puedo perder a nadie más de mi vida.

Cierro los ojos y respiro hondo para superar la tristeza. Luego releo el mensaje que Ian me ha mandado mientras dormía. Ha aterrizado bien en Nueva York. Quería hablar conmigo cuando ya estuviera despierta.

Yo no, por miedo a que sospechara lo que tengo pensado hacer hoy. No quiero distraerlo de su trabajo y últimamente discutimos mucho. Habríamos vuelto a discutir si se llega a enterar de a quién voy a ver.

A estas alturas, ya habrá cogido el vuelo de enlace y estará camino de España, donde me reuniré con él mañana por la noche. Espero tener noticias de Lacy para entonces.

¿Por qué me habrá ocultado lo de la tarjeta? Tampoco me ha contado que había visto a James. Solo que quiere volver a buscar a su madre. Entiendo que necesite hacerlo. Ha tenido su pasado encerrado demasiado tiempo y se ha esforzado mucho por mantenerlo así. Y por más que él crea que lo disimula, yo sé que lo está pasando mal. Necesita superarlo.

Miro la hora en el móvil. La teleconferencia de Thomas ya se ha alargado más de quince minutos. Angustiada, guardo el teléfono en el bolsillo delantero del bolso. ¿Cuánto más estoy dispuesta a esperar?

Lo justo para conseguir lo que quiero de él.

Imagino que se habrá sorprendido al verme en su agenda. He llamado a la recepcionista a primera hora de esta mañana y he insistido en que me reservara diez minutos del valiosísimo tiempo de Thomas.

Me basta con cinco.

En la mesita auxiliar hay una pila de revistas muy coloridas. Cojo un catálogo de muebles, voy pasando las páginas cuché repletas de piezas exóticas importadas de Chile y Brasil y llego enseguida al final. Devuelvo la revista a la mesita.

—¿Cuánto más crees que puede tardar? —le pregunto a la recepcionista.

Marion Temple echa un vistazo a su monitor. Hace clic con el ratón.

—Veo que sigue al teléfono. No creo que tarde mucho.

Eso mismo me ha dicho hace ocho minutos.

—Gracias —digo, sonriendo educada.

—Confío en que no le importe esperar hasta que termine. Thomas me ha pedido que le despeje una hora en la agenda. Tiene mucho interés en verla.

Apuesto a que sí, dado mi empeño en mantenerlo legalmente alejado de mí. Después de que nos viéramos en Puerto Escondido y reconociera lo que había hecho, la forma en que había manipulado tanto mi vida como la de James, solo verlo me producía varias reacciones físicas: taquicardia, insuficiencia respiratoria, náuseas…

Poco después de lo de México, intentó abordarme en múltiples ocasiones, porque yo le había bloqueado las llamadas y los correos electrónicos. Ian siempre lo sacaba del café antes de que pudiera llegar a mí. Menos mal que conté con su ayuda y la de mi psicóloga. Gracias a ellos mantuve la cordura hasta el día en que estallé.

Al llegar a casa una noche, después de un turno largo, me encontré a Thomas esperándome en el porche.

—¿A quién le has contado lo de James?

Su pregunta me sobresaltó. No lo había visto, escondido detrás de la enorme hortensia. Chillé. Luego me cabreé. Más de lo que me había cabreado en toda mi vida. Cogí un tiesto de helecho y se lo tiré a la cabeza. Con mi mala puntería, no le di y el tiesto de barro se hizo añicos en el porche. La tierra salpicó la pechera de blanco inmaculado de su camisa.

—¡Dios! —dijo, bajando los brazos, que había subido para protegerse la cabeza—. ¿Qué demonios te pasa?

—¿En serio? ¿Me lo preguntas en serio, joder?

Me dieron ganas de arrancarle los ojos. Quería verlo sangrar. Y pensar que aquel era el mismo tío al que en un tiempo había considerado un referente, que había sido el hermano mayor, amable y considerado, del chico al que yo quería. Thomas venía a buscarnos al instituto cuando James aún no tenía carné de conducir y nos llevaba a la pizzería del centro. Luego nos esperaba en el coche para que James y yo pudiéramos pasar tiempo a solas. Un tiempo que sus padres no sabían que pasaba conmigo.

Agarré otro tiesto. Thomas se protegió de inmediato la cabeza, bajando de un salto del porche.

—Contesta a la pregunta, Aimee. Es lo único que quiero.

Me daba igual lo que quisiera. No merecía una respuesta. Lo amenacé con los tulipanes, unos bulbos preciosos que mi madre me había regalado el invierno anterior. No me importaba sacrificarlos si con ello conseguía sacar a Thomas de mi casa y de mi vida. Me acerqué un paso, amenazadora.

—Como vuelvas a poner el pie…

—Ya me voy, ¡ya me voy! —me gritó, retrocediendo, al verme levantar el tiesto—. No quiero que me los estampes en la cabeza. Son demasiado bonitos.

El comentario me pilló por sorpresa. Bajé los brazos y me apoyé el tiesto en la cadera. Tuve que mirar a otro lado para eludir la tristeza que él trataba de disimular y para que no viera que yo lloraba. Había sido un buen amigo. ¿Cómo habíamos llegado a ese punto? Me daban ganas de asesinarlo.

—Márchate —le dije, procurando no llorar.

Lo hizo, aunque a regañadientes, con el brazo extendido mientras reculaba, suplicando una respuesta con el gesto. Me mantuve firme, le sostuve la mirada, no respondí. A la mañana siguiente, me puse en contacto con un abogado e inicié el proceso de solicitud de la orden de alejamiento contra Thomas.

Ayer James me contó un poco por qué su hermano lo había tenido escondido, que había movido algunos hilos y había conseguido meterlo en un programa mexicano de protección de testigos. Podría entender las razones de Thomas, más o menos, pero dudo que fuera necesario llegar a ese extremo. Seguro que había otras opciones.

Pero si Thomas lo hubiera hecho de otro modo, yo nunca habría conocido a Ian. Me he metido en la boca del lobo por él, por Ian. Y ese lobo está acechando a mi mejor amiga, Nadia.

Aumenta mi rabia. Aprieto los puños. Agarro el bolso y me acerco al mostrador de recepción, decidida a irrumpir en el despacho de Thomas. Marion, que estaba atendiendo una llamada, cuelga el teléfono y me sonríe agradable.

—Era Thomas. Ya puede pasar, señora Collins. Sígame.

Se levanta y bordea el mostrador semicircular.

Por fin.

La sigo por un pasillo ancho, dejando atrás cubículos y despachos. Se detiene al fondo y abre una puerta grande de doble hoja color caoba oscuro.

—Señor Donato, la señora Collins ya está aquí —dice antes de hacerse a un lado.

Cruzo la estancia enmoquetada en gris antes de que me fallen las fuerzas. Thomas se dispone a levantarse de su silla al otro lado del escritorio. Me abalanzo sobre él sin darle tiempo a ponerse en pie.

—Habiendo cientos de arquitectos en la zona de la bahía, ¿has tenido que elegir a Nadia?

Boquiabierto, enarca las cejas, arrugando la frente. Me acobardo por dentro. No es así como pensaba iniciar nuestra conversación.

Mira a mi espalda, asiente con la cabeza y oigo que se cierra la puerta. Nos quedamos los dos solos. Me palpita el corazón, pero no voy a dejar que me vea sudar. Me yergo y cruzo los brazos para que no note lo mucho que me tiemblan las manos y lo miro a los ojos.

Tira el bolígrafo a la superficie de cristal de su mesa.

—Admiro su trabajo.

—No te creo.

Esboza una sonrisa. Se encoge de hombros.

—Claro que no.

—Le vas a joder la vida como haces con todo el mundo —le digo, amenazándolo con el dedo—. Búscate otro arquitecto.

El semblante de Thomas se ensombrece. Extiende los dedos en la mesa y se inclina hacia delante, descargando en las yemas el peso de su cuerpo.

—Yo trabajo con quien me apetece. Tú no eres quién para venir aquí a decirme a quién debo contratar ni cómo debo llevar mis asuntos.

—Estamos hablando de Nadia. Sabes que es mi mejor amiga.

—¿Crees que trabajo con ella para llegar hasta ti? Pues te voy a dar una sorpresa, Aimee: mis planes malignos no giran en torno a ti.

Su sarcasmo me duele.

—No te burles.

Se mete las manos en los bolsillos del pantalón. Suaviza el gesto.

—No soy un monstruo.

—No, solo un hombre dispuesto a salirse con la suya a toda costa, aunque les arruine la vida a los demás.

Thomas frunce los labios y espira fuerte por la nariz.

—¿Te apetece una copa? —pregunta, apartándose del escritorio para dirigirse a un mueble bar que tiene a un lado.

—Son las diez de la mañana —contesto antes de tirar el bolso a la silla de cuero que tengo cerca.

—Está siendo una mañana complicada —dice, y se sirve un dedo de whisky que se bebe de un trago.

Mientras se rellena el vaso, aprovecho para ordenar mis ideas, porque me he desviado de mi propósito en cuanto he cruzado el umbral de su despacho. Thomas trabaja en una estancia grande, decorada en tonos apagados, cristal y acero. Más oscura y más fría que las texturas cálidas de los muebles que importa y exporta. El despacho es un reflejo perfecto del hombre en el que se ha convertido.

Thomas se sienta en el centro del sofá y me hace una seña para que me siente con él.

—Prefiero quedarme de pie, gracias.

—Como quieras —dice, levantando un hombro.

Eso hago y paseo en círculos por el despacho, inquieta, sin saber bien por dónde empezar. Noto que me observa. Me sigue con la mirada. Veo una foto en la librería que hay detrás del escritorio de Thomas. Una foto de James y él. Son más pequeños de lo que eran cuando los conocí. Yo tenía ocho; James, once, y Thomas, trece. Mucho antes de que a James se le complicara tanto la vida en casa. En realidad, ya era complicada, pero después se le complicó más.

No conozco todos los detalles de lo ocurrido entre Thomas y James, ni sé bien cómo era su vida con sus padres porque, por lo visto, me ocultaba buena parte de su dinámica familiar. Tendría que contármelo él, si algún día le apeteciera.

Vuelvo al centro de la estancia y me sitúo detrás de una silla de cuero, enfrente de Thomas.

—¿Qué está haciendo Nadia para ti?

—¿No te lo ha dicho? Bien.

—Sabía que me disgustaría enterarme de que estáis trabajando juntos.

—Y aquí estás —masculla al interior del vaso antes de dar un sorbo—. No te lo ha contado porque ha firmado una cláusula de confidencialidad. Además, no es asunto tuyo.

—No lo es, pero me lo vas a decir igual.

Presiento que Thomas quiere hablar. Me ha reservado una hora. No voy a desaprovechar la ocasión.

—Me he comprado una casa en Carmel.

—¿Te mudas?

Rodeo la silla y me dejo caer en ella. Ya no tendré que verlo pasar por delante de mi café nunca más, preguntándome si esa vez, esa mañana, entrará. La orden de alejamiento venció hace unos años y yo ya no tenía motivo para renovarla. Fiel a su palabra, Thomas me ha dejado en paz, salvo por esa vez que me pidió, a través de Nadia, las fotos y los contactos de James para descargarlos a un nuevo iPhone. Pensaba mandárselo a Carlos, el hombre que fue James durante su estado de fuga.

—Dentro de uno o dos años —contesta Thomas, mirando de reojo a la puerta. Se inclina hacia delante, apoyando los codos en las rodillas, sosteniendo apenas el vaso entre las dos manos—. Estoy harto de esta ciudad. Estoy harto de dirigir esta empresa. Estoy harto… de todo —dice, frotándose los lagrimales con el índice y el pulgar.

Está más que harto. Parece derrotado.

Interesante.

—¿Vas a vender Donato?

—Me estoy preparando para hacerlo, sí. —Enarca una ceja—. ¿Tengo que pedirte que firmes una cláusula de confidencialidad antes de irte o puedo confiar en que ni una palabra de lo que te cuente va a salir de aquí? Mis empleados no lo saben —me dice, ladeando la cabeza hacia la salida.

—Pero Nadia sí.

—Ella ha firmado una cláusula de confidencialidad.

En su tono detecto algo más que confianza.

—Sientes algo por ella.

Thomas entorna los ojos. Hace ademán de levantarse, apoyándose en las rodillas, supongo que para llamar a su ayudante y que imprima un acuerdo de confidencialidad. Pongo los ojos en blanco.

—Vale, te doy mi palabra. Tu secreto está a salvo conmigo.

No pienso firmar ningún contrato que venga de Thomas.

Se recuesta en el sofá y apura el *whisky*.

—La casa que he comprado se remodeló hace poco. Solo voy a ampliar el dormitorio principal y el baño y a reformar la cocina. Nadia me está haciendo los planos para la obra. No está a cargo del proyecto. Ya está. Eso es todo lo que me interesa de ella.

Dice lo último en un tono más bajo, sin apartar la vista del vaso vacío.

—Pero le mandas mensajitos al móvil —señalo por lo bajo.

Thomas deja el vaso en la mesa con gran estrépito y se mira el reloj.

—¿A qué has venido?

Cojo el bolso de la silla donde lo he dejado, junto al escritorio de Thomas, y sacó de él un folio doblado. He hecho una fotocopia de la tarjeta de visita de Lacy. Se la paso a Thomas y lo veo enarcar las cejas, sosteniéndome la mirada mientras desdobla el papel. Baja la vista y lo lee, algo espantado. Luego me mira.

—¿De qué va esto?

—Lacy abordó a James en una playa de Kauai y le dio su tarjeta.

Se pone algo colorado.

—¿Has visto alguna vez a esa mujer? Más que mirarte te atraviesa. Es una sensación rarísima.

Se estremece, eso me da que pensar. Lo noto verdaderamente incómodo.

—¿Tú la has conocido? —le pregunto.

—La vi una vez, brevemente. Era amiga de Imelda Rodríguez. Las vi comiendo juntas en uno de mis viajes a Puerto Escondido.

Un recuerdo me acaricia suavemente la memoria como el roce de los bigotes de un gato en la cara.

—La identificaste en mi café el día de la inauguración.

Thomas vino a felicitarme, porque me había facilitado la financiación del café y convencido, como supe después, a Joe Russo, el dueño del local, de que no me cobrara alquiler durante las obras. Ese día vio a alguien y se fue corriendo. Hasta que Kristen no me pasó las fotos de la fiesta no vi que Lacy había estado allí también, probablemente buscando una ocasión para hablar conmigo.

—La vi, sí —reconoce—. ¿Qué quiere de James?

—De James, no; de Ian, mi marido. El número de la tarjeta ya no está operativo —digo, señalándole el papel—. James me ha contado cómo y por qué lo escondiste en México. Creo que tú dispones de recursos para localizarla.

—¿Has hablado con James? ¿Está en la ciudad?

—Sí, hablamos de Lacy… —me interrumpo.

Thomas no me está escuchando. Se levanta, se acerca al ventanal y contempla la ciudad a sus pies. Se mete una mano en el bolsillo y con la otra agita el papel que tiene pegado al muslo. Al cabo de un rato, se vuelve hacia mí.

—¿Qué quieres de Lacy?

—No es asunto tuyo.

—Yo te he contado lo de Nadia y mi casa. Conoces mis planes para Donato. Además, te voy a dejar salir de aquí sin firmar un acuerdo de confidencialidad. Aunque —dice, metiéndose los dedos por el cuello de la camisa y rascándose—, eso me lo estoy pensando. Si voy a invertir tiempo en localizar a una mujer que me da la impresión de que no puede estarse quieta en un sitio más de dos meses, me debes una explicación. —Sabe lo de Lacy—. Cuéntamelo y estamos en paz.

—Te voy a decir tres cosas —le suelto, levantándome—. No te debo nada. Tú y yo nunca estaremos en paz —añado, contando con los dedos.

—¿Y la tercera? —pregunta intrigado.

—Lacy usó a mi exprometido para hacerle llegar esa tarjeta a mi marido. Quiero saber por qué.

—La cosa se complica. —Thomas se acerca a mí con desenfado, doblando el papel. Se lo mete en el bolsillo de la pechera—. Qué curioso —dice, cruzándose de brazos e inspirando hondo—. Muy bien. La buscaré.

—¿En serio? —digo, sin poder disimular mi sorpresa.

Esperaba un enfrentamiento. Abro la boca y la cierro de inmediato. No quiero darle las gracias.

Esboza una sonrisa.

—De nada —dice con la sinceridad que yo me niego a mostrarle antes de volver a su escritorio—. Dame unos días —añade, como despachándome.

Me meto el bolso bajo el brazo.

—Que sea uno —replico—. Cojo un vuelo a España esta tarde. Me gustaría tener la información cuando aterrice.

Capítulo 17

Ian

—Perdona que llegue tarde —dice Reese antes de soltar una mochila pequeña en la silla que tengo enfrente y bostezar, tapándose la boca con el dorso de la mano—. Se me acaba el plazo de otro proyecto en el que estoy trabajando y anoche me quedé hasta tarde escribiendo.

Miro la hora. Son las ocho y diez. Llevo levantado desde las cuatro (gracias, desfase horario) y tragando café en el comedor desde las seis.

—¿Tienes que estar de vuelta a una hora concreta? —le pregunto—. Podemos ir en coches separados.

A saber cuánto costará encontrar las manadas. Yo dispongo de tiempo limitado y no quiero prolongar mi estancia. No quiero recortar la búsqueda antes de tiempo.

Niega con la cabeza.

—Le he mandado el borrador a mi editor esta mañana.

Eso es un alivio. Me levanto y apuro el café. No hay garantía de que vayamos a ver las manadas hoy. Primero hay que encontrarlas y estoy impaciente por ponerme en marcha. Podríamos estar cruzando las colinas después de la puesta de sol.

Chasco los dedos. Linternas, igual las necesitamos.

Abro mi bolsa para comprobar que las he metido, y sí lo he hecho, junto con las pilas de repuesto. Satisfecho, cierro la cremallera del bolsillo.

—Déjame coger un poco de comida —me dice Reese, señalando el bufé.

Me cuelgo la mochila al hombro y miro mis mensajes. Aimee sigue sin dar señales de vida. Tampoco me ha devuelto las llamadas.

—¿Ian?

Levanto la vista del móvil, ceñudo.

—¿Qué?

Enarca una ceja.

—¿Qué te pasa? Pareces preocupado.

—No, estoy bien. —Guardo el teléfono—. ¿Lista?

Me enseña la magdalena y la manzana que ha cogido.

—Sí, vamos.

—Conduzco yo —digo cuando llegamos al aparcamiento. Ella da una vuelta entera, mirando los coches—. Ese —señalo con el mando mi coche de alquiler, un turismo compacto, y le quito el seguro. Nos instalamos dentro y salgo de mi plaza marcha atrás.

—Oye, lo de anoche… —Empieza, después de abrocharse el cinturón—. Lo que te dije de que tu mujer se parece a tu madre, estuvo fuera de lugar.

—Olvídalo —le digo, quitándole importancia, porque quiero centrarme en el trabajo, no pensar en Sarah. Ni en mi mujer, que no me coge el teléfono. Ya habrá tiempo de pensar en ellas después.

—Por si sirve de algo, no quiero que haya tensión entre nosotros, así que, insisto, lo siento.

Asiento con la cabeza, rígido, y meto la marcha. Ella le da un mordisco a la manzana. El habitáculo empieza a oler enseguida a dulce y a zumo. Me recuerda al otoño, a Halloween, a Caty. Echo de menos sus risitas y quiero hablar con ella por FaceTime esta noche, si Aimee descuelga el teléfono. Se me ocurre que podría llamar a mi suegra, pero cambio de opinión enseguida. No quiero preocuparla, ni darle motivos para que piense que hay fricción entre Aimee y yo. Porque no la va a haber, ya no. Salimos a la carretera, en dirección a Sabucedo, a quince minutos de donde estamos.

—¿Sabes ya qué enfoque vas a darle al artículo? —le pregunto a Reese cuando se acaba la manzana.

Envuelve el corazón en una servilleta y lo pone en el portavasos.

—Tengo algunas ideas.

—¿Me cuentas? —le pregunto, mirándola de reojo, al ver que no lo hace.

Ella contempla el paisaje, las laderas de hierba seca y peñascos, los pinares…

Se recoloca la mochila en el regazo.

—¿Vas a intentar convencerme de que no es buena idea?

Niego con la cabeza, esbozando una sonrisa. La buena de Reese, siempre a la defensiva. Siguiendo los rótulos que conducen a Sabucedo, aminoro la marcha y giro a la derecha.

—A mí los hombres que controlan las manadas me parecieron casi tan interesantes como los caballos.

—¿Y eso? —me pregunta, arrancando un pedazo de la magdalena, que parece un bizcocho.

—Antes del evento, los *aloitadores* vibran de emoción. Se percibe su energía. Llevan todo el año esperándolo. Los ves tensos y concentrados, casi como preparándose para la batalla. Pero después, están agotados, sucios, sudorosos. Algunos con contusiones y huesos rotos. Con el dolor dibujado en el rostro. Pero sonríen de alivio porque han sobrevivido. Y están deseando volver a hacerlo al año siguiente.

Reese asiente despacio, masticando.

—Tal y como lo describes, te hace preguntarte por qué.

—Es una especie de rito de iniciación. Les hice muchas fotos a ellos. He pensado que igual podrías hablar un poco de esa emoción en tu artículo. Así Al podrá usar mis fotos.

—A lo mejor —contesta ella, metiéndose en la boca otro pedazo de magdalena esponjosa.

—No te veo muy interesada.

—Ah, no, sí que me interesa. Es una buena idea —coincide—. Solo que a mí no me produjo esa impresión. Me fui antes de que terminara la primera tanda. Me costaba verlo.

Me vienen a la memoria su cara de pena y sus mejillas empapadas de lágrimas. Y su repentina desaparición. Se fue antes de que terminara el acceso de diez minutos al curro. Entonces lo entiendo. No le gusta que amarren, aten o encierren a los animales. El vecino de dos casas más allá de donde ella se crio tenía a su rottweiler encerrado en el jardín cercado de alambre sin otra compañía que una caseta de perro de plástico y los diez metros de cuerda con los que lo sujetaba al arrayán solitario del patio. Su dueño lo desatendía, solo le daba la comida una vez al día. El único estímulo del animal era ver pasar a los críos en bici y a los vecinos que salían a dar una vuelta con sus perros.

Reese pasaba por delante todos los días al salir de clase, hasta que una tarde ya no lo encontró. Puede que se lo hubieran llevado los de la perrera. Pero a las dos semanas, apareció en el patio un cachorro mestizo de pastor alemán que al cabo de un par de meses empezó a llevar la misma vida solitaria y de abandono, hasta que se lo llevaron los de la perrera. Por mucho amor que pudiera dar, Reese decidió no tener mascota jamás.

Claro que eso me lo dijo después de que adoptara un gato para ella.

Me pregunto a qué iría a la rapa.

—Michael quería ir. Le encantan los caballos. Se crio rodeado de ellos.

—¿Quién es Michael? ¿Tu novio?

—Mi exmarido, desde hace tres semanas.

Pellizca una miga de magdalena, la mira y se limpia distraída la mano en la mochila.

—Lo siento. —No sé qué más decirle.

—Tranquilo. Ha sido una separación amistosa. En julio fuimos a la rapa como amigos. Él llevaba años queriendo ir. Me pidió que lo acompañara y acepté.

Me detengo en un cruce y espero a que pasen varios coches.

—Si no te gusta verlo, ¿por qué has pedido escribir el artículo?

Lo encuentro absurdo.

—Yo no he pedido nada. Jane Moreland, la editora de reportajes, me llamó. ¿Te acuerdas de Simon Dougherty?

—¿El tío con el que trabajamos en el periódico de la Universidad Estatal de Arizona? —Me viene a la memoria la imagen de un hombre de complexión media, pelo oscuro y gafas de pasta negra—. ¿No se echaba brillantina en el pelo y llevaba un protector de plástico en el bolsillo? —le pregunto sonriente y ella me devuelve la sonrisa.

—Ese mismo.

Yo había sido el fotógrafo del periódico dos años y no había seguido en contacto con ninguno de los que trabajaban allí entonces.

—Me acuerdo de Simon. A él siempre le podía pedir un boli Bic.

—Porque tú nunca llevabas bolígrafo.

—¿Para qué, si ya estaba Simon?

—Tú lo llamabas Clark Kent, ¿te acuerdas? —dice, señalándome con la magdalena mordisqueada.

—Es verdad —contesto, dando un golpecito con el puño en el cambio de marchas y riendo un poco—. Estaba obsesionado con los cómics de *Superman* y se teñía el pelo.

—¡Qué va!

—¡Que sí! —Nos adelanta un Volkswagen y cambio a primera para girar hacia la autopista—. Una vez le regalé por su cumpleaños un bote de tinte Clairol, de broma. ¿Sabes lo que me dijo? «Gracias, tío, pero no es este tono. Uso el castaño "muy oscuro"». —Cambio la voz para sonar como recuerdo a Simon, atronador y serio—. Yo le había comprado el castaño «oscuro». Como si hubiera diferencia.

—¡No fastidies! —Reese mira por el parabrisas—. No tenía ni idea.

Se termina la magdalena y arruga el envoltorio.

—¿Aún lleva el pelo castaño «muy oscuro»?

Me mira arrugando el gesto.

—Ni idea. Lo lleva castaño. Castaño de toda la vida.

Apoyo el brazo en la guantera central y me inclino sobre ella.

—Bueno, ¿y qué es de Clark Kent? ¿Seguís en contacto?

—Sí. Además, Simon —dice, haciendo hincapié en su nombre— es un buen amigo.

La miro con recelo.

—Tan amigo no será cuando no sabes de qué color lleva el pelo —la provoco.

—¡Para ya!

Reese me pega de broma en el antebrazo, luego aparta la mano de golpe. Dobla el brazo sobre la mochila y toquetea el tirador de la cremallera para tener la mano ocupada. Se pone muy seria.

Yo agarro el volante a las diez y diez, inquieto por lo fácil que me resulta bromear con Reese. Puede ser tan divertida como molesta.

Me paso la mano por el pelo y sigo mirando al frente. Me digo que es porque no quiero saltarme el desvío.

—¿Qué tiene que ver Simon contigo y con la rapa? —le pregunto.

—Él está en nómina de la revista. Le comentó a Jane que yo había ido y ella se puso en contacto conmigo.

Se me ocurre algo que no me sienta muy bien.

—¿Sabías que me iban a asignar este reportaje?

De pronto se enrarece el ambiente del coche y Reese se revuelve en el asiento. Me da un vuelco el estómago y me viene a la boca la bañera de café que me he tomado esta mañana.

—Vuelvo a Estados Unidos —dice—. Michael es británico. Ahora que nos hemos divorciado, no tiene sentido que me quede en Londres.

—Reese —insisto—, ¿lo sabías?

—Al principio, no —contesta irritada. Se retira de los muslos la mochila, que resbala al suelo, y cruza los brazos sobre el pecho—. Primero rechacé el encargo.

—Pero aceptaste cuando supiste que ibas a trabajar conmigo.

—Sí, ¿te parece mal? —pregunta, ladeando la cabeza hacia mí sin mirarme—. Quería verte.

Lo dirá en broma, espero. Meto cuarta con fuerza.

—Estoy casado, Reese. Felizmente casado.

Me mira boquiabierta, espantada. Yo la miro muy serio. Cierra la boca de golpe y su gesto se endurece.

—¡Qué engreído eres!

Estoy a punto de replicarle, porque qué otra cosa voy a pensar, cuando veo de pronto un rótulo en la carretera: SABUCEDO. Aminoro la marcha enseguida y viro, tomando el desvío por los pelos.

Me deslizo por la calle estrecha.

—¿Sabes adónde vas?

—Sí.

Pienso. Echo un vistazo alrededor. Estamos ante dos caminos que podrían llevarnos hasta las manadas. La cuestión es cuál de los dos es mejor opción.

—Para el coche. Aparca. Vamos a preguntarle a él —dice, señalando a un hombre que descansa en un banco a la puerta de la única cafetería del pueblo. Lo conozco: es uno de los *aloitadores* de mis fotos.

—Buena idea.

Después de la ronda de presentaciones, Manuel nos dirige a un camino que sale de la otra punta del pueblo. Las manadas han estado pastando en esas colinas la última semana y nos las toparemos a una hora de camino. Reese intercambia números de teléfono con Manuel y quedan en verse en la cafetería esa tarde. Quiere entrevistarlo sobre su experiencia con la rapa.

—Gracias —le digo cuando volvemos al coche.

—¿Por qué?

—Por querer hablar con él. Es uno de los tíos a los que fotografié, uno de los que te he hablado antes.

Reese asiente con la cabeza y mira la hora en el móvil.

—Hay que darse prisa. Tengo que estar de vuelta antes de las cuatro.

Cinco minutos después, estamos aparcados sobre el arranque del sendero. Reese se ajusta la mochila a la espalda.

—¿Cuál es el plan, Collins?

Miro de reojo el cielo encapotado. El aire huele a lluvia, al fuerte aroma del eucaliptus y a tierra mojada.

—Encontrar a los caballos antes de que nos caiga el chaparrón. También quiero hacer unas panorámicas de la zona.

Enfilamos el sendero, marcándonos el ritmo. Caminamos más o menos en silencio los veinte minutos siguientes, recorriendo cuesta arriba el camino bien trillado. Empiezo a pensar en los años que Reese y yo pasamos juntos y en lo bruscamente que terminó lo nuestro, como cuando te cancelan tu serie favorita entre temporadas y te quedas con la intriga. Tu cerebro imagina diversos escenarios, pero ninguna de las conclusiones es tan satisfactoria como habría sido la realidad si te hubieran dejado ver el primer episodio de la siguiente temporada.

Siempre me pregunté si Reese y yo habríamos seguido juntos. No supe la respuesta hasta que conocí a Aimee en la galería de Wendy. Lo mío con Reese jamás habría funcionado porque yo estaba destinado a pasar mi vida con Aimee.

Soy de los que piensan que todo pasa por algo. No todo se puede explicar, como que Reese me dejara o que mi vida se cruzara con la de Aimee gracias a Lacy, pero las respuestas terminan manifestándose solas en algún momento y de las formas más extrañas. Algunas son obvias y otras hay que buscarlas.

—¿Tenéis niños? —me pregunta Reese mientras doblamos un recodo. El sendero está salpicado de pinos y la pendiente aumenta.

La miro con recelo, procurando que la pregunta no me moleste.

—Ya lo sabes.

—Culpable —dice, levantando una mano.

Ceñudo, me pregunto cuánto sabe de mí y por qué. Fue ella la que me dejó.

—Reese —le digo, levantándome las correas de la mochila y ajustándome el peso en los hombros—, lo nuestro es agua pasada. No va a haber nada entre tú y yo.

—Eso es muy presuntuoso por tu parte —me dice, furiosa—. Olvida que te lo he preguntado.

Aprieta el paso y me adelanta.

Las nubes son bajas y el cielo, plomizo. Como mi estado de ánimo. Me cae en la frente una gota que me resbala hasta el ojo. Me limpio la cara. Caen unas cuantas más en la mochila de Reese y otras tantas me salpican los hombros. No tarda mucho en empezar a llover. Me subo la capucha.

El comentario de Reese me ha dolido, pero tiene razón. Estoy siendo presuntuoso. Todo periodista que se precie investiga siempre antes de un trabajo, incluso a la persona con la que va a trabajar.

Me subo del todo la cremallera de la chaqueta.

—Tengo una hija. Se llama Sarah Catherine y tiene cuatro años. —Reese aminora la marcha, pero no se vuelve hacia mí. Yo alargo la zancada. Tiene el pelo empapado, chorreando. Me mira y yo la miro también—. Le pusimos ese nombre por mi madre y por la de Aimee. La llamamos Caty y es increíble: lista, atrevida, tenaz, cariñosa… Y podría seguir… —digo riendo, emocionado al pensar en ella.

—Tiene suerte de que tú seas su padre.

—Gracias —digo sin más. Sabe lo de mi padre y que, con treinta y pocos, ya me esforzaba por no parecerme a él.

Al llegar a la cima, Reese se vuelve hacia mí.

—Llevamos más de una hora caminando y ni rastro de los caballos.

—Vuelve si quieres. Te doy las llaves y me esperas en el coche.

Me mira malhumorada.

—Puedo caminar todo el día si hace falta, pero ¿cómo sabes que vamos en la dirección correcta? Igual Manuel se ha equivocado. O los caballos han ido a otro lado.

—Puede, pero no creo. Llevo más de medio kilómetro viendo excrementos. ¿No lo hueles? —digo, inhalando exageradamente. Paja húmeda, madera podrida y setas. Sonrío.

Arruga los labios. Frunce la nariz.

—No, gracias, paso. Sigue andando.

Se aparta un poco para que pueda ir yo a la cabeza. En ese preciso instante, se abren las nubes y la niebla que nos ha acompañado todo el camino se convierte en una lluvia torrencial. En cuestión de segundos, se me empapan hasta los calzoncillos.

Señalo un pino de ramas lo bastante gruesas como para proporcionarnos cobijo.

—¡Allí! —grito. Corremos, patinando en el barro, con las mochilas rebotándonos en los hombros. Me peino el pelo hacia atrás y exploro el horizonte. No hay mucho que ver. Los nubarrones y la densa lluvia oscurecen las colinas. Nos caen gotas gordas de las ramas—. Podemos esperar aquí a que escampe. No creo que tarde mucho.

Según la aplicación en la que miro el tiempo, iba a hacer sol esta tarde, pero también decía que por la mañana solo estaría parcialmente nublado. Puede que tengamos que esperar un buen rato.

Mi quito la mochila de los hombros para ver qué llevo en ella y saco una barrita de proteínas. A mi espalda, Reese chilla. Se me eriza el vello de la nuca y se me pone el corazón en la boca. Me yergo de inmediato.

—¿Qué? ¿Dónde?

Señala al suelo. A unos tres metros de nosotros hay un potro muerto. Se lo han estado comiendo otros animales. No queda más que la piel, los huesos y las vísceras en estado de putrefacción. La sangre seca impregna el suelo.

—¿Qué ha pasado? —pregunta Reese, retrocediendo hasta el límite de nuestro escondite, con la cabeza empapada y los ojos como platos.

—Lobos —digo—, merodean por estas colinas —le explico antes de sacar la cámara. Mira alrededor angustiada, yo niego con la cabeza—. Lleva muerto varios días. Estamos a salvo.

Ajusto la configuración de la cámara y hago una foto.

—No necesitamos fotos de esto para el artículo, Ian, un poco de respeto, que está muerto.

—Es la vida. Y mi editor quiere que documente cómo son las cosas aquí arriba para las manadas —digo, bajando la cámara y señalando con el brazo el paisaje que nos rodea—. Los caballos gallegos han rondado estas colinas durante siglos. Son más bajos y más robustos que los caballos a los que estamos acostumbrados, de pelaje greñudo y vello grueso en el hocico. Se han adaptado a la vida del monte y, como hacen todos los grupos de animales salvajes, la manada continúa avanzando y deja atrás a los enfermos o heridos —digo, refiriéndome al potro muerto—. Quiero ver cómo es la vida para ellos, ¿tú no?

Reese se abraza el cuerpo y asiente a regañadientes.

Yo echo un vistazo al sendero.

—Es muy probable que nuestra manada haya ido a otro lado. Y no creo que esta lluvia vaya a parar en breve. —Miro al cielo, desalentado. Un día más y no me quedará otro remedio que marcharme—. Deberíamos volver. Podemos preguntarle a Manuel dónde más pueden estar.

—Dime una cosa, Ian… —empieza Reese cuando comenzamos a bajar la pendiente. Por fin se pone la capucha. Le caen por los hombros riachuelos de agua de lluvia que le corren por la pechera de la chaqueta—. ¿Qué es lo que tanto te fascina de estos caballos y de la rapa? ¿Por qué has pedido este trabajo?

—Fácil: la relación simbiótica que hay entre las manadas y los lugareños. No pueden sobrevivir unos sin los otros.

Asiente con un murmullo.

La miro de reojo.

—¿Qué estás pensando?

—Que tiene que haber otra forma de controlar a las manadas que no sea embutir a doscientos caballos en un ruedo pequeño. ¡Ups!

La bota de Reese resbala en el barro y hace aspavientos con los brazos. La agarro del codo para que no se caiga.

—Gracias.

Recupera el equilibrio y la suelto.

—Por poco —digo.

—Sí, por poco —contesta.

No río al oírla reír.

Con la que está cayendo, deberíamos echar a correr: estamos empapados. El agua me encharca los zapatos, pero mantenemos el paso. Ninguno de los dos quiere volver al coche a la pata coja, con una pierna rota o un esguince en el tobillo.

Es poco más de mediodía cuando entramos en la cafetería, chorreando agua y muertos de hambre. Llegamos pronto, pero, afortunadamente, Manuel está allí, almorzando con amigos. Reese pide un café y yo me tomo una cerveza, porque estoy inquieto, aunque no sé por qué. El dueño del bar nos trae unos platitos de pulpo a la gallega, con su lecho de patata cocida y su pimentón. Reese está encantada. A mí el olor me revuelve el estómago.

Comemos mientras Manuel y sus colegas, Paolo y Andre, le cuentan a Reese anécdotas de *a rapa das bestas*. Hablan de los huesos que se han roto y presumen de cicatrices en una exhibición de rivalidad mientras describen apasionadamente su amor por los caballos que vagan por las colinas, pero, cuanto más hablan más me disgusto, más se me revuelve el estómago y la cabeza. «¿Qué demonios me pasa?», me digo, irritado. Reese no para de sonreír. Ríe con sus relatos. Les está preguntando por la necesidad del evento cuando de pronto caigo en la cuenta de algo. Ya sé cómo se propone enfocar este reportaje o, por lo menos, qué opiniones propias va a verter en él. No cree que la fiesta sea necesaria para controlar a la manada.

Pero no va de eso, me dan ganas de decirle, sino de la tradición y de nuestra dependencia de los demás. De dos especies que se sostienen una a otra.

Tras años aspirando a alcanzar este objetivo, por fin he conseguido el encargo de *National Geographic*. Para un artículo con el que no sé si quiero ver asociado mi nombre.

Son más de las seis cuando llegamos por fin a La Casa de Campo. Ya no vamos chorreando, solo mojados, y me apetece una copa, algo más fuerte que una cerveza. Abro de golpe la puerta y me aparto en el último momento para dejar entrar primero a Reese.

—¿Qué te pasa? —me pregunta cuando la puerta se cierra a mi espalda—. Apenas has dicho nada en toda la tarde. ¿He hecho algo que te haya molestado?

—Ten cuidado con lo que dices en ese artículo —le contesto, amenazándola con el dedo—. Tus palabras podrían poner en peligro la principal fuente de ingresos de ese pueblo. Un dinero que usan para cuidar de los caballos.

—Como si te fuera a permitir que me digas lo que debo escribir —ríe y me hace un gesto de desdén—. Que yo sepa, el artículo me lo han encargado a mí. Tú solo eres el fotógrafo.

—Pero mi nombre saldrá en el pie de autor.

Y no me apetecía ser partícipe de mala prensa. Le mandé mis fotos a la revista porque quería compartir una fiesta extraordinaria impregnada de historia. Cada vez se conservan menos tradiciones y algún día dejaremos de tener esa conexión con la historia. Como fotógrafo, me corresponde documentarlas, contribuir a que sigan vivas.

Reese se quita el abrigo.

—Más vale que decidas lo que quieres hacer, Ian. Yo voy a entregar el artículo en el plazo acordado, tanto si participas tú como si no.

Me mira con la ceja enarcada, como desafiándome, y yo la miro muy serio.

—Ian…

Reese y yo nos volvemos a la vez. Parpadeo sorprendido.

—¿Aimee…? —Viene corriendo a mí y la cojo en volandas. El pecho, frío de la lluvia, se me caldea de pronto—. ¡Ay, Dios mío, has venido! —La aprieto fuerte y le riego la cara de besos—. ¿Qué haces aquí? —digo, anclando mi boca a la suya apasionadamente.

Alguien carraspea a nuestra espalda y yo salgo de la bruma.

Aaah, sí, Reese. Sigue ahí.

Levanto la cabeza, sonrío a Aimee y le paso un brazo por la cintura, estrechándola contra mi costado.

—Aimee, ella es…

Aimee le tiende la mano y se presenta también.

—Hola, soy Aimee, la mujer de Ian.

Reese le estrecha la mano.

—Reese Thorne. Su exmujer.

Capítulo 18

Ian, a los doce años

Ian rondaba la puerta del dormitorio de sus padres. No le daba vergüenza escuchar sus conversaciones. Después de lo ocurrido en el motel el día anterior, tenía una lista de preguntas más larga que el rollo de película que había revelado esa misma mañana.

Dentro de la habitación, oía a su padre interrogar a su madre con cautela. Ella lloraba y decía entre sollozos cosas que no tenían sentido para Ian, cosas como «cazarrecompensas» o «pago». Sabía lo que era un cazarrecompensas; Marshall y él habían visto la película *Sin perdón*, que iba de un cazarrecompensas del Viejo Oeste. Llevaban pistolas y perseguían a ladrones y asesinos.

¿A quién quería encontrar Jackie?

—Deja de esconder la cartera —le suplicaba su padre.

—No —hipaba su madre—. Vaciaré las cuentas, exprimiré las tarjetas, nos arruinaremos…

—Pues dejaremos el dinero fuera, para que te sea más fácil encontrarlo.

—No —objetó espantada—. Ya trabajas más horas por mi culpa. Te necesito en casa. Ian… Ian te necesita más que yo. Se siente responsable de mí. Me duele que piense que tiene que cuidarme. No estamos siendo justos con él. Tú no estás siendo justo con nosotros.

Se asomó a la puerta. Su madre estaba sentada en la cama, con las piernas plegadas bajo la falda, la cabeza agachada. Su padre estaba delante de ella, con una pierna doblada, la otra hincada en el suelo, inclinado sobre ella. Sus cuerpos se recortaban en la ventana luminosa que tenían a la espalda y el espacio que quedaba entre los dos formaba el perfil de un corazón. A él se lo estaba partiendo su madre.

Sarah le enseñó a Stu las fotos que Ian había hecho. Las había cogido del cuarto oscuro del sótano antes de que pudiera esconderlas. Él había cumplido su promesa de no contarle a su madre nada de lo ocurrido. A Stu le preocupaba cómo reaccionaría ella si se enteraba de lo que había hecho Jackie en el motel, pero Ian sospechaba que su madre ya lo sabía. Llevaba la ropa torcida y el maquillaje corrido. Olía distinto, a rancio y a sudor, un hedor que a Ian le revolvía el estómago. De camino a casa, habría dejado la ventanilla del coche bajada si su madre no le hubiera dicho que tenía frío. No paraba de temblar.

Se habían ido en cuanto Ian había dejado de hablar por teléfono con su padre. Sarah había conducido varios kilómetros hasta que había tenido que parar de tanto que temblaba. Se había lavado la cara en el baño sucio de una vieja gasolinera mientras él compraba Skittles y Milky Ways con las monedas que había encontrado entre los asientos y el cenicero. Ella se había comido medio Milky Way, le había dado las gracias en un susurro y había añadido: «Ojalá no hubieras venido». Casi no podía ni mirarlo a la cara. Habían llorado los dos.

Luego habían ido el resto del camino en silencio. Al llegar a los límites de la ciudad, con el coche en punto muerto en una señal de *stop*, su madre se había vuelto hacia él, que iba sentado en el asiento del copiloto.

—Eres un buen hijo, Ian. Espero que seas un buen hombre.

Ian había asentido con la cabeza y mirado a otro lado. Se había limpiado los ojos con disimulo. Un buen hombre no lloraba. Era fuerte. Pero él no se había sentido muy fuerte en esos momentos. No había tenido la fortaleza ni el valor necesarios para darle las gracias. Porque ella no paraba de canturrear: «Será un buen hombre. Será un buen hombre». Lo había repetido como si tuviera que convencerse y eso mismo lo había espeluznado.

Sarah le fue pasando las fotos a Stu, una a una. Mientras estudiaban las imágenes, el semblante de su madre se fue tornando verdoso, como el estanque cenagoso de su finca. Le dio a Stu la última foto, la que, suponía, era la que le había hecho nada más salir de la habitación del motel. La de su cierva deslumbrada. Su madre se echó a llorar.

Stu dejó las fotos en la colcha de flores y trató de consolarla. Cuando se serenó, le enseñó un puñado de papeles de carta doblados.

—Los he encontrado en tu cajón —le dijo, señalando el tocador—. ¿Te estás comunicando con Jackie? —Sarah se acobardó—. ¿Te ha contestado? —Ella negó con la cabeza—. ¿Sabes qué tienes tú que ver con un cazarrecompensas? ¿A quién buscas?

—No te lo puedo decir.

Volvió a llorar, convulsiva, y se tapó la cara con las manos.

Vacilante, Stu le acercó la mano a la cabeza y la posó en su pelo grasiento. Sarah bajó las suyas al regazo. Él le acarició la mejilla con el pulgar y ella se estremeció.

—Sarah —le dijo como si hablara a un animal herido. Ella se retrajo y hundió la barbilla en el hombro—. Te quiero. Déjame ayudarte.

Ian no pudo mirarlos más. Aquel intercambio le estaba abriendo un boquete en el pecho. Pegó la espalda a la pared y miró al techo, parpadeando para no llorar.

Crujió el colchón de sus padres y protestó el suelo de madera. Se abrió un cajón, luego se cerró. Sonaron unos pasos firmes camino de la puerta y unas instrucciones en susurros. Ian salió disparado a su cuarto y aterrizó bocarriba en su cama. Abrió un libro y, al oír a su padre acercarse por el pasillo, fingió que leía.

Stu se detuvo en su puerta, con la camisa arrugada y sin remeter, la cara sin afeitar. La chaqueta que llevaba estaba descolorida por los codos. Su loción para después del afeitado olía rancia. Había llegado a casa después de medianoche y no había dormido.

Se pasó la mano por el pelo despeinado, un gesto que Ian le había copiado.

—Me llevo a tu madre al hospital.

Ian se incorporó, bajó los pies al suelo.

—¿Se pondrá bien?

—No estoy seguro. Espero que sí.

—¿Cuándo estará mejor?

Ansiaba tanto que fuera normal, una madre como la madre de Marshall. Tenía que creer que no sería así toda su vida. Estaba harto de llegar a casa después de clase preguntándose con quién se encontraría y de quedarse en casa de sus amigos. Odiaba sentirse así.

Stu hundió las manos en los bolsillos, con los pulgares por fuera, y entró.

—No sé si mejorará, pero hablemos de lo de ayer…

—¿Por qué fue Jackie a ver a ese hombre? ¿Qué quiere él de ella? ¿Qué le hizo a mamá? —soltó Ian de golpe.

Se puso en pie, rígido. Quería respuestas.

—Estoy intentando averiguarlo.

—¡Nunca te enteras de nada! —gritó Ian—. Lo sabrías si estuvieras más en casa. Si hubieras estado aquí, Jackie no habría ido a ver a ese tío y mamá estaría bien.

—Nadie puede decirle a tu madre lo que hacer cuando es Jackie —replicó Stu con contundencia—. Lo he intentado. Dios sabe que lo he intentado.

—¡No, no lo has intentado!

—¡Basta ya! —bramó Stu. Muy a su pesar, Ian se echó a llorar. ¡Dios!, ¿por qué, por qué tenía que llorar delante de su padre?—. Lo que hiciste ayer… —le dijo su padre con un dedo amenazador.

—Intentaba ayudarla —se defendió antes de que su padre lo reprendiera. Sabía que lo haría desde que lo había llamado por teléfono. Lo estaba esperando. Se limpió las lágrimas con las mangas—. La protejo y procuro que no le pasa nada. —Y lo había hecho fatal. Tanto él como su madre estaban mal porque no había conseguido quitarle las llaves a Jackie—. Es culpa mía que fuera a verlo —lloró—. Me esforzaré más la próxima vez. Sé que soy más fuerte que Jackie, la próxima vez la detendré.

—No eres tú quien debe hacerlo.

—¡Pues hazlo tú!

El remordimiento se transformó en rabia más rápido de lo que su madre cambiaba de personalidad y pagó su decepción con su padre. Stu les había fallado.

Su padre levantó un puño. Ian se acobardó, pero se mantuvo firme, con los músculos tan tensos que empezó a dolerle la cabeza.

Stu maldijo a gritos, luego bajó el brazo.

—¡No me hables en ese tono! Quedas advertido —lo amenazó con el puño.

—¿O qué? —lo desafió Ian—. ¿Me vas a pegar? ¿Me vas a castigar sin salir? Ya estoy aquí encerrado todo el día. Tú nunca estás en casa. Yo cuido de ella porque tú no lo haces. —Dio un paso adelante. Aunque solo tuviera doce años, era más alto que su madre.

Más fuerte y más rápido también. Había estado haciendo mucho ejercicio últimamente, corriendo con el equipo de atletismo del instituto. Podía hacer cien sentadillas y casi cincuenta flexiones. En un par de años más, sería tan alto como su padre. Puede que incluso más—. Sé que no lo va a reconocer, pero mamá quiere que le haga fotos. Me las pide siempre. Sé que quiere que la ayude porque no puede fiarse de ti. A ti ella no te importa.

Su padre se encendió. Las mejillas se le pusieron de color púrpura y levantó el puño otra vez. Ian se preparó para el golpe. Se lo merecía. Había estado poniendo a prueba la paciencia de su padre y la suya propia. No podía evitarlo. Lo del día anterior lo había asustado. Se había pasado la noche intentando superar el miedo. ¿Y si Clancy agredía a su madre? ¿O peor aún, la mataba?

Stu sacudió la mano y se apartó. Juntó las manos en la nuca y, después de dar vueltas en círculo por la habitación, se detuvo delante del armario, en el lado opuesto a donde estaba su hijo.

—Tu madre me importa, más de lo que crees —dijo en voz baja, algo angustiado.

—No, no te importa —replicó Ian, negando al mismo tiempo con la cabeza—. Siempre nos dejas y, cuando estás en casa, no sales del sótano. No quieres estar con nosotros. Ahora te escondes cuando aparece Jackie.

—Porque ella no quiere verme. —Maldijo—. Ian, por favor…

—Mis fotos ayudarán a mamá a mantener a raya a Jackie —dijo, hipando, con la cara llena de lágrimas que se le descolgaban por la barbilla—. A lo mejor así… A lo mejor así te quedas en casa con nosotros.

Se limpió bruscamente la cara. Le fastidiaba llorar. Apretó los dientes y los puños, centrándose en la rabia que sentía para contener las lágrimas. De pronto detectó movimiento en el umbral de la puerta.

—¿Mamá?

—Hola, Ian —dijo ella, sonriendo, y fue directa al rincón donde tenía el cubo de piezas de LEGO. Lo arrastró al centro de la estancia, arañando el suelo de madera. Se hincó de rodillas en el suelo y quitó la tapa—. ¿Hacemos una nave espacial juntos?

—¿Qué haces, Sarah? —preguntó Stu, mirando horrorizado a su mujer—. Tenemos que ir al hospital.

Sarah cogió un puñado de piezas y las extendió por el suelo.

—Si quieres tú haces la estación espacial y yo la nave, ¿vale?

Stu se puso blanco. Agarró a Sarah por la axila y la levantó del suelo.

—Sarah, nos tenemos que ir.

—No —dijo ella, zafándose de él—. Quiero jugar con Ian.

—Sarah... —Stu fue a agarrarla otra vez. Ella le dio un manotazo.

—No es mamá. Es Billy.

Ian le había hablado a su padre de Billy, pero Stu no conocía aún la nueva personalidad de su madre, lo que los médicos llamaban «los otros».

Stu tragó saliva de forma visible. Se pasó la mano por la boca y la barbilla, sin saber qué hacer. Ian nunca había visto a su padre tan incómodo. Observó cómo Sarah ordenaba las piezas por color y tamaño. Se le empañaron los ojos. Se agachó para ponerse a la altura de Billy.

—Sarah, el médico nos está esperando —le dijo despacio y con calma. Billy negó con la cabeza—. ¿Y si te llevas unas cuantas piezas de LEGO? —negoció—. Así puedes jugar por el camino.

Billy empujó una pieza con la yema del dedo, considerando la propuesta, luego asintió con la cabeza.

—Quiero hacer dos naves espaciales —dijo, cogió un montón de piezas con la falda y se levantó, sosteniendo el bajo de la prenda a modo de recipiente.

—Ve al coche y espérame allí —le ordenó él—. Yo voy enseguida.

—Quiero un zumo.

Stu miró al suelo.

—Ahora te lo llevo.

Billy sonrió y salió de la habitación.

Stu se quedó acuclillado hasta que Ian oyó que Billy salía a la calle. Entonces su padre se levantó despacio, con un crujido de rodillas. Se aclaró la garganta y fue hacia la puerta, donde se detuvo y se volvió hacia su hijo.

—Así que ¿esa era Billy? —Ian asintió con la cabeza—. Pues más vale que te vayas haciendo a la idea de que Jackie jamás va a desaparecer.

—¡No digas eso! —espetó él, negando con la cabeza—. ¡Mientes! Mamá se pondrá mejor.

—Dudo que pueda. Billy no es una persona distinta encerrada dentro de tu madre. Como tampoco lo es Jackie. Todas ellas son tu madre.

Capítulo 19

Ian

Aimee me mira de frente desde la otra punta de nuestra habitación. La lluvia repiquetea en la puerta de cristal del patio, a mi espalda. Una sola lámpara produce un resplandor dorado en un rincón. El resto de la estancia está en penumbra.

La observo cauteloso, con el estómago revuelto. Jamás olvidaré cómo me ha mirado en el vestíbulo. Se ha reído del comentario de Reese. Ha pensado que era una broma. Humor de compañeros, por raro que parezca. Nos ha mirado a los dos, alternativamente, y Reese ha gruñido una disculpa.

—Pensaba que lo sabías —le ha dicho, levantando ambas manos.

Aimee me ha mirado.

—¿Ian…?

Yo he cerrado los ojos un instante, luego me he obligado a mirarla.

Se ha puesto pálida. Sus ojos me lo han dicho todo. Yo le había mentido. La había traicionado. No era el hombre que ella pensaba.

No era mejor que James.

Entonces ha sido cuando he actuado. Me he plantado delante de Reese.

—Tú y yo ya no vamos a hacer este encargo juntos.

—Yo no he firmado el contrato contigo —me ha espetado ella, consternada.

Como si yo hubiera tenido el descaro de decirle lo que hacer. En esos momentos, me he visto capaz de algo más que de mangonearla. La habría estrangulado.

—Pues entonces me retiro del trabajo. Sin mis fotografías, archivarán tu artículo.

—No puedes hacer eso. Tú también has firmado un contrato. Si lo incumples, jamás volverás a publicar nada con ellos.

Me he colgado la mochila de los hombros y he agarrado la maleta de ruedas de Aimee.

—Ven conmigo —le he dicho—. Por favor. —Estaba desesperado.

Sigo estando desesperado. No quiero perderla.

Está pegada a la puerta de la habitación, pálida, boquiabierta, con los brazos dejados caer a los lados. Callada, demasiado callada. Puedo manejar su rabia cuando la irlandesa que lleva dentro se rebela y me tira pelotas de calcetines a la cara. A esa Aimee la entiendo. Pero esta versión atónita y muda me confunde. Me asusta.

¿Me dejará como dejó a James?

—Di algo —le suplico.

—Mejor no.

—Pues déjame que te lo explique.

—Aún no —dice, deteniéndome con la mano—. Necesito un momento.

Se acerca a su maleta, la sube a la banqueta y la abre.

Gracias a Dios. No se va. Todavía.

Me flojean las piernas. Retrocedo y me apoyo en la mesa. Me paso las dos manos por el pelo y las junto arriba.

Aimee hurga en su maleta y saca la bolsa de aseo.

—Llevo veinticuatro horas en pie. Estoy agotada. No puedo pensar con claridad. Voy a… —Mira de reojo la puerta de la habitación, luego la corredera del patio y después la del baño—. Voy a entrar ahí —dice, señalando el baño, y baja de nuevo el brazo al costado.

Deslizo las manos unidas a la nuca.

—¿Sabes cuánto vas a tardar?

—Cuanto me haga falta para entender lo que acabo de ver.

—No hay nada entre Reese y yo. —Aimee se enciende, furibunda—. Vale, ya espero —digo, asintiendo con la cabeza. Esperaría eternamente.

Se mete en el baño y cierra despacio la puerta.

Aguzo el oído para ver si oigo la ducha, el grifo abierto, la cisterna del váter, cualquier cosa que indique que no está ahí dentro llorando en silencio. Me la imagino sentada en la taza, con los codos en las rodillas, la cara enterrada en las manos y los hombros temblorosos. Me hace añicos el corazón pensar que seguramente le he partido el suyo.

Se me encoge el estómago y me hace un ruido como de tuberías. Me noto una opresión en la base de la garganta. Oigo correr el agua del grifo y suelto un suspiro largo y continuado, aliviado al comprobar que está haciendo otra cosa, no llorando. Tiemblo. Me aparto de la mesa, cruzo la estancia hasta el termostato y enciendo la calefacción. Mi ropa mojada se ha quedado tiesa y me resulta incómoda. Se me pega a la piel. Me quito la chaqueta y empiezo a desnudarme. Me acabo de bajar los pantalones y estoy en calzoncillos cuando se abre la puerta del baño. Levanto la vista desde mi posición encorvada.

Aimee entorna los ojos y yo me incorporo despacio. Baja los ojos.

—Esto no lo vamos a arreglar con sexo —me dice.

—No iba a… No… —protesto, exasperado, y aparto los pantalones de un puntapié. Agarro furioso el montón de ropa sucia—. Están mojados. Solo me estoy cambiando —le explico, antes de calzarme unos vaqueros y una camiseta, con el torso tembloroso y la piel pegajosa. Luego me pongo una sudadera con capucha y me subo la cremallera hasta arriba.

Ella me mira extrañada.

—¿Te encuentras bien?

—No —espeto, metiéndome los puños en los bolsillos—. Me siento como si estuviera al borde del Half Dome, preguntándome si me vas a empujar. —Dios sabe que lo merezco—. ¿Por qué no me escuchas? Quiero explicártelo.

Aimee niega despacio con la cabeza y vuelve a guardar la bolsa de aseo en la maleta. Después cierra la cremallera.

El corazón me golpea el pecho con fuerza.

—¿Te vas?

Se vuelve hacia mí.

—Aún no lo tengo claro.

Cierro los ojos.

—No te vayas.

—¿Ves a lo que me refería el otro día cuando volvíamos de casa de Nadia? ¿Eres consciente de que has obviado completamente lo tuyo con Reese? Es como si me escondieras algo. ¿Por eso tenías tanta prisa por venir?

—¡No! Yo no tenía ni idea de que ella estaría aquí y menos aún de que le habían asignado el reportaje. Me estaba esperando cuando entré a registrarme.

—Sí y, además, resulta que estuvisteis casados.

Se me hunden los hombros.

—Sí. Nueve horas.

—Nueve… ¿qué?

Cruzo la habitación hasta ella. Solo nos separan unos centímetros de aire.

—No fue más que una tontería que hicimos, entre otras muchas, una noche de borrachera. Tienes que creerme. —Acerco las manos a su cara, sin tocarla, y las dejo suspendidas sobre sus mejillas, temblando—. No fue nada. Ella no es nada.

—Da igual lo que fuera. Tendrías que habérmelo contado.

—Tienes razón. —Bajo los brazos, derrotado, y retrocedo un paso—. Tienes razón. Tendría que haberlo hecho y ha sido un error.

—Hemos hablado alguna vez de tu relación con Reese, ¿por qué nunca has mencionado que estuvisteis casados? —pregunta, escudriñándome, y tardo un instante en contestar. Un instante larguísimo.

—Antes de conocerte —empiezo—, había perdido a todas las personas importantes de mi vida. Durante años, fuimos solo mi cámara y yo y mi siguiente destino. Entonces te vi aquella noche en la galería. Estabas tan guapa, con tu vestido negro y los rizos enmarcándote la cara. —Le acaricio el pelo—. Vi en ti lo que yo había sentido durante años después de que mi madre nos abandonara. Estaba solo y descontento con mi sitio en la vida. Mi existencia no tenía sentido y eso me convertía en un adolescente temerario —digo con voz pastosa, pensando en aquellos años infernales—. Pero tú me sonreíste y me dejaste invitarte a un *cupcake* y me enamoré de ti. Me enamoré perdidamente de ti. Y por primera vez en mucho tiempo, noté algo importante aquí —añado, llevándome la mano al pecho—. Cuando dejaste a James y volviste conmigo, tendría que habértelo contado, pero no quería darte motivos para que dejara de apetecerte estar conmigo. Esas nueve horas con Reese carecen de importancia al lado de una vida entera a tu lado. Esas horas son una vergüenza. Pensé que, si te lo contaba, no te tomarías en serio mis sentimientos, que no me tomarías en serio a mí. En resumen: me dio miedo. Miedo de que me dejaras, a mí también.

Aimee está callada, pensativa. Lo está procesando, amasando mis palabras hasta darles una forma que pueda digerir. Aprieta los labios. Exhala con fuerza por la nariz y levanta la barbilla. Reconozco esa cara.

—Estás enfadada.

—Sí, pero no porque no me hayas contado que estuviste casado con Reese.

—Solo nueve horas.

Me lanza una mirada asesina y cierro la boca.

—No, no estoy enfadada —rectifica—. Me decepciona que pensaras tan mal de mí, que creyeras que un matrimonio de nueve horas podía espantarme. Tendrías que habérmelo contado.

—Sí, tendría que haberlo hecho, lo siento. ¿Me perdonas?

—Ya van tres —susurra ella.

—¿Tres, qué? —pregunto confundido.

—Tres veces que alguien importante para mí me ha ocultado algo pensando que no sabría manejarlo: James, que Phil era su hermano; Nadia, que está trabajando ¡y ligando! con Thomas…

—¿Que Nadia, qué? —digo, negando incrédulo con la cabeza.

—Y tú, que estuviste casado nueve horas. No soy frágil, Ian. No soy una flor que vaya a marchitarse.

—Tienes razón, tienes toda la razón. Eres un árbol de fuertes raíces —le digo, sin dejar de asentir—. Puedes hacer frente a cualquier vendaval que intente tumbarte —prosigo, agitando los brazos para darle más énfasis.

—¡Madre mía! —exclama, echándose el pelo hacia atrás, frustrada.

—Perdona, ¿me he pasado? —Esbozo una sonrisa.

Se tapa la cara con las manos y llora y ríe a la vez.

—No tiene gracia.

Le aparto las manos con delicadeza y me asomo a su cara por debajo, muy serio. Le acaricio la mejilla.

—Es verdad: no tiene gracia. No sé de qué otra forma disculparme por no habértelo contado.

—Te quiero, Ian. No te voy a dejar. Pero vamos a hablar de esto.

Cierro los ojos un instante, asimilando sus palabras, luego tomo su cara con ambas manos y apoyo la frente en la suya, asombrado de lo tremendamente comprensiva que es.

—Te voy a contar todo lo que quieras saber.

Asiente y se aparta.

—Bien. Pues empieza por servirme una copa de vino —dice, señalando la botella de tempranillo, obsequio de la casa, que hay en el escritorio—. Luego me vas a contar cómo te dejaste atrapar por esa lagarta.

—¿Esa lagarta? —La miro con recelo mientras me acerco al escritorio.

Aimee se deja caer en una silla.

—Sí. Es una buena pieza.

Eso es cierto. Descorcho el vino y sirvo dos copas. Le paso una a Aimee, que se la bebe de un trago. «¡Toooma ya!».

—¿Más? —pregunto, enseñándole la botella.

—Por favor —dice ella sosteniendo en alto su copa.

Esta vez la agita y olfatea el vino. Después da un sorbo y la deja en la mesa. Se frota los muslos.

—Estoy preparada.

Yo no, pero no tengo alternativa. No quiero tenerla. Esto es por Aimee. Por lo nuestro.

No me siento a la mesa con ella. Necesito estar de pie mientras se lo cuento. No fue uno de los mejores días de mi vida. De hecho, encabeza la lista de los peores. Me apoyo en el escritorio, medio erguido, con las piernas cruzadas por los tobillos. Me retrotraigo a aquellos días con Reese y se me encoge el estómago. Me aprieto con los dedos los abdominales y dejo el vino, que ya no me apetece.

—Acabábamos de graduarnos en la universidad y queríamos celebrarlo, así que fuimos a Las Vegas. Casualmente fue el mismo día en que soltaban a mi madre y Stu iba a recogerla a la ciudad. Éramos seis compañeros de clase, tres chicos y tres chicas. Reese y yo, la única pareja oficial. Además, ella era la única que sabía lo de mi madre. —Miro a Aimee a los ojos y ella asiente despacio, animándome a continuar. Abrazándome con fuerza el pecho, paseo nervioso de un lado a otro. Ella me sigue con la mirada. Yo miro al suelo mientras hablo—. Ya te he contado que me encontré a mi padre borracho en su habitación de hotel y que me contó que mi madre se había largado antes de que él fuera a buscarla. Lo que no sabes es lo que pasó después. Estuve horas dando vueltas en coche, convencido de que podía encontrar a mi madre en la estación de autobuses o esperando un tren. Hasta miré en unos cuantos hoteles, por si se había registrado en alguno. Fue en vano. Se había ido hacía rato. Al final me reuní con mis amigos en el centro comercial y me puse como una cuba. Íbamos todos pedo, pero yo más, y Reese estaba allí conmigo.

»No recuerdo bien cómo ocurrió. Casi toda la noche es una nebulosa para mí y hay varias horas que han desaparecido completamente de mi memoria —digo, dándome unos golpecitos en la frente—. Solo sé que amanecimos con alianzas en el anular y nuestra firma en un certificado de matrimonio que encontré en mi maleta.

—La madre… del cordero. ¿Qué pensaste entonces?

—No mucho —digo, riendo sin ganas—. Tenía la peor resaca de mi vida.

—¿Y qué hiciste?

Me paro delante de Aimee.

—Pedimos la anulación. Nos la concedieron enseguida. Los dos estábamos ebrios. Pasa con frecuencia en Las Vegas.

—En realidad, no estuvisteis casados. El matrimonio se disolvió.

Me siento sobre los talones y le cojo las manos.

—Ya, pero tendría que habértelo contado de todas formas.

—Reese y tú salisteis en la universidad y estuvisteis juntos un año después. ¿Habrías querido...? —Se muerde el labio inferior, sin terminar la frase. Le aprieto las manos.

—¿Que si habría querido seguir casado con ella? —Asiente y yo murmuro pensativo—. Sí, cinco segundos, justo antes de firmar los papeles. Por entonces estaba enamorado de ella, pero ella tenía claro, igual que yo, que su carrera era lo primero. Ninguno de los dos pensaba en matrimonio en aquella época. Lo que ocurre en Las Vegas debería quedarse en Las Vegas.

—No puedo creer que se haya presentado como tu exmujer.

—No voy a decir la palabra que me viene a la cabeza, pero ya te la imaginas.

Aimee ríe, rompiendo la tensión que hay entre los dos.

—Es una zzz... de narices.

Noto un calor repentino. Sudo por todos los poros. Me arde la piel. Le suelto las manos a Aimee y me bajo la cremallera de la sudadera. La habitación me parece un horno.

—Se te ha puesto mala cara —dice, tocándome la frente, empapada en sudor—. Y tienes fiebre.

—No me gusta el pulpo. Prométeme que nunca me vas a obligar a comer pulpo a la gallega.

Se me revuelve el estómago. Me tapo la boca, salgo corriendo al baño y procedo a humillarme metiendo la cabeza en la taza.

Cuando termino, me dejo caer contra la pared. Con los brazos sobre las rodillas dobladas, cierro los ojos y respiro hondo para que se me pasen las náuseas. Aún me noto el sabor a pimentón en la boca. Una toallita fría me acaricia la frente, luego las mejillas. Abro los ojos y veo a Aimee, arrodillada a mi lado.

—Gracias —le susurro con voz ronca.

Me pasa un vaso de agua que me bebo de golpe.

—Despacio, que vas a vomitar otra vez. ¿Mejor? —pregunta cuando le devuelvo el vaso vacío.

—Mucho mejor. —Ahora que me he sacado el pulpo viscoso de la tripa, se me ha asentado el estómago, pero aún me noto una fuerte opresión en el pecho de la que quiero librarme. La miro a los ojos—. Hay algo más que tendría que haberte contado.

—Ah, ¿sí? —dice Aimee, recostándose recelosa.

—Tendría que habértelo contado antes de irme.

—Pero no lo hiciste.

—No lo hice. —Ruedo la cabeza de lado a lado contra la pared—. Habríamos discutido y no quería volver a discutir antes de irme.

—¿Lo que me tienes que contar me va a disgustar?

—Sí... Quizá.

Echa hacia atrás los hombros y se alza varios centímetros por encima de mí. Me mira desde arriba.

—¿Tengo que recordarte que no soy frágil?

—No, no —digo, sonriendo sin ganas y haciendo un gesto con la mano, que enseguida bajo de nuevo a mi regazo—. Es que estoy cansado de discutir.

—Y yo.

—No quiero disgustarte.

—Suéltalo ya, Ian, lo puedo soportar.

—Hablé con James.

—Y pensaste que, si me lo contabas, te reprocharía que ya estabas otra vez con lo de James. —Asiento. Suspira, hastiada—. ¿Qué pasó?

—Vino a nuestra casa y me dio la tarjeta de Lacy Saunders. ¿La recuerdas? Ella se la había dado a él y le había pedido que me la pasara a mí. Por eso quería verme. La llamé, pero…

—El número está inactivo. Lo sé. Pero yo tengo el nuevo y he hablado con ella.

—Yo también. Pero Aimee, el número no estaba inactivo cuando la llamé yo.

Capítulo 20

IAN

—¿Qué te dijo?

—¿Cómo has encontrado su número? —pregunto yo a la vez.

Hace siete años, Aimee intentó en vano conseguirlo. Hasta contrató a un investigador privado. Lacy no mantenía el mismo número mucho tiempo y, por lo visto, andaba siempre cambiando de domicilio. Dio de baja el número de la tarjeta en cuanto terminamos de hablar, así que ¿cómo lo había encontrado esta vez?

Aimee mira de reojo hacia la puerta. Se endereza, enjuaga la toalla y la cuelga del borde del lavabo. Yo me levanto del suelo, algo mareado, pero mejor que hace un momento. Seguramente no sea una intoxicación alimentaria, pero está claro que a mi estómago no le ha sentado bien algo. Agarro el cepillo de dientes y le pongo algo de pasta.

Aimee me deja sitio delante del lavabo.

—Lacy me ha comentado que había hablado contigo. Quiere que quedemos con ella en la casa de tu padre el martes.

Echo la cabeza atrás para que no me chorree la espuma de la boca.

—¡Por eso adelanté el viaje! Quería terminar el trabajo antes de quedar con Lacy. No fue por Reese.

Escupo la pasta, me enjuago la boca y le cuento lo ocurrido.

Después de recibir su mensaje diciéndome que Kristen estaba de parto, cogí el coche y fui del gimnasio a casa para darme una ducha antes de ir al hospital. Y allí estaba la tarjeta de Lacy, junto a las llaves, que había dejado en la consola. Me dije: «¿Qué pierdo por marcar un puñado de números en el móvil?».

Oí el tono y me metí en la cocina a por un Red Bull. La noche iba a ser larga, con Kristen de parto y todo eso. Pensé que me saltaría la locución de «El número marcado no existe» y que podría dejarlo correr. Pero Lacy contestó.

—Hola, Ian —me dijo.

Se me erizó el vello de la nuca. Noté un subidón de adrenalina que me aceleró el pulso como a un yonqui. Al oír su voz, tuve un mal presentimiento.

—¿Por qué quería que la llamara?

—Me has estado buscando.

—Eso fue hace cinco años. —Ahora es mucho más fácil encontrar datos en Internet que hace cinco años. Y podía permitirme contratar a un investigador privado si quería hacerlo—. Ya no la necesito como pensaba antes.

—A lo mejor no, pero conviene que escuches lo que tu padre tenga que decir.

¿Mi padre? El escalofrío que había sentido en el cuello se me extendió por los hombros como una legión de insectos. ¿Qué tenía que ver mi padre con Lacy? Ella era un misterio tanto para él como para mí.

—Hace años que no hablo con él. Dudo que tenga nada que decirme.

—Lo tendrá.

Miré de reojo el reloj de la cocina. Se estaba haciendo tarde. Aimee me estaba esperando en el hospital.

—Voy a colgar, salvo que tenga algo que contarme. —¡Qué pérdida de tiempo!

—No quiero entretenerte, Ian, así que no me entretengas tú a mí. El martes es un buen día, mi día de la semana favorito. Los lunes son lo peor. Todo el mundo está de mal humor y quiere que sea viernes. Pero la gente es más generosa los martes. Donan más a las oenegés y gastan más en las tiendas. También la Bolsa va muy bien los martes. Votamos los martes. Los cambios se producen en martes. Deberías venir tú también.

—No puedo. Estaré fuera, trabajando en un encargo. —El más importante de mi vida. No me apetece nada ir a Idaho.

—Lástima. Tengo noticias de tu madre. —Y colgó.

Atónito, miré el teléfono para asegurarme de que había colgado. Lo había hecho. Volví a llamarla enseguida. Sonó sin parar, no descolgó. Lo intenté de nuevo después de ducharme. Se oyó un tono y a continuación: «El número marcado no existe…». Colgué.

—Llamé a la compañía aérea para ver si había vuelos para esa noche y luego hablé con Al, que me dio luz verde para adelantar el viaje, con lo que decidí ir a España y terminar el trabajo antes de reunirme con Lacy —le digo a Aimee—. Entonces entendí por qué había estado tan irritable contigo los últimos meses.

—Es lógico: James nos había desconcertado a los dos.

—Lo de junio me dolió, no te voy a mentir, pero todo esto me produce otros sentimientos que me cuesta reconocer.

Hago una pausa, golpeando suavemente la encimera del lavabo con los nudillos.

—¿El qué? —pregunta Aimee.

Inspiro hondo.

—Estaba molesto contigo.

—¿Conmigo?

Asiento.

—Envidiaba tu valentía. Te enfrentaste a tu peor miedo cuando encontraste a James después de creerlo muerto. No solo lo dejaste marchar y pasaste página, sino que además lo perdonaste. Eres mucho mejor persona que yo.

—No digas eso, Ian. No te subestimes. Mírate y mira tus éxitos. Has llegado muy lejos, considerando lo que te pasó.

Me encojo de hombros.

—Así es como me siento. Y no puedo seguir así. Tengo que dejar atrás la rabia y el resentimiento que siento hacia mi padre y enfrentarme al remordimiento que me inspira mi madre. Por eso voy a ver a Lacy. No sé qué voy a averiguar ni qué pasa con mi padre, solo tengo la sensación de que algo va mal.

—Y tú siempre te fías de tu instinto.

—Confío en ese cabrón —digo con una media sonrisa—. He adelantado el trabajo para poder estar en Idaho el martes, el día de la semana favorito de Lacy.

—Es una mujer peculiar —dice Aimee, meneando la cabeza, incrédula—. ¿Has intentado ponerte en contacto con tu padre?

—Lo llamé entre vuelos, pero no me ha devuelto la llamada. —La miro a los ojos, tan azules y despiertos, a pesar de lo cansada que sé que está—. ¿Y tú qué haces aquí? ¿Y tu ampliación de negocio? Para decirme lo de Lacy, habría bastado con una llamada.

Desliza las manos por debajo de la sudadera abierta y me la descuelga de los hombros. La dejo que me saque las mangas. La sudadera cae al suelo.

—Érase una vez, hace mucho, una chica que estaba triste. Había perdido a su prometido y estaba desesperada por encontrarlo. Pero apareció otro chico que quería muchísimo a la chica, tanto que viajó hasta los confines del mundo para ayudarla a buscar al prometido que ella creía su amor verdadero.

Me levanta la camiseta. Subo los brazos y me la saca por la cabeza. La tira encima de la sudadera. El aire frío me sacude el torso y se me pone la carne de gallina.

—¿Y qué fue de ese chico y esa chica? —pregunto con voz ronca y los ojos clavados en sus dedos mientras se desabrocha la blusa.

—La chica encontró a su prometido, pero él había cambiado. Debía olvidarlo, no porque hubiera cambiado, sino porque ella había madurado en su ausencia. Ella, que ya era una mujer fuerte e independiente con las ideas claras, vio los defectos de su relación con él y fue consciente del daño que le habían hecho, pero al encontrarse a sí misma descubrió que amaba al otro chico tanto como él a ella.

Se abre la blusa, dejando al descubierto el sujetador de encaje. Gimo.

—Qué hermosa eres.

La blusa cae flotando al suelo.

—Hace cinco años lo dejaste todo por ayudarme a buscar a James. Quiero hacer lo mismo por ti. Quiero ayudarte a encontrar a tu madre.

Le robo un beso y me sabe a gloria. Mi gloria particular.

—Te quiero.

—Yo también te quiero, Ian. Eres mi marido. Somos familia. Ya no tienes que hacerlo todo solo.

Le agarro la cabeza, enterrando los dedos en su pelo, presionándole el cuero cabelludo, conmovido.

—Doy gracias a Dios todos los días por que entraras en la galería de Wendy y en mi vida —le digo en los labios, emocionado.

La beso con vehemencia y, cuando paro para coger aire, con la frente pegada a la suya, fundidos nuestros alientos calientes, le pregunto por Caty.

—Está bien. Con mis padres. La cuidarán cuanto necesitemos.

—¿Y el negocio? ¿Y tus planes?

Aimee se aparta de mis brazos.

—¿Te importa que hablemos de eso en la cena?

—No, claro —contesto, algo vacilante—. ¿Va todo bien?

Sonríe cautivadora.

—Va todo perfecto. Luego te cuento, después de ducharme. Huelo a tigre del viaje —dice, señalándose el cuerpo.

—Y yo de la caminata —digo, dándome una palmada en el pecho—. Dúchate conmigo.

Me guiña el ojo, seductora, y siento una sacudida eléctrica en las entrañas.

—Pensaba que no me lo ibas a pedir nunca —dice.

Se quita los vaqueros contoneándose y me pongo a mil al instante. Se la ha puesto, esa tirita de encaje, a juego con el sujetador, que no le tapa nada.

Me quito yo también los vaqueros y los calzoncillos y abro la ducha. Un agua gélida salpica las paredes alicatadas. Le paso un brazo por la cintura y la arrastro al cubículo conmigo. Chilla cuando el agua helada le resbala por la cabeza y por la espalda.

—¡Capullo!

—Tú quieres a este capullo.

Río en su boca y alargo la mano a su espalda para ajustar la temperatura del agua. Le desabrocho el sujetador.

—Más de lo que se puede expresar con palabras.

Me besa y, antes de que me dé cuenta, me deja sin aliento.

Después de ducharnos y vestirnos y antes de salir de la habitación, agarro a Aimee por los hombros.

—¿Todo bien, entonces? —le pregunto, señalándola a ella y luego a mí—. Con lo de Reese, digo.

Aimee se muerde el labio inferior y se queda pensativa. Luego asiente.

—Creo que sí, pero no esperes que sea simpática con ella —dice, ceñuda.

—Con la bromita que te gastó, puedes ser todo lo desagradable que quieras.

Levanta el puño para que choquemos.

—Hecho. Ah, Ian… Te perdono por no haberme contado lo de Reese.

Le cojo la cara con ambas manos y le beso la frente, cerrando los ojos.

—Y yo te perdono a ti.

—¿Por qué?

Me echo hacia atrás y la miro a la cara.

—Por el verano pasado, con James. Te perdoné en cuanto me lo contaste, pero nunca te lo he dicho. Lo siento.

Aimee cierra los ojos y asiente.

—Gracias —susurra.

La beso en la boca, con suavidad, con ternura.

—Hacemos buen equipo.

Sonríe.

—Sí, muy buen equipo.

Sonrío yo también y abro la puerta, apartándome para dejarla pasar.

—Vamos a comer algo. Creo que nos hemos ganado una comida caliente.

Solos, espero, sin Reese por allí cerca. Ya me he perdido la comida hoy y no me gustaría quedarme sin cena también.

Vamos al comedor. Al pasar por la piscina, le cojo la mano para detenerla. Se vuelve hacia mí, pecho con pecho, y me mira. El aire huele a leña quemada y las nubes se han desplazado. Sobre nuestras cabezas resplandece una manta de obsidiana salpicada de estrellas. Se oye el tintineo de platos en la cocina, a unos metros de distancia, y las notas coloridas de una guitarra clásica surcan el aire nocturno desde una ventana abierta. Salvo por eso, el campo está tranquilo, preparado para la noche.

—¡Qué cielo tan increíble! —dice Aimee—. Tengo que salir más de la ciudad. Hacía tiempo que no veía tantas estrellas.

Asiento con un murmullo, hipnotizado por el reflejo de la luz de las estrellas en sus ojos. Me mira y yo meneo la cabeza mentalmente para no terminar poniéndome tonto y llevándomela de nuevo a la habitación.

—Antes no me has contestado a la pregunta. ¿Cómo te has puesto en contacto con Lacy? —Se zafa de mi mano y retrocede un paso. La miro ceñudo porque no es buena señal—. ¿Aimee…?

—Sí… eh… —Se estruja las manos—. No la he encontrado yo. La ha encontrado Thomas.

Me deja de piedra.

—¿Has metido a Thomas en esto?

—James me habló un poco de cómo Thomas lo escondió en México. No me cabe duda de que tiene contactos. Supuse que, si alguien podía conseguir el número de teléfono de Lacy, era él.

—Y lo llamaste… —digo con retintín.

—Fui a verlo a su despacho.

Una rabia incandescente me inunda el cuerpo entero, recorriendo mis extremidades como acero fundido. Me arde todo. Estoy más furioso de lo que he estado en mucho tiempo, más de lo que estaba con Reese hace unas horas o con James por besar a mi mujer. Inspiro hondo, inflando las aletas de la nariz y llenándome del todo los pulmones, y luego suelto una retahíla de las mayores barbaridades que haya podido escupir jamás en presencia de Aimee. Ella me mira espantada y recula. Mirando alrededor, empieza a aletear con las manos, instándome a que baje la voz.

No puedo mirarla. Doy media vuelta y me marcho.

—Perdona, Ian, pero supuse que Lacy tenía algo urgente que decirte y no sabía a quién más acudir con tan poco tiempo.

Su disculpa me parte por dentro. Con los brazos en jarras, me vuelvo hacia ella.

—¡Por Dios, Aimee, no estoy molesto contigo, sino conmigo mismo! Has ido a verlo por mi culpa. Yo te he puesto en esa tesitura. Después de todo lo que te ha hecho. —Solo pensar en Thomas le produce náuseas a Aimee—. Dios, lo siento, nena. Tendría que haberte contado lo de James y Lacy.

—Pues sí, me lo tendrías que haber contado, pero ya está hecho y he sobrevivido. Y no te lo pierdas, el verdadero nombre de Lacy es Charity Watson.

El nombre me resuena en la cabeza, me resulta familiar, pero no sé de qué.

—¿Te lo ha dicho Thomas?

—¿Recuerdas que el día de la preinauguración del café me extrañó que Thomas interrumpiera de pronto nuestra conversación y se fuera de aquella manera? —Chasca los dedos—. Había visto a Lacy en México con Imelda y luego va y se la encuentra en mi local. Investigó un poco y descubrió quién es en realidad.

—Apuesto a que la amenazó.

—Seguramente. Quizá por eso me envió el cuadro de James en vez de seguir intentando que nos viéramos. El caso es que Thomas sabía su nombre de verdad. Por eso la encontró tan rápido.

—Me sorprende que haya accedido a buscarla para ti.

—A mí también, pero creo que se siente culpable por todo lo que ha hecho. El remordimiento le está devorando vivo. Está horrendo. Casi me dio pena.

—¿Casi?

—Un poquitín —dice, acercando el pulgar y el índice unos milímetros—. El número es de un fijo. Lacy vive en Nuevo México con su nieta.

La estrecho en mis brazos y la beso.

—Gracias por hacer esto por mí.

—No me lo pensé dos veces y, además, lo he hecho por los dos. Estamos juntos en esto, Collins. Hala, dame de comer, que tengo hambre.

—Sí, señora. —Enlazo mis dedos con los suyos y mecemos las manos mientras caminamos—. ¿Conque Thomas y Nadia? —le digo, mirándola con recelo.

—No me hagas hablar —responde con un gesto de desdén—, pero, sí, ella está trabajando en un proyecto para él. Y viendo el trato que tienen, me da la impresión de que es algo más que trabajo. Ahora mismo la tengo en la lista negra.

—Entonces, mejor no hablamos de ella —digo antes de darle un beso en la mejilla.

Álex nos sienta bajo una ventana y nos sirve enseguida la cena: lacón con grelos y garbanzos.

—¿Decías en serio lo de retirarte de este trabajo? —me pregunta Aimee, cortando un trozo de lacón.

Suelto los cubiertos y me inclino hacia delante, con los antebrazos apoyados en el borde de la mesa.

—Cuando Reese era pequeña, tenía un vecino que maltrataba a sus perros. Los dejaba atados en el jardín.

—¡Qué horror!

—Eso la traumatizó. Lo ha llevado al extremo y se niega a tener mascotas por esa razón. Además, se opone a que se encierre a los animales, por el motivo que sea, pero sobre todo cuando las condiciones no son ideales.

—¿La rapa no le parece ideal?

Niego con la cabeza.

—No lo creo.

—¿Cuántos caballos meten en el ruedo?

—Doscientos, durante menos de dos horas. Es por la seguridad de los animales y para los lugareños es la forma más rápida de atenderlos. Consiguen desparasitar al mayor número posible en el menor tiempo posible sin causar demasiado estrés a las bestias ni sufrir ellos lesiones graves. Los caballos son salvajes. Si les dejaran espacio para moverse, jamás podrían vacunarlos. Enfermarían y se debilitarían. Las manadas terminarían extinguiéndose.

»Por las cosas que me ha estado diciendo Reese, no sé... —Muevo la comida por el plato—. Me preocupa que su opinión personal sesgue el artículo. No quiero mala prensa. No es lo que pretendía al aceptar el trabajo. A los lugareños les apasionan sus manadas. Para ellos, los pura sangre gallegos son una rareza y la rapa es una fiesta asombrosa impregnada de historia y tradición. Yo quiero transmitir eso con mis fotos y confiaba en que quien escribiera el artículo hiciera lo mismo.

»Reese estuvo en la rapa el verano pasado. Tuvo que irse en plena fiesta. No pudo soportarlo. Hoy me la he llevado al monte con la esperanza de que viera que son libres los otros trescientos sesenta y cuatro días del año.

—¿Aún no los has visto desde que llegaste?

Niego y suelto el cubierto, de pronto inapetente.

—Mañana es mi última oportunidad y, después de lo que ha pasado ahí fuera esta noche —digo, señalando al vestíbulo— y de nuestra caminata de hoy, dudo que quiera ir conmigo. Nos hemos encontrado un potro muerto.

Aimee mastica la comida, pensativa.

—Aún nos quedan tres días más antes de la fecha en que debemos estar en casa de tu padre. No has venido hasta tan lejos para rendirte ahora. Mándale un mensaje a esa lagarta y discúlpate.

Me río de cómo la llama. Luego me río de su propuesta.

—¿Quieres que le pida disculpas?

—Sí, porque tú vas a ser el maduro en este desacuerdo. Además, no vas a permitir que ella, precisamente, se interponga entre tus sueños y tú. ¡Venga ya, Ian, es *National Geographic*! Podrías conseguir la portada —dice antes de pinchar un trozo de lacón, comérselo y sonreír.

—¿Esta es tu particular versión de una arenga?

—Sí, porque nos vas a llevar a las dos. Yo también quiero ver esos magníficos caballos gallegos.

—Mañana será un día interesante. —Nada incómodo—. Con una condición: le voy a conceder solo un día más —añado, alzando el dedo índice al techo. Le preguntaré directamente qué tiene pensado escribir. Si no me convence firmarlo, llamaré a Al y le diré que me retiro.

Terminamos de cenar y después el cocinero invita a Aimee a la cocina para hablar con ella de recetas gallegas y exquisiteces locales.

—No te sorprendas si añado unos cuantos platos españoles a mi carta de temporada —me dice. «Pulpo no, por favor», pienso, con cara de asco—. La cena ha sido increíble.

La cena ha sido increíble. Porque no ha estado Reese.

Escribo un mensaje para decirle que mañana saldré a primera hora por el mismo camino de hoy, que voy a intentar localizar a la manada y hacer las fotos una sola vez más.

Lo repaso, luego me trago la píldora de madurez que Aimee me ha recetado.

Siento lo de antes. Sin rencores. Hagamos este trabajo.

Satisfecho, se lo mando.

—¿Listo? —me pregunta Aimee, que ya está de vuelta, poniéndome una mano en el hombro.

—Sí, vamos. —Me levanto de la mesa y salimos del restaurante, yo con la mano en la parte baja de su espalda—. No hemos hablado de tu negocio durante la cena —le digo camino de nuestra habitación—. ¿Cómo va la expansión?

—No va.

—¿No?

La miro a la cara, intentando descifrar su expresión.

—Tenías razón cuando me dijiste que he perdido de vista la razón por la que abrí el restaurante. Lo reconozco: la idea de tener tres locales me parecía guay. Era una prueba de que lo había conseguido, de que me iba mejor que a Starbucks y a Peet's porque estoy prosperando cuando los otros pequeños negocios cierran. Pero lo que quiero de verdad es volver a la cocina. Quiero hornear para mis clientes favoritos e idear nuevas recetas. —Se interrumpe y yo me vuelvo hacia ella—. No quiero estar encerrada en un despacho, haciendo números, pagando facturas y gestionando el triple de personal que ahora.

—¿Estás segura? No lo harás por mis quejas, ¿verdad?

—Por tus lloriqueos, querrás decir.

Me hago el espantado.

—Yo no lloriqueo.

Aimee ríe.

—No, tienes razón. Se te da genial tenerme con los pies en la tierra.

—Nos equilibramos el uno al otro.

—Sí, me encanta que seamos así. Porque quiero algo más.

—Lo que me digas.

Le daría las estrellas y la luna, el puñetero sistema solar entero.

—Los dos nos hemos criado como hijos únicos. No quiero que le pase lo mismo a Caty. —Inspira hondo—. Quiero que tengamos otro bebé.

Me deja pasmado.

Aimee bota sobre los dedos de los pies y sonríe de oreja a oreja porque no puede contener la emoción. Yo la envuelvo en mis brazos de inmediato y entierro la cara en su pelo porque no puedo sonreír con ella. Aún no.

De momento, me limito a abrazarla.

—¿Ian? —Se retuerce en mis brazos. Detecto algo de incertidumbre en su voz y se me encoge el pecho—. Tú no quieres tener más hijos, ¿verdad? —Dejo de abrazarla y le cojo la cara con las manos. Paseo el pulgar por su labio superior, lo acaricio. Sus ojos me buscan—. ¿Qué pasa?

—Sí quiero tener más hijos, pero mejor lo hablamos cuando volvamos a casa. Ahora mismo… —No termino la frase y trago saliva con dificultad—. Ahora mismo…

Cierra los ojos y asiente deprisa con la cabeza.

—Lo entiendo. Es demasiado de golpe. Tendría que haber esperado. Siento haber sacado el tema. Es que…

—No, no, no te disculpes. No tienes por qué disculparte. Vamos a dejar pasar estos días y lo hablamos después.

Le beso la frente, luego la nariz y los labios. Pero ¿cómo voy a volver a casa y ser el hombre que necesita mi familia, el que le prometí a Aimee que sería cuando me dijo que estaba embarazada de Caty, si los errores que cometí en el pasado aún supuran en mi interior? Tengo miedo de cometer más.

Capítulo 21

Ian, a los trece años

—¿Y dónde lleva la película? —preguntó Ian asomándose por encima del hombro de su padre.

Estaban en su despacho, al lado del cuarto de Ian. Stu le estaba enseñando un tipo nuevo de cámara que a él y a otros fotógrafos profesionales les habían enviado para que la probaran. Se llamaba «cámara digital». Era tan grande y aparatosa que a Ian le parecía poco manejable.

—No lleva película —contestó su padre—. Aquí va un disco duro incorporado —añadió, señalando el compartimiento de la base—. Las fotos se almacenan en él.

—¿Como un ordenador? —preguntó, acercándose más, apoyado en su padre.

—Algo así. Coge una silla, que vamos a echarle un vistazo.

Ian arrastró una silla de madera hasta el escritorio. La misma en la que se sentaba cuando su padre lo sermoneaba sobre los deberes y los quehaceres de la casa. Siempre lo estaba sermoneando, se dijo, poniendo los ojos en blanco mentalmente. Se dejó caer en el asiento.

Stu acercó un poco más su silla. Las ruedecitas de latón deslustrado chirriaron y el cuero del asiento crujió. Conectó la cámara al ordenador e hizo clic con el ratón para abrir una carpeta donde había diez archivos y luego doble clic en el primero. Apareció una foto de Ian que su padre le había hecho hacía solo quince minutos. Estaba de pie en el porche, sonriente, con el pelo ondeando como una bandera sobre su cabeza, azotado por una ráfaga de viento.

—¡Guau! —exclamó impresionado. Ahí estaba él, en pantalla, sin necesidad de cuarto oscuro. La calidad no era excelente. Había detalles en la imagen que podían haber sido más nítidos—. ¿Por qué está en blanco y negro?

—Porque no tengo monitor en color. Tendré que agenciarme uno.

Su padre se recostó en el asiento, estudiando la foto, con las manos juntas sobre el vientre.

Ian cogió la cámara digital e inspeccionó las ruedas y los botones.

—¿Va a ser tu nueva cámara de trabajo? —le preguntó, mirando de reojo la Nikon profesional que su padre se llevaba a los partidos. Imaginó las fotos que podría hacer él si aquella cámara cayera en sus manos.

—Esta no. La tecnología aún está en pañales. —Stu le quitó la cámara digital de las manos a Ian y volvió a dejarla en el escritorio—. Pero presiento que dentro de diez o quince años ya no usaremos carretes, al menos no como ahora.

—¿Eso crees?

Ian aparcó el codo en la mesa y apoyó la barbilla en la mano. Volvió a coger la cámara digital. Estudió la caja. El compartimento adicional pesaba mucho. No era nada cómoda para llevarla de un lado a otro en una sesión fotográfica.

—Déjala, Ian —le dijo su padre, quitándosela otra vez, y él resopló—. Es un equipo muy caro. Ten presente que la fotografía digital es el futuro.

Se inclinó hacia el monitor y fue haciendo clic en las fotos. Imágenes de Ian y él por la finca.

—¿Por qué no le has hecho ninguna a mamá?

—Porque no.

Abrió otro archivo. Apareció Ian colgando bocabajo de la rama de un árbol.

—Mamá es guapa. —Sobre todo cuando Jackie no le embadurnaba la cara de maquillaje ni se encaraba con Ian. Se emborrachaba y amenazaba con privarlo de su queridísima mamá. Nunca lo había hecho. Siempre que se iba terminaba volviendo. Pero cuando era su madre, Sarah le parecía preciosa—. Tenemos que hacerle más fotos. —Tenía demasiadas de Jackie y no eran agradables. No le gustaba mirar esas.

—¡Que no le hagas fotos a tu madre! —espetó su padre.

A Ian lo sobresaltó su brusquedad. ¿Qué mosca le había picado?

No hacerle fotos a Jackie. Esa era la norma. Y desde que Jackie lo había llevado a aquel motel de mala muerte para reunirse con ese motero, no le costaba nada cumplirla. Pero nunca le habían prohibido hacerle fotos a Sarah. Aquella norma era nueva.

—No paras de hacer fotos de nosotros dos y somos una familia. Mamá también tiene que salir en ellas.

—Olvídate de la cámara cuando estés con ella. No quiere que le hagan fotos.

—¿Por qué no?

Stu se pasó la mano por la cara.

—Da igual. No lo hagas y ya está.

—Pero…

—Se acabó la discusión.

Ian se encorvó en la silla, furioso. Tenía trece años. No le gustaba que le dijeran lo que debía hacer y menos aún sin una explicación. ¿Qué tenía de malo que le hiciera fotos a su madre?

«¡Dios!». Se apartó de la mesa. Le fastidiaba que lo trataran como a un crío. Si su padre pasara más tiempo en casa, vería que ya era casi un hombre. Ya se aburría con él. Tenía sitios a los que ir, cosas que hacer.

Se levantó de pronto y apartó de una patada la silla, estampándola contra la pared.

—Ian, pon la silla en su sitio.

Ian ignoró a su padre y se fue airado a su cuarto. Se puso una sudadera y una gorra y bajó a toda prisa las escaleras. Había pasado la mañana recorriendo el perímetro de la finca con su padre y Josh Lansbury, el hombre que cultivaba sus tierras. Stu había invitado a Ian a que los acompañara para que los oyese hablar de las condiciones del suelo y de las rotaciones de los cultivos. Las tierras serían suyas algún día y su padre pensaba que debía saber trabajarlas, aunque al final las arrendara, como hacía Stu.

A Ian le interesaban tanto las tierras como a Stu parecían interesarle Sarah y él. Sus padres apenas pasaban tiempo juntos y menos aún en la misma habitación. Su padre dormía en el sofá de su despacho. Cuando Ian había querido que se sumara Sarah a su paseo de esa mañana, ella no había querido. Le apetecía leer un rato. Desde el incidente del motel, su matrimonio ya no era lo mismo.

Abrió la puerta de la calle con la intención de irse a casa de Marshall. Mejor que quedarse en aquella casa en la que ninguno de sus ocupantes quería estar con los demás. Le gustaban los Killion. Cenaban en familia todas las noches. Jugaban a juegos de mesa y veían películas.

—¿Ian? —Se detuvo en seco—. Ven un momento, por favor.

Cerró la puerta y fue a la salita. Su madre estaba leyendo en un sillón del rincón. Una manta de punto le cubría las piernas, dobladas debajo del cuerpo. A su alrededor, un montón de torres de libros poblaban el suelo de madera rayado. Habría más de un centenar de libros allí. Se los había leído todos al menos una vez. Algunos, varias veces. En el regazo tenía uno abierto bocabajo. Desde donde estaba, Ian no veía la cubierta, pero supuso que sería el último de Michael Crichton. A su madre le encantaban los *thrillers* de ciencia ficción.

—¿Adónde vas? —le preguntó ella sonriente.

Ian se metió los puños en los bolsillos. Los hombros le subieron hasta las orejas.

—A casa de Marshall.

—¿Qué tal está Marshall últimamente?

—Bien, supongo.

Llevaba meses sin invitar a Marshall a su casa. No había invitado a ningún amigo en todo el curso. No se fiaba de que su madre fuera a ser ella mientras estaban allí y, aunque le fastidiara reconocerlo, el comportamiento de sus otras personalidades lo avergonzaba. Además, a su padre le preocupaba que, si alguien se enteraba de lo de su madre, la encerraran en un psiquiátrico o, peor aún, se llevaran a Ian.

Sarah miró de reojo por la ventana.

—Va a empezar a llover. Escoge un libro. Lee conmigo. —Ian torció el gesto y ella rio. Apartó la mantita, se levantó y se acercó a la librería—. Seguro que hay algo aquí que pueda mantener el interés de un chico de trece años.

Ian resopló. Leer era lo que menos le apetecía en esos momentos. En casa de Marshall había caballos a los que atender y tarta de arándanos que comer. La señora Killion le había dicho el día anterior que pensaba hacerla esa tarde. Lo había invitado a pasar, pero él se había distraído con la nueva cámara digital de su padre.

—¿Por qué no quieres que te hagan fotos? —le preguntó.

—Me incomoda —contestó Sarah, de espaldas a él. Se agachó para ver de cerca los estantes más bajos, paseando los dedos por los lomos de los libros—. ¡Ay, madre mía, mira lo que he encontrado! ¿Te acuerdas de este?

El corcel negro. Su madre solía leerle un pedazo de aquel libro todas las noches, hasta que lo terminaron y él le pidió que volviera a empezar.

—Léemelo.

A Ian le encantaba aquel libro, como cuando tenía siete años. Hizo una mueca.

—Es de críos.

—Es para todas las edades. Antes me suplicabas que te lo leyera todas las noches.

Porque le encantaba cómo lo leía ella. Se metía mucho en la historia y hacía efectos especiales. Escucharla era mejor que ver la película.

Sarah volvió a su sitio y dio una palmada en el cojín del sofá, a su lado.

—Siéntate conmigo, que te lo leo yo.

Ian miró de reojo hacia la escalera.

—Leeré bajito para que no me oiga tu padre. No quiero que pases vergüenza —le susurró cómplice.

¿Y qué más daba que su madre fuera a leerle un libro como si fuera un crío? ¿Qué importancia tenía eso?

—No me da vergüenza —dijo y, cruzando la estancia, se dejó caer en el sofá.

Su madre abrió el libro por la primera página y empezó a leer. Ian apoyó la cabeza en el respaldo del sofá, cerró los ojos y se dejó envolver por la suave cadencia de su voz. Oírla le recordó cuánto solía disfrutar de aquellos momentos con ella. No era de extrañar que se empeñara en que le acostara siempre con aquella historia. Todas las noches hasta que sus cambios de personalidad se hicieron más frecuentes y él le pidió que dejara de hacerlo. Nunca sabía quién le iba a arropar cada noche. Y a veces, cuando aparecía Billy, era él quien terminaba arropando a su madre en la cama.

Al poco, Sarah terminó el primer capítulo y él levantó la cabeza. Ella lo miraba con una lágrima en el rabillo del ojo. Su madre se puso en pie y lo agarró de la barbilla, levantándole la gorra para besarle la frente.

—Haga lo que haga o vaya donde vaya, no olvides nunca, jamás, que te quiero —le susurró con urgencia—. Cualquier cosa que haga será porque te quiero.

Capítulo 22

IAN

Paseo nervioso por el vestíbulo, esperando a Reese. No ha contestado al mensaje que le mandé anoche, ni al que le he dejado en el buzón de voz esta mañana. Confío en que aparezca.

Miro la hora. Son más de las ocho. Vamos a empezar más tarde de lo previsto, pero no me quejo, no demasiado. Anoche Aimee y yo estuvimos despiertos hasta tarde porque…

Porque la echaba de menos. Así de simple.

Echaba de menos a mi mujer y esa conexión que tenemos. Así que me dediqué a demostrarle cuánto la he echado de menos.

Aimee se reúne conmigo en el vestíbulo, cargada con una bolsa marrón de papel.

—¿Ha habido suerte con la lagarta?

Suelto una carcajada y niego con la cabeza.

—¿Qué llevas ahí? —pregunto, tirando del borde de la bolsa y asomándome dentro.

—Paulo nos ha preparado el almuerzo.

—¿Quién es Paulo?

—El chef. Le he pedido la receta del pulpo. Nos va a hacer un poco para esta noche.

Se me revuelve el estómago.

—Me estás tomando el pelo, ¿no?

—Pues claro —contesta, dándome un empujón en el hombro—. Vamos a buscar a esos caballos.

Nos dirigimos al coche de alquiler y subimos. Mientras conecto mi móvil al *bluetooth* del coche, entra un mensaje de Reese. Miro la notificación. Es breve y nada agradable. Tiene otros planes para hoy.

Procurando no pensar que el artículo ya es una causa perdida, abro mi lista de reproducción de Nathaniel Rateliff en Pandora.

—Hoy estamos solos —digo, dándole un beso en la mejilla a Aimee, y salgo de mi plaza de aparcamiento marcha atrás.

—Me parece perfecto.

Vamos hasta Sabucedo y tomamos a pie el mismo sendero que Reese y yo enfilamos ayer. La ladera está embarrada, pero hace un día perfecto. Unas nubecillas salpican el cielo azul como si fuera el pelaje de un pío blanco y castaño. No señalo el potro muerto cuando pasamos por el árbol bajo el que Reese y yo nos cobijamos de la lluvia ayer. En cambio, hablamos de mi anterior viaje a España, de las semanas que estuve recorriendo el país y del fin de semana largo que pasé en Sabucedo para la rapa. Llevamos casi noventa minutos andando cuando coronamos el monte y Aimee hace un aspaviento.

—¡Mira!

A nuestros pies se encuentra el pueblo de Sabucedo con sus paredes de estuco beis y sus tejados rojos. En la ladera, a unos cien metros de donde estamos, hay una pequeña manada. Cuento rápidamente veintiocho cabezas, un semental, sus yeguas y varios potros.

Me descuelgo la mochila y saco mi Nikon y el objetivo de 70-300 mm. Es ligero y compacto, con un extraordinario autoenfoque. Perfecto para llevarlo de aquí allá mientras los animales pastan tranquilos. También es el objetivo perfecto para capturarlos en acción si deciden salir al galope. Saco además el trípode y el mando a distancia de la cámara para poder hacer algunas fotos del paisaje.

—¡Están ahí mismo! —exclama Aimee—. ¡Qué preciosidad!

Miro a la manada y luego a mi mujer.

—A esto he venido —le digo, sonriente y agradecido de haberlos encontrado. ¡Si los viera Reese…!

Concentrándome de nuevo en la cámara, compruebo la batería y me meto una de repuesto y una tarjeta en uno de los tropecientos bolsillos que tengo en los pantalones. Igual esta noche coincidimos con ella y puedo enseñarle las fotos.

—He contado una treintena —dice Aimee—. ¿No hay más?

—Eso es solo una manada. En los años setenta, se calculó que había unos dos mil vagando por los montes de todo el norte de España. Ahora ya solo quedan quinientos.

—¡Qué tragedia! ¿Qué les ha pasado?

—Pues los cazadores furtivos, los depredadores, la mala situación económica… —Cierro la cremallera de mi mochila—. Los lugareños controlan la superpoblación porque hay mucha competencia por los pastos entre los agricultores, pero ahora mismo lo único que quieren es que prospere la población restante.

—No son caballos corrientes —dice Aimee, protegiéndose los ojos del sol con la mano.

—Se han adaptado al medio —digo yo, observando la manada, sus cuerpos robustos y sus recios pelajes castaños. Por el visor de mi cámara veo que algunas yeguas tienen el pelo más largo y grueso alrededor del hocico, lo que indica que son mayores que las otras—. ¿Ves esos tojos de allí? —digo, señalando unos arbustos frondosos—. Les encanta comérselos. El pelo de la cara los protege de los setos y el grueso pelaje los aísla de las inclemencias meteorológicas. Nos encontramos a menos de cincuenta kilómetros de la costa. El tiempo aquí arriba es frío y brumoso.

—¿Estamos a una distancia prudencial de ellos?

Hago un cálculo a ojo y deduzco que andaremos a unos cincuenta metros.

—Sí, tú no te acerques más. Vamos a instalarnos aquí —digo, echando un vistazo alrededor.

Aimee se descuelga la mochila y saca una manta, que extiende en el suelo.

—Voy a dar una vuelta y a hacer unas fotos.

Ella muestra su conformidad haciéndome una seña con el pulgar y el índice.

—Tendré el almuerzo listo para cuando termines.

Paso el resto de la mañana recorriendo el perímetro de la manada, encuadrando escenas y haciendo fotos. Juego con los ángulos, la composición, la luz. Consigo acercarme hasta unos treinta y cinco metros de los caballos antes de que empiecen a sacudir las crines y las colas, incómodos por mi proximidad. Retrocedo y espero a que se tranquilicen para seguir haciendo fotos. Preparo entonces unos disparos panorámicos con la ayuda del trípode y el mando a distancia, para minimizar las vibraciones y lograr imágenes nítidas.

Al cabo de un rato, mareado ya, vuelvo con Aimee y me tiro a su lado en la manta. Me da un sándwich de verduras marinadas y trocitos de carne. Muerdo y noto la explosión de sabor.

—Está increíble —digo, masticando y tragando—. Los caballos son increíbles. Tú eres increíble.

Aimee suelta una carcajada.

—¿Tienes hambre?

—Muchísima —digo, dando otro bocado. El aliño me chorrea por la comisura de los labios. Me lo limpio con el pulgar.

—Lo que pasa es que estás contento porque te estoy dando de comer.

Río.

—Buena idea lo de los sándwiches. Mi estómago te lo agradece. —De haber estado aquí arriba yo solo, habría sobrevivido toda la tarde con barritas de proteínas y bolsitas de frutos secos. Comida aburrida de ardillas, comparada con el almuerzo *gourmet* que ha traído Aimee—. Si vas a llevar comida así, puedes viajar conmigo siempre que quieras.

—¿Sabes que nunca te había visto trabajar? —dice ella, mordisqueando su sándwich.

—Claro que me has visto trabajar.

Montones de veces. Me ha visto pasar horas sin fin retocando fotos en mi despacho de casa y pasearme por mis exposiciones charlando con los clientes y captando nuevos compradores.

—Me refiero a que nunca he estado contigo sobre el terreno —aclara—. Estás concentradísimo.

—Como tú cuando cocinas.

Apoya la barbilla en las rodillas, agarrándose las piernas, y sonríe. Yo estoy en un desnivel, más abajo que ella, así que me recuesto sobre un codo y le acaricio el gemelo. Nos rondan las moscas. El aire huele a tierra húmeda y a pinos.

—¿Te acuerdas de lo que me dijiste en México? —me pregunta.

—Te dije muchas cosas en México.

Por cómo le brillan los ojos, sé que está pensando en cuando le dije que la quería, pero ella ya había decidido el siguiente paso que debía dar y me había abandonado.

Podría haberme ido con ella, pero decidí quedarme un día más. Sí, me intrigaba Lacy y su relación con Imelda, así como la posibilidad de encontrar a mi madre a través de ella. Pero la súbita partida de Aimee me confundió. No sabía qué había pasado entre James y ella la noche anterior, y no estaba del todo seguro de que Aimee sintiera lo mismo por mí. Si le pedía que se quedara, me arriesgaba a que me rechazara y ya había sufrido bastantes decepciones.

—¿No te acuerdas de que comparaste mi cocina con un talento artístico? Me dijiste que yo era una artista porque «los artistas de verdad provocan emociones».

—Sí, lo dije. —Asiento con la cabeza—. Y lo sigo pensando.

—Yo pienso lo mismo de ti y de tu trabajo.

—Gracias. —Me incorporo y le doy un beso suave, luego me tumbo y suspiro. Con las manos bajo la nuca, cierro los ojos y dejo que el sol me caliente la cara. Esto es vida, estos pequeños momentos en que tengo la mente en blanco y no pienso ni me preocupo. Pero hoy hay mucho tráfico en mi cabeza. Me pregunto si Reese y yo podremos llegar a un acuerdo y completar el reportaje, también pienso en Lacy. Me asalta el miedo, una especie de manto que me cubre de la cabeza a los pies. Tengo la sensación de que llevo en España un día de más. Me levanto y miro cuánto espacio me queda en la tarjeta de memoria—. Tendría que seguir haciendo fotos.

—¿Crees que tus fotos harán cambiar de opinión a Reese sobre la rapa?

—Eso espero, la verdad. —Pongo otra tarjeta de memoria y dejo la cámara a un lado—. Ayer me preguntó por qué me impresionaban tanto estos caballos. Me dijo que, más que salvajes, son solo medio salvajes. Yo le contesté que la relación que hay entre los lugareños y las manadas me parece simbiótica, me fascina. Pero esa es solo una de las razones.

—¿Qué otras hay? —pregunta, envolviendo el resto de su sándwich y metiéndolo de nuevo en la bolsa de papel.

—Mi libro favorito de la infancia: *El corcel negro*. No te burles —le digo al verla amagar una sonrisa.

—No me burlo. Supongo que me imaginaba otra cosa.

—Cubrí mi cupo de novelas de Christopher Pike y cómics de Superman, no te creas, pero eso da igual. A mi madre también le encantaba *El corcel negro* de pequeña y, cuando yo era niño, solía leerme un capítulo cada noche hasta que lo terminábamos y yo le suplicaba que empezara otra vez. Te juro que llegamos a leerlo como cien veces. Se metía mucho en la historia y resultaba muy creíble. La habría dejado que me leyera ese libro eternamente.

—¿Y por qué dejó de leértelo?

—Porque dejé de pedírselo. —Arranco un puñado de hierbajos y los tiro por ahí. A nuestra espalda, relinchan los caballos. Un potrillo se acerca torpemente a su madre—. Cuando metieron a Sarah en la cárcel, yo empecé a pasar más tiempo en casa de Marshall. Allí podía cuidar de sus caballos y olvidarme de la mierda de vida que tenía en casa. Supongo que, de algún modo, me siento más cerca de mi madre cuando estoy entre caballos. —Aimee me estudia con fría fascinación. Yo recojo las piernas y apoyo los codos en las rodillas, con las manos colgando entre ambas. Me sonríe con ternura—. ¿Qué? —le pregunto, sonriendo yo también.

—Que tú eres el jinete gallego y el *aloitador* de tu madre. En cierto sentido, ella era como una yegua salvaje y tú procuraste gestionar su bravura lo mejor que supiste para tu edad. Y cuando ella no estaba por la labor de colaborar, la vigilabas. Cuidaste de ella. Y luego te abandonó y no supiste qué hacer. Seguramente te sentiste vacío. Igual es así como se sentirían los lugareños si perdieran a estas manadas.

—Mmm, interesante. Nunca me lo había planteado así —digo, arrancando una brizna de hierba y mordisqueándola por un extremo.

—Puaj —dice Aimee con cara de asco—, eso lo han pisado los caballos.

—Sí, seguro. —Tiro la hierba mordisqueada y sonrío—. Aprovechando que te has puesto profunda, ¿de qué hablamos ahora? ¿De política, de energías limpias, de bebés…? —Aimee enarca una ceja y yo suspiro—. Ya, ya sé que te dije que quería aplazar esa conversación, pero… ¿De verdad quieres otro? ¿En serio?

—Sí.

—¿No es un antojo que has tenido al ver los fardos de bebés envueltos como burritos en el hospital?

—Esos fardos me han recordado que hace meses que me siento así. Quise hablarlo contigo el verano pasado, cuando volviste de

España, pero… —No termina la frase y empieza a quitarse las hierbas secas que se le han enganchado a los cordones de los zapatos.

—Pero ¿qué? —digo, apretándole el gemelo.

—Que pasaron cosas.

—Te refieres a lo de James —le digo con el corazón encogido.

Asiente.

Inspiro hondo.

—Te propongo una cosa: ¿qué tal si volvemos a centrarnos en nosotros en vez de en lo que pasa a nuestro alrededor?

Nos miramos en silencio un buen rato. Me solidarizo con ella y le cojo la mano. Entrelazamos los dedos. Observa cómo le acaricio el pulgar con el mío.

—Me encantaría —dice por fin.

—Ven, anda —le digo, tirándole suavemente del brazo.

Aimee se desliza por la manta. Yo me tumbo y la arrastro conmigo, de forma que apoya su pecho en el mío. El pelo le inunda los hombros, enmarcándole la cara. Le acaricio despacio las mejillas.

—Me acabo de acordar de una cosa.

—¿De qué? —pregunta y, agachando la cabeza, me besa la mandíbula.

—De que nos olvidamos de llamar a Caty por Skype anoche.

Aimee pasea los labios por mi rostro. Noto la presión de sus pechos con cada respiración, el suave chorro de aire procedente de su boca abierta en mis patillas. Me altera el pulso.

Me besa la barbilla, luego descansa sus labios en los míos.

—Anoche estuvimos un poco entretenidos.

—Sí, un poco —confirmo riendo, y me caliento al recordarlo.

—La llamamos cuando volvamos al hotel.

—Buena idea. Pues bésame —le pido, recordando aún lo de anoche.

Estruja su boca contra la mía y yo le enrosco los brazos en la cintura. Pasamos la tarde así, besándonos y abrazándonos, relajados al sol. Los caballos pastan cerca y sus relinchos son nuestra banda sonora. Ya es tarde y el sol se oculta en el horizonte cuando la manada empieza a moverse despacio hacia la siguiente ladera. Decido seguirlos un poco y, tras soltar a Aimee, agarro la cámara. Después de alejarme un poco, me vuelvo hacia ella, me señalo el reloj y le enseño dos veces los cinco dedos extendidos, como pidiéndole que me conceda diez minutos.

Ella me da el visto bueno con la mano y empieza a recoger el pícnic.

Al cabo de un rato, con la tarjeta de memoria repleta de fotos, vuelvo adonde está Aimee. Le enseño algunas en la pantallita de la cámara, incapaz de disimular la emoción de haberlos capturado.

—Ha sido un buen día —dice Aimee cuando iniciamos el descenso—. Me alegro de que hayas encontrado lo que buscabas.

No todo, aún no. Pero puede que eso ocurra el martes.

Le paso un brazo por la cintura, listo para embarcarme en el siguiente tramo de nuestra aventura.

A primera hora de la mañana siguiente, paso por recepción para dejar la habitación mientras Aimee habla por teléfono con su madre y la pone al día de nuestros planes. Vamos a ir en coche a la costa para desayunar, cogeremos el vuelo esta tarde y llegaremos a Boise en el día. Pasaremos la noche allí antes de aventurarnos a ir a casa de mi padre. Lacy no nos citó a una hora concreta, solo dijo que estaría ahí el martes. Así que allí estaremos. Temprano. Va a ser la primera vez que vuelvo a casa después de graduarme en la universidad. También es la primera que voy a ver a mi padre desde la locura de Las Vegas.

Aimee termina de hablar, cuelga y sube el tirador de su maleta con ruedas.

—¿Listo?

—Sí —contesto, agarrando mis bolsas y, cuando vamos camino de la salida, veo a Reese sentada sola en el comedor. Nos hace una seña para que esperemos—. Un segundo —le digo a Aimee mientras Reese se acerca.

Anoche le mandé tres mensajes de texto y le dejé dos en el buzón de voz. Me disculpé por amenazarla con retirar mis fotos para sabotear su artículo. Le dije que habíamos encontrado a una de las manadas y que quería enseñarle las fotos. Que tendría que haber estado allí. Que le habría encantado. No me contestó, con lo que deduje que el reportaje tampoco le entusiasmaba, al menos no tanto como a mí. Me preocupa que su artículo no capte la esencia de la relación que mantiene el pueblo con la manada y que dé una imagen negativa de esa fiesta ancestral.

—Hola —nos saluda Reese, mirándonos alternativamente—. Esperaba poder veros —dice, metiéndose las manos en los bolsillos traseros.

Aimee cruza los brazos y se acerca más a mí.

—¿Qué pasa? —pregunto, sin molestarme en soltar las bolsas o proponer que nos sentemos.

—¿Habéis encontrado los caballos?

—Sí —contesto, sacando las llaves del coche y agitándolas.

—¿Cuándo sale vuestro vuelo?

—A última hora de la tarde. ¿Por qué?

—¿Podríais llevarme? Si no os importa —dice, mirando a Aimee de reojo.

—No podemos. Tenemos planes para hoy —contesto.

—No, no es verdad —dice Aimee, enderezando su maleta.

La miro.

—¿No es verdad?

—Ian te lleva —le dice Aimee a Reese, luego descansa el brazo en mi codo—. Termina el trabajo. Consigue el reportaje que quieres. —Me mira y enseguida entiendo a qué se refiere. Dispongo de tres horas para venderle a Reese mi punto de vista. Tres horas para convencerla—. Yo te espero aquí —dice, dándome una palmadita en el brazo.

—Pues entonces más vale que nos demos prisa —digo, exagerando mi preocupación por la hora.

Reese asiente.

—Gracias —dice—. Gracias —repite, mirando a Aimee.

—Más vale que no le hagas perder el tiempo —dice Aimee antes de besarme—. Nos vemos dentro de unas horas.

Reese y yo caminamos rápido. Yo llevo la cámara en la mano, con el teleobjetivo, el trípode y el mando a distancia. Estoy listo. Ayer la manada se alejó, así que supongo que la encontraremos a cierta distancia.

Llegamos enseguida a la cima del monte, donde Aimee y yo la vimos ayer. Los caballos no andan cerca, ni están por donde se fueron anoche. Hace frío y está nublado. La luz del sol penetra el velo blanco y, en cualquier otro día, habrían salido unas fotos fantásticas. Pero no hay caballos.

Me subo la manga y miro el reloj. Me quedan dos horas para volver al hotel.

—Perdona, Reese, no tengo ni idea de en qué dirección han ido, de lo contrario, te llevaría hacia allí.

—No hace falta que te disculpes. Soy yo la que lo siente. No me presenté con mucha elegancia a tu mujer.

Aprieto fuerte los labios.

—No fue uno de tus mejores momentos —confirmo antes de dar media vuelta para iniciar el descenso.

—Oye —dice, alargando la mano para detenerme—. Déjame que te compense. ¿Qué puedo hacer?

Solo se me ocurre una cosa: el artículo. Quiero que sea imparcial y que las fotografías hablen por sí solas. Estoy a punto de decírselo cuando los ojos se le ponen tan redondos y brillantes como el sol.

—Allí —dice.

Por la siguiente cordillera, va la manada de caballos gallegos al galope. La luz del sol filtrada resalta sus lomos de color castaño. El polvo que levantan sus cascos nubla el suelo y parece que corren por el aire. Es la foto de portada perfecta. La imagen ideal para una doble página.

Subiendo con dificultad, extiendo las patas del trípode y coloco la cámara. Ajusto la configuración para estabilizar el movimiento vertical y miro por el visor, enfocando a los caballos. Con un poco de suerte, la manada quedará nítida y el fondo desenfocado. Ya los veo saliendo al galope de las páginas de la revista. Inspiro hondo y aprieto el botón del mando a distancia de la cámara. El obturador dispara una ráfaga mientras yo hago una panorámica en la dirección en la que la manada cruza volando la cima del monte.

—¡Mira cómo van! —exclama Reese, maravillada.

Sigo la manada como la cámara.

—Este es su sitio.

—Nunca he dicho que no lo fuera. —La miro de reojo. Las gafas de aviador le tapan los ojos, pero sé que sonríe. Aunque no sé qué está pensando, veo que los caballos la tienen hipnotizada. Desaparecen por la pendiente—. Allí van.

—Supongo que me dio la impresión de que no te gustaban los caballos —digo mientras compruebo las imágenes en la pantallita para asegurarme de que han salido.

Me mira raro.

—¿Qué te ha hecho pensar eso?

—Me dijiste que no te gustaba la rapa.

—No, no dije eso. Solo que no me gusta verla. Y que no entendía por qué tenían que hacinar así a los caballos. Que me dé grima un potrillo muerto y lo pase mal viendo a los animales encerrados no significa que vaya a plasmar mi opinión personal en el reportaje. He venido a contar la historia del pueblo.

Tapo el objetivo y empiezo a recoger el equipo.

—¿Y cuál es esa historia?

—Que el pueblo y las manadas se necesitan.

Dejo de hacer lo que estoy haciendo y la miro intrigado.

—¿Qué te ha hecho cambiar de opinión?

—Pues charlar con los lugareños. Ayer pasé el día entero con ellos. Oye, eh… —Mira la hora en el móvil—. ¿Aún escribes?

Aparte de algún artículo de vez en cuando para acompañar mis fotografías, no estaba escribiendo otra cosa que pies de foto de varias líneas.

—Rara vez, ¿por qué?

—Disponemos de poco tiempo, pero me gustaría tener tu punto de vista. Tú eres la única persona que conozco que ha estado en la rapa, aparte de los lugareños. Quiero saber cómo te sentiste. Y quiero saber por qué estás enamorado de esos caballos. ¿Qué conexión tenéis? Déjame que intente escribir el reportaje que tú imaginaste cuando enviaste las fotos.

Esbozo una sonrisa.

—Qué perspicaz eres.

—Soy periodista. Estudio a la gente. No se me escapan muchas cosas. ¿Crees que podrías tener algo listo para última hora del martes?

—¿Del martes? —He quedado con Lacy el martes y para entonces confío en estar a punto de localizar a mi madre.

Asiente.

—Mi editora me ha mandado un correo. La revista ha adelantado un número nuestro reportaje. Necesitan mi borrador para el miércoles.

Noto que se me ponen los ojos como platos.

—Para el miércoles —repito maldiciendo por lo bajo.

—¿No te lo ha dicho Al?

Niego. Tengo más de diez mil fotos en las tarjetas de memoria. Con un plazo más corto, tendré que reducirlas a un par de miles y editar mis favoritas, las que creo que deberían publicar, antes del jueves, cuando pensaba que tendría una semana para hacerlo. ¿Cómo voy a hacerlo si además tengo que escribir un artículo y quedar con Lacy el martes?

«Los martes pasan cosas».

—¿Es demasiado pronto? —pregunta—. Igual puedo retrasar mi fecha de entrega un día o dos, pero no prometo nada.

Niego con la cabeza y me cuelgo la mochila a la espalda.

—No, ya me las apañaré.

Porque estoy decidido a ir a por todas: a encontrar a mi madre y a salir en portada de *National Geographic*. Para conseguir esa portada, tengo que atenerme a la fecha de entrega acordada.

—Una cosa más —añade cuando emprendo la marcha. Me vuelvo—. Tengo que confesarte algo.

Enarco una ceja. Mira al suelo y luego al infinito. Distraída, se da una palmada en el muslo y se mete las manos en los bolsillos traseros, como si no supiera que hacer con ellas.

—No hace falta que me lo digas.

—Claro que sí. Eres un buen hombre y tienes derecho a saber la verdad —dice e inspira hondo—. Aún te quería.

—¿Y por qué me dejaste?

—Me asusté. Querías cambiarme…

—¿Cambiarte? —la interrumpí, atónito—. ¿A qué demonios te refieres?

—… y yo no quería que me cambiaras —dice ella a la vez.

—¿De qué estás hablando?

—De mis problemas con los animales. ¿Recuerdas el gato que adoptaste? No era la primera vez que me regalabas una mascota. ¿Te acuerdas del perro callejero que recogimos en la carretera aquel día de tormenta? Estabas convencido de que si tenía una mascota con la que encariñarme, superaría mi aversión. Discutimos mucho hasta que por fin accediste a llevártelo al refugio.

Aprieto los dientes. Esa noche tuvimos una de nuestras peores discusiones. Fue la primera noche desde que salíamos juntos en que se empeñó en dormir sola. Se me hizo larguísima en aquel incómodo sofá.

—¿Y en vez de hablarlo conmigo, te fuiste? —le digo.

—Intenté hablarlo contigo, pero no escuchabas. Estabas demasiado obsesionado con solucionar mi problema con los animales.

—No intentaba solucionar tu problema —replico, y me fastidia sonar tan a la defensiva, pero me está tocando la fibra sensible.

—Braden encontró la foto de tu madre y tú que tenías en la repisa de la chimenea y me hizo ver el parecido de rasgos y color de tez entre tu madre y yo. Curiosamente yo jamás había reparado en ello hasta que él me lo mencionó, pero luego no podía quitármelo de la cabeza. Parecerme tanto a ella y que tú salieras con alguien que se le pareciera físicamente me espeluznaba. Me dio por pensar que seguirías empeñado en resolver mi problema con las mascotas de la misma forma que te empeñabas en hacerle fotos a tu madre aun cuando tanto ella como tu padre no paraban de decirte que lo dejaras. Temí que tu obsesión por ayudarme no hubiera hecho más que empezar. ¿Qué más querrías cambiar de mí? Mis problemas con los animales son míos y solo míos y he aprendido a gestionarlos. Me las apaño bastante bien.

—¿Aceptaste este trabajo solo para decirme esto? —le pregunto muy serio y muy seco.

—No lo sé —dice, levantando las manos, como rindiéndose—. A lo mejor.

—Y te lo has estado guardando dentro diez años. Tenías que soltarlo.

Aimee tiene razón: Reese es una zorra. La miro meneando la cabeza y retomo el descenso.

—Ian, espera. —Corre a mi lado y se pone a mi altura—. Eres un buen tío. Yo te quería. Y te quería cuando te dejé.

Me detengo de pronto y me vuelvo a mirarla.

—Cuando quieres a alguien no sales corriendo y lo dejas tirado, intentas solucionar los problemas, arreglar las cosas juntos.

—No siempre funciona así. A veces uno tiene que aprender a arreglar sus cosas solo. Y otras no puede arreglarlas, pero puede aprender a sobrellevarlas lo mejor posible, aunque eso signifique abandonar a la persona a la que más quiere en ese momento.

Me mira fijamente y tengo la sensación de que ya no habla solo de lo nuestro.

Capítulo 23

Ian

Unos cinco meses después del episodio de la cogorza, cuando me casé con Reese estando ebrio, pasé de la hostilidad y la rabia a la frustración por la falta de interés de mi padre en encontrar a Sarah. Pensé que debía hacerle una llamada al viejo y darle otra oportunidad a nuestra relación.

A diferencia de cuando yo vivía con él, que tenía dos temporadas bien definidas, la de béisbol y la de fútbol americano, con un cuadrante por el que yo sabía en qué hotel estaría en cada ciudad, mi padre hacía entonces trabajos por su cuenta entre partidos, con lo que su profesión lo tenía siempre fuera del Estado y en continuo movimiento. Vivía en hoteles y charlaba en los bares de los aeropuertos. Yo no tenía ni idea de dónde estaba ni de cuándo volvería a casa. Por entonces, los teléfonos móviles no eran algo corriente. Igual tenía uno, pero a mí no me había dado el número.

Tardó diez días en atender el mensaje que le había dejado en el viejo contestador de la granja, donde aún sonaba el saludo que yo había grabado en mi primer año de instituto: «Has llamado a casa de los Collins. Deja un mensaje», replicando el que grabara mi madre al comprar el aparato, solo que cambiando «a la familia

Collins» por «a casa de los Collins», porque no éramos una familia. Ya no.

Cuando descolgué el teléfono, mi padre me saludó, carraspeó fuerte y me preguntó:

—¿Te mudas a Europa?

—Lo estamos pensando.

Reese y yo habíamos estado planeando un viaje de ocho semanas. Viajaríamos por Italia y Francia, aceptando trabajos esporádicos entre sus artículos y mis fotografías, para ganar algo de dinero y poder prolongar nuestra estancia en el extranjero. Si nos enamorábamos de la vitalidad de alguna gran ciudad o del ritmo cadencioso de algún pueblo pintoresco, decidiríamos si quedarnos. Quizá de forma indefinida. Con aquella edad, la vida era una aventura. La iríamos viviendo al máximo día a día.

—¿Te vas con esa chica con la que has estado saliendo?

—Se llama Reese. Y sí, viajamos juntos.

—¿Es de buena familia? ¿Nada que deba preocuparme?

Stu era el rey de las indirectas. Yo se las pillaba siempre al vuelo. Quería saber si Reese había tenido una educación normal, si no había ninguna anomalía entre los miembros de su familia que le hubiera producido algún trauma. Le aseguré que no escondía esqueletos en el armario, salvo el que sacaba en Halloween. Y ese, una espantosa señora, sí que daba miedo. Más que atrezo festivo, parecía parte del material académico de la facultad de Medicina.

Por el auricular, oí a mi padre encender una cerilla y dar unas caladas cortas y rápidas al cigarrillo para encenderlo, luego vino una exhalación larga.

—Parece buena chica —me dijo con la garganta cerrada, expulsando las palabras a la vez que el humo.

—¿Qué tal mamá? —pregunté, haciendo honor a la premisa de mi padre de ir siempre directo al grano.

—¿Cómo demonios voy a saberlo? —me contestó, irritado.

—¿No has tenido noticias de ella? —La decepción se tiró de cabeza a mis entrañas. Había albergado la esperanza de que hubiese entrado en razón después de que yo lo dejara en Las Vegas y se hubiera centrado—. ¿Has intentado buscarla?

—Se ha ido. Nos ha abandonado. Se acabó la historia.

—Está enferma, papá. Ella no se da cuenta, pero nos necesita.

—No voy a hablar de ella contigo. De hecho, como me vuelvas a sacar el tema, te cuelgo.

Me adelanté. Le colgué yo y, salvo para dejarle un breve mensaje avisándole de que me casaba y darle el número de mi móvil, no he vuelto a llamarlo desde entonces. Él me ha mandado dos mensajes: uno para felicitarme por la boda y otro por mi paternidad, después de que yo le escribiera para decirle que Aimee había dado a luz a Sarah Catherine.

Nunca he entendido por qué renunció a mamá, ¡su mujer!, tan pronto. O a mí, ya puestos. Me descartó como si fuera una foto sobreexpuesta o borrosa. Pero yo he hecho lo mismo, me digo mientras voy en el coche con Aimee rumbo a la vieja granja que no he vuelto a ver desde mis veintipocos. Mi última visita fue el verano anterior al año en que terminé la universidad.

Es martes a media mañana. Aimee va sentada a mi lado, mirando los escaparates de las tiendas que vamos dejando atrás. Bastiones obsoletos de una América de otros tiempos. La ciudad no ha cambiado y, sorprendentemente, no la echo de menos. Aparte de mi padre, no se me ocurre nadie más de aquí con quien me merezca la pena mantener el contacto. La señora Killion falleció hace unos años y el señor Killion vendió la granja poco después. Marshall se marchó, igual que yo, en cuanto se graduó en Boston College. No hay mucho que hacer por aquí, salvo que te dediques a la agricultura o la ganadería. Lo último que supe de Marshall fue que estaba casado, tenía tres niños, trabajaba como asesor financiero y vivía en las afueras de Boston.

—Me inquieta conocer a tu padre —dice Aimee por segunda vez esta mañana.

Le pongo una mano en el muslo.

—No te preocupes —le digo para tranquilizarla y tranquilizarme yo. No las tengo todas conmigo. Una sensación creciente de preocupación me tiene tieso al volante. He pasado la noche en vela—. De todas formas, dudo que esté en casa. Es temporada de fútbol.

—Pues, por lo visto, Lacy piensa que va a estar.

Veo el tejado de la casa por encima de los tallos doblados de maíz, secos por el sol. Los campos de la entrada aún no se han arado. Giro en la señal, aminoro la marcha y enfilo el caminito de entrada, luego freno y me detengo en seco. Meto la marcha atrás y paro de nuevo.

—Creo que ahí tenemos la respuesta —digo, señalando con la cabeza el buzón del correo. La tapa está levantada y puede verse el interior abarrotado. Cartas y circulares de todos los tamaños siembran el suelo como hojas secas.

Aparco y bajo del coche. Aimee baja también. Recoge el correo esparcido por el suelo mientras vacío el buzón.

—Ya lo llevo yo —me dice, y le paso las cartas.

—Gracias —digo mirando alrededor, levantando la cara al viento, que huele a estiércol, a hierba húmeda y a abono—. Había olvidado lo fuerte que puede oler el fertilizante.

—¡Qué desagradable! —dice ella, arrugando la nariz.

—Bienvenida al campo. Vamos a ver si mi padre está en casa y si ha venido Lacy.

Le sujeto la puerta del copiloto hasta que se instala en su asiento, con el correo en equilibrio sobre el regazo. Cierro la puerta, rodeo el coche y me hundo en mi asiento. Observo la casa, al final del caminito, donde veo el porche blanco descolorido por el sol y polvoriento de los campos. El canalón de la planta de arriba se ha desprendido del tejado. Las mosquiteras de algunas de las ventanas están arrancadas de cuajo. Una de las columnas del porche se encuentra precariamente ladeada, con lo que el saliente está combado.

—¿Siempre ha estado así la casa?

—Tan mal no.

Recorro despacio el camino de gravilla y detengo el coche al lado del viejo Chevy de mi padre. Se deshizo del Pontiac cuando yo tenía dieciséis años; lo cambió por un Toyota 4Runner destartalado, con el que yo solía moverme.

Un montón de periódicos doblados y resecos inundan el porche, derramándose por los escalones como granos de café caídos de un cesto. Los aparto con el pie para que Aimee no resbale y recorro el porche, que rodea la casa entera. Mis botas dejan huellas en el polvo, tierra fina arrastrada por los vientos que soplan por aquí. Me asomo por las ventanas de la salita y del comedor. El interior está en penumbra.

—Dudo que mi padre ande por casa.

Aimee echa un vistazo al jardín.

—Lacy tampoco ha venido. No hay coche. ¿Crees que aparecerá?

—Ni idea —digo, empujando los tablones del borde del porche con la puntera de la bota. Me agacho e intento levantar unos cuantos.

—¿Qué haces? —pregunta, acercándose a mí.

—Cuando tenía diez años, Jackie me dejó en la calle una noche. Había tormenta y llovía a cántaros. Yo estaba demasiado asustado como para ir corriendo a casa de Marshall y, además, no veía nada. No quería arriesgarme a torcerme un tobillo corriendo por los campos, así que dormí en el porche. Acurrucado ahí, en el felpudo, como un perro —digo, señalando la puerta con la barbilla.

—Ian… —me dice compungida.

—Mmm… —contesto, mirándola. La rabia endurece sus rasgos. Sus ojos azules se encienden.

—No me puedo creer que tu madre…

—Eso ya es historia, cariño. Mamá no podía evitar lo que hacía cuando cambiaba de personalidad. Y Jackie ya no puede hacerme daño.

Tiro de un tablón. No cede. Paso el siguiente y consigo levantarlo.

—¡Bingo! —Meto la mano dentro y busco a tientas por el armazón del porche hasta que encuentro lo que busco. Mis dedos tocan algo de metal. Sonriente, le enseño a Aimee una llave deslustrada por las inclemencias meteorológicas—. La guardé aquí después de aquella noche. Nunca les dije una palabra a mis padres.

—Espero que tu padre no haya cambiado la cerradura.

Me yergo y miro alrededor.

—No ha cambiado nada.

El mobiliario del porche sigue estando exactamente en el mismo sitio que cuando yo me fui a la universidad. Los tiestos de Sarah flanquean los peldaños de entrada, medio llenos de tierra dura que quedó de las plantas que ella tuvo en su día. Hasta la chatarra de camioneta que mi padre se negaba a desechar y seguía conduciendo estaba en su sitio de siempre.

Meto la llave, la giro y cede la cerradura. La puerta se abre con un chirrido. La empujo un poco más. Aimee se acerca a mí, con el costado pegado al mío. Me empapa de su calor. Le pongo la mano en la parte baja de la espalda y nos quedamos los dos plantados a la entrada, contemplando el estrecho vestíbulo que se abre a un pasillo más ancho hasta el fondo de la casa, donde está la cocina. En los haces de luz bailan las partículas de polvo. El resto de la casa está sumida en un tono sepia, como si fuera una foto antigua y descolorida. Cruzo el umbral y Aimee me sigue. Ceden los tablones del suelo, que crujen en medio de la quietud de la casa. A la izquierda está la salita, con las librerías vacías. Mi padre debió de empaquetar los libros de mi madre en algún momento. El comedor, a nuestra derecha, también está desprovisto de sus pertenencias. La máquina de bordar que nadie tocó mientras ella estuvo en la cárcel ha desaparecido.

La casa está caliente, de estar cerrada a cal y canto, y huele a rancio. Aimee levanta la barbilla y arruga la nariz. Emite un ruido gutural y me mira. Nos sostenemos la mirada. Sus ojos de azul intenso se nublan de preocupación.

—Sí, yo también lo huelo —digo con cara de asco.

El repugnante hedor a podrido de un cuerpo en descomposición es innegable. Se me acelera el corazón y se me seca de pronto la boca. Podría haber otra razón por la que se hayan estado amontonando el correo y los periódicos. A juzgar por el olor, por la forma en que se adhiere a las paredes y penetra la casa, quienquiera que sea el difunto lleva muerto un tiempo.

¿No habría ido nadie a buscarlo? Josh Lansbury tendría que haberse pasado por allí el mes pasado para ver a mi padre.

Tendría que haber venido yo.

Tendría que haberlo visitado hace años.

El remordimiento es una mala bestia en la tierra de la retrospectiva y la recapitulación. Me froto la cara con ambas manos y me pellizco el puente de la nariz para contener la súbita quemazón de mis lagrimales. Parpadeo rápido.

Aimee se recoloca el montón de correo que lleva en los brazos y me coge la mano. Yo le agarro la suya con fuerza.

—¿Crees que Lacy lo sabía? —me pregunta.

—No sé lo que piensa esa mujer.

Ni lo que pienso yo de ella en estos momentos. ¡Qué espantosamente macabro e irrespetuoso por su parte hacerme volver a casa de este modo! ¿Por qué no me lo dijo por teléfono? ¿Por qué no me lo advirtió, por qué no suavizó el golpe?

No puedo creer que sea así como va a terminar mi relación con mi padre, llamando al depósito para que recojan sus restos. Se ha esfumado todo el tiempo que pensaba que aún teníamos para perdonarnos y olvidar, cuando uno de los dos dejara de lado su cabezonería y se disculpara.

Miro la escalera.

—Espérame aquí. Tengo que ir a echar un vistazo.

—Voy a soltar esto en la mesa del comedor —dice ella.

La veo entrar en la habitación y dejar las cartas en la mesa. La torre vuelca hacia un lado y ella la agarra antes de que caigan sobres al suelo.

Enfilo el pasillo y sigo el hedor hasta la cocina. En la encimera no hay platos ni comida. Una fina capa de polvo cubre los muebles y las superficies como un velo de novia. Me vuelvo hacia el lavadero, donde el hedor es más fuerte, y me subo el cuello de la camisa para taparme la nariz y la boca. Se me espesa la bilis en la garganta y noto una arcada grande. Agarro fuerte el pomo de la puerta, resistiéndome a ver lo que me espera al otro lado, pero consciente de que no tengo alternativa. Sea cual sea la edad o la dinámica de su relación, ningún hijo debería hacer frente al cadáver de un padre muerto.

—Menuda mierda… —Con el pulso aporreándome la garganta y el sudor empapándome las axilas, abro la puerta de un empujón hasta que topa con lo que sea que la obstruye en el suelo. Me obligo a mirar detrás de la puerta y bajo la vista—. ¡Joooder! —Doy un respingo y la camisa deja de taparme la cara; me agacho, jadeando, con las manos en las rodillas—. Joooder, joooder. Menos mal, joder.

Aimee entra corriendo en la cocina.

—¿Te encuentras bien? —dice, apoyándome la mano en la espalda—. Ian, dime algo —me insta al ver que no contesto enseguida.

Me incorporo y me vuelvo hacia ella, tapándome la boca y la nariz con las manos. Se me escapa una carcajada histérica, ahogada. Bajo los brazos.

—Una zarigüeya muerta. —Intenta asomarse por detrás de mí. La agarro por los hombros, apartándola del lavadero—. No es agradable.

Aimee se lleva una mano al pecho.

—Por un momento…

—Y yo.

Cierro los ojos un instante, tratando de tranquilizar así mi corazón desbocado.

Aimee me abraza y apoya la mejilla en mi pecho. Me arden los ojos. Levanto la cara al techo y los aprieto con fuerza, conteniendo el río de lágrimas con las que no quiero lidiar, porque ahora mismo tengo que hacer frente al estropicio del lavadero.

Aimee me suelta.

—Deja que te ayude a limpiar.

Niego con la cabeza.

—Ya me ocupo yo —digo, y busco bolsas de basura en los armaritos bajos.

—Pues voy a organizar el correo.

Cuando se dispone a marcharse, la llamo por su nombre.

—Gracias por venir.

Nos dedicamos una sonrisa triste y ella sale de la cocina.

Cuando encuentro las bolsas, arranco unas cuantas y me pongo una a modo de guante. El animal no entra limpiamente en la bolsa de basura y tengo que parar cada minuto o así para salir del lavadero y respirar aire fresco.

No es así como esperaba pasar el día. Al me ha mandado un correo electrónico esta mañana confirmándome la nueva fecha de entrega de la que me habló Reese. Quiere mis fotos mañana por la mañana. He reducido a tres mil las diez mil. Aún me quedan otras siete mil y ya estoy más que agotado, por el desfase horario y la falta de sueño. Más vale que Lacy venga pronto.

Tiro los restos del animal al contenedor de afuera y friego el suelo.

Vuelve Aimee y echa un vistazo al pequeño lavadero.

—¿Cómo ha entrado la zarigüeya aquí?

—No estoy seguro. —Inspecciono las paredes, mirando detrás de la lavadora y de la secadora en busca de algún boquete—. Por aquí —le digo a Aimee—. Debió de colarse por aquí royendo la pared y no ha sabido volver a salir.

—Pobrecilla.

Guardo los productos de limpieza y me lavo las manos.

—He tirado los periódicos y barrido el porche —me dice Aimee.

Cierro la puerta de la despensa.

—¿Sabes algo de Lacy?

Niega con la cabeza.

—Me acaba de saltar el contestador del fijo de su casa. ¿Y ahora qué?

Echo un vistazo a mi reloj.

—Supongo que habrá que esperar.

Pasándome ambas manos por el pelo, enfilo el pasillo y salgo al jardín. La mosquitera se cierra de golpe a mi espalda, rebotando en el marco antes de asentarse. Con los brazos en jarras, miro fijamente el acceso a la finca, vacío. Cada par de minutos pasa algún coche por la carretera, pero ninguno aminora la marcha y gira hacia la entrada.

También podría aprovechar el tiempo y encender el portátil. Tengo imágenes que editar y un artículo que escribir. Me vuelvo hacia la casa.

—Hola, Ian.

Doy un respingo.

—¡Mierda!

Sentada en la vieja silla de mimbre está Lacy Saunders. Suelto un suspiro hondo. Me ha dado un susto de muerte. ¿De dónde ha salido y cómo ha llegado aquí?

Sonríe y brillan sus ojos de color lavanda.

—Precioso día para charlar un rato, ¿no te parece?

Capítulo 24

Ian, a los trece años

Ian despertó en el asiento del copiloto del Pontiac, medio grogui, desorientado, con la baba cayéndole por la mejilla derecha. El coche avanzaba por la autopista bajo un cielo negro azulado. Los reflectores anaranjados de la calzada centelleaban a la luz de los faros. Apenas podía distinguir nada más allá de aquel triángulo de luz y lo que veía no le resultaba familiar.

Se incorporó en el asiento y se ajustó el cinturón de seguridad. Se limpió la saliva de la cara con el dorso de la mano y reprodujo mentalmente lo sucedido durante el día. Había participado en una competición amistosa de atletismo en Boise. Su padre no había podido ir. Curiosamente, esa vez Stu tenía una excusa legítima y él lo sabía. Se había demorado su vuelo, así que su madre lo había recogido a la puerta del instituto y habían ido directos a la competición.

Todo iba bien. Había conseguido medallas en 400 y en 1.600 metros. Su madre parecía más contenta de lo habitual, casi normal, mientras lo animaba desde la banda. Después lo había invitado a cenar para celebrarlo antes de volver a casa.

Pero ahora no parecía que fueran a casa.

Ya estaba anocheciendo cuando volvían al coche, con la panza llena y los cuádriceps doloridos de la carrera récord que había hecho. Tendrían que haber llegado a casa hacia las diez. En el reloj digital del salpicadero brillaban en azul verdoso las 23.56.

Un sudor frío empezó a empaparle el cuerpo, sumándose a la capa de roña que ya lo cubría de la competición. No le cabía duda de quién conducía el coche. La música que atronaba por los altavoces la delataba. Su madre no escuchaba a los Eagles. Debía de haberlo despertado y, mientras escuchaba la voz melosa del cantante, temió que aquella sería una de esas noches de locura, como la de hacía un año, cuando Jackie había quedado con el motero en el motel y Sarah había tenido que llevarlos después a casa, conmocionada y perturbada bajo un manto de oscuridad estrellada.

Ian disimuló un bostezo. Se había quedado hasta tarde estudiando para un examen, luego había pasado el atardecer en una competición. Con ese agotamiento, rematado por el estómago lleno y la suave vibración de las ruedas del Pontiac en la calzada, se había quedado traspuesto antes de que salieran siquiera de los límites de Boise. No se había enterado de cuando su madre había cambiado de personalidad. Había perdido la oportunidad de que Jackie lo dejara en casa.

Observó la carretera por si veía algún rótulo. Quería saber dónde estaban y adónde se dirigían. Afortunadamente, no tuvo que esperar mucho. Pronto dejaron atrás un poste delgado, plantado en el arcén. Ian se volvió en el asiento y siguió la señal hasta que se desvaneció en la noche. **93 Sur**. Llevaban conduciendo casi dos horas. Debían de andar ya por Nevada.

Se recolocó en el asiento.

—¿Adónde vamos?

—Estás despierto. Ya era hora.

—Me ha despertado la música. Está demasiado alta.

—Ha estado alta todo el rato —resopló Jackie.

—Estaba cansado. Anoche me quedé estudiando.

—No es problema mío —refunfuñó exactamente igual que la hermana mayor de Marshall.

No era la primera vez que le parecía que Jackie y él discutían como hermanos, más aún cuanto mayor era Ian. Eso era lo malo de las otras personalidades de su madre: que no envejecían. Jackie siempre tendría diecisiete años. Algún día él sería el adulto y ella continuaría siendo una adolescente, aunque dudaba que llegara a respetar jamás su autoridad.

—Tengo un examen mañana. Llévame a casa —le dijo a la vez que caía en la cuenta de que estaban en Nevada, el estado que nunca dormía—. Mira, da igual, déjame en el primer pueblo.

Acababan de pasar un rótulo. Wells estaba a unos cien kilómetros. Buscaría una cafetería de las que abren toda la noche y llamaría a su padre. Él ya debía de estar en casa.

—Va a ser que no —contestó Jackie, negando con la cabeza—. Te necesito.

Ian cruzó los brazos con fuerza sobre el pecho.

—Tú no necesitas una mierda de mí.

—Esta vez sí. Tienes que mantenerme despierta —dijo, soltando un bostezo enorme.

—Para y duerme en el coche.

—No tenemos tiempo.

—¿Tienes miedo de no ser tú cuando despiertes?

—No seas imbécil —replicó ella, resoplando—. El sueño no tiene nada que ver con que yo esté aquí o no.

—Entonces, ¿qué problema hay? Duérmete… o, mejor aún, da media vuelta y vámonos a casa. Gran idea.

—El problema es que se nos va a escapar. Ya no estará allí cuando lleguemos. Como no puedo controlar esto —dijo, dándose golpecitos en la cabeza—, no sé cuándo tendré otra ocasión de ir a por él.

El miedo fue apoderándose de Ian, dejándole las manos y los pies helados. Esperaba que no hubiera quedado otra vez con ese cazarrecompensas.

—¿Ir a por quién?

—A por mi padrastro.

Dejó caer las manos al regazo. Su madre nunca le hablaba de su infancia. Los años que su madre había pasado en casa de sus padres eran un misterio para él.

—No sabía que tuvieras padrastro.

Un padrastro era como un padre de verdad, ¿no?, así que aquella noche no podía terminar tan mal como la del año anterior, cuando el cazarrecompensas había forzado a su madre.

—Hay muchas cosas que no sabes de mí, pero esto es lo único que debes saber de Francis, que es como se llama. No soporta que lo llame así. Se cabrea muchísimo. —Soltó un silbidito de consternación—. Francis —dijo con voz nasal, de pito, como mofándose— tenía una forma retorcida de demostrarme lo mucho que le fastidiaba ese nombre. Decía que lo hacía por amor, pero Frank —añadió con voz grave y gutural—, que es como quiere que lo llame, no es un buen hombre. Pase lo que pase esta noche, no lo olvides, Ian: Frank es mala persona.

Entre las sombras, vio estremecerse a Jackie. Condujo otros cincuenta minutos antes de tomar la salida del paso elevado de Wells. Desde allí, fueron dos horas hacia el este por la I-80.

Ian se pasó todo el camino pellizcándose los brazos para no dormirse. Se angustió pensando en el examen de Ciencias al que no podría presentarse por la mañana y en la preocupación de su padre cuando llegara a casa esa noche y no lo encontrara en la cama. Seguramente ya estaría allí. Pensó en la señora Killion y en lo que pensaría de él al ver que no aparecía al día siguiente después de clase para ayudar a Marshall a limpiar los establos. Ella lo había invitado a cenar. Le preocupaba también su madre y el lío en que Jackie iba a meterla. Debía mantenerse despierto por Sarah. Cuando Jackie desapareciera y reapareciese su madre, tendría que mostrarle el camino a casa.

La preocupación por su madre le mantuvo clavado al asiento y no le permitió escaparse a una cabina cuando Jackie paró a echar gasolina. Le dio conversación hablando de cosas intrascendentes con ella mientras conducía, no porque fuera a disgustarse si no hacía lo que le pedía, sino porque no quería que se quedase dormida al volante. Se matarían los dos y sería un desastre.

Pero, sobre todo, era el amor por su madre lo que lo mantenía alerta en el asiento del copiloto. Ella le había dicho hacía poco que, hiciera lo que hiciese y fuera donde fuese, lo hacía porque lo quería. Que siempre lo querría. Esa promesa se le había quedado grabada en la memoria como un tatuaje en el antebrazo. Él sentía lo mismo por su madre.

Eran casi las tres de la madrugada cuando Jackie aminoró la marcha y giró hacia una parada de camiones en West Wendover. Durante la última hora, a Ian le había costado mantener abiertos sus ojos y los de Jackie. El cambio de velocidad y el ruido distinto del motor le despertaron como si se hubiera bebido de un trago un Mountain Dew. Notó un subidón de adrenalina. Parpadeó por los vistosos letreros de neón que salpicaban el bulevar y que habría jurado que podían verse desde el espacio exterior. A fin de cuentas, aquello era Nevada. Él nunca había estado allí, pero su padre le había contado montones de anécdotas.

Jackie cruzó el enorme aparcamiento, esquivando los camiones que hacían noche allí y metió el Pontiac de culo en una plaza libre desde la que veían el aparcamiento entero y la carretera. Apagó el motor y se desabrochó el cinturón.

El motor se asentó con unos cuantos pitidos y un suspiro y el asiento de vinilo crujió con el movimiento de Jackie, que estiró los brazos por encima de la cabeza.

—¿Y ahora qué? —preguntó Ian.

—Ahora a esperar. No tardará en venir —contestó ella, bostezando, pero no se recostó en el asiento ni cerró los ojos, sino que se inclinó hacia delante, con el pecho pegado al volante y clavó la vista en la entrada del aparcamiento.

—¿Cómo sabes que vendrá?

—Nos hemos enterado de que para aquí siempre que hace la ruta a Reno. Duerme tres horas y vuelve a coger el camión para llegar a Reno a las nueve.

Ian se limpió las manos sudadas en los pantalones de deporte. Movió nervioso las rodillas y se chascó los nudillos, fingiéndose aburrido para disimular los nervios. ¿Qué tenía pensado hacer Jackie? No había querido decírselo cuando se lo había preguntado antes. Se había limitado a contestar: «Ya lo verás».

Agarró la mochila que había dejado en el asiento de atrás. Con la intención de distraerse, sacó la cámara, la dejó en el asiento que había entre los dos y cogió el libro de texto de Ciencias.

—¿Qué haces? —le preguntó Jackie, molesta.

—Estudiar —contestó él.

—¿Ahora? ¿Cómo puedes concentrarte en eso?

Ian encogió un hombro. Pasó las páginas hasta la tabla periódica y miró de reojo a Jackie, que se mordisqueaba la uña del dedo índice.

—¿Tienes miedo?

—No —contestó ella con una pedorreta.

Ian no la creyó. Miró el libro que tenía en el regazo y trató de estudiar.

Veinte minutos después y sin que Ian hubiera memorizado nada, la tensión empezó a enrarecer el aire del habitáculo. Jackie se inclinó hacia delante, escudriñando un camión grande que entraba en la parada de camiones y moviendo los labios. Ian la miró, luego el camión y de nuevo a ella y cayó en la cuenta de que estaba repitiendo en voz baja la matrícula.

El camión recorrió el aparcamiento entero, con un discreto retumbo de su maquinaria, y aparcó en una plaza que les proporcionaba una visual directa del vehículo, a unos treinta metros de donde Jackie había estacionado el Pontiac.

—¿Es él? —susurró Ian.

—Sí —contestó Jackie, hurgando debajo de su asiento.

De una manotada, Ian se quitó del regazo el libro de texto, que cayó de golpe al suelo. Cogió la cámara, se la colgó de la correa y la encendió. El aparato se activó con un zumbido y el objetivo se expandió y se retrajo para enfocar automáticamente la imagen, produciendo un ruido considerable en el interior del coche. Pero fue otro ruido el que dejó a Ian de piedra, completamente helado. Junto a él, Jackie comprobaba el cargador de un revólver semiautomático. El arma de su padre. La misma que tendría que haber estado guardada bajo llave en la caja de seguridad del escritorio de Stu. La misma de cuya existencia Jackie jamás tendría que haberse enterado.

—¿Q-qué haces? —tartamudeó Ian.

—Cumplir mi promesa.

De un golpe seco, encajó el cargador en la empuñadura. El sudor le perlaba la frente. Le temblaban las manos y con ellas el arma. Dejó el revólver en el regazo y miró a Ian con frialdad. Bajo su apariencia de mujer fuerte, dura como el acero, Ian vio su miedo. Pero también su determinación. Llevaría a término lo que tuviera planeado. Debía impedírselo.

—No irás a usar eso, ¿no, Jackie?

—Pues claro que sí.

Probó una estrategia distinta.

—Mamá, por favor. Te detendrán.

Los distrajo el movimiento fuera del coche. El camionero había abierto la puerta de su vehículo. Bajó despacio de la cabina, con los músculos agarrotados tras haber estado sentado muchas horas. Estiró los isquiotibiales, luego los cuádriceps. Para ser un tío con un trabajo tan sedentario, parecía estar en forma, esbelto y bien torneado. Veinte años antes, Ian habría jurado que tenía la complexión de su padre.

Jackie abrió su puerta y bajó del Pontiac, sin molestarse en cerrarla ni en esconder el arma. Lo que fuera a ocurrir iba a ser rápido.

Ian se acercó la cámara a la cara. Disparó una ráfaga y el obturador fue haciendo clic con la misma rapidez con que latía su corazón. Aunque no pudiera convencer a Jackie de que olvidara su plan, podía usar las fotos como prueba. Demostraría que no había sido Sarah quien lo había llevado allí esa noche.

Bajó del coche de un salto y corrió detrás de ella.

—¡Mamá! —le gritó por última vez—. ¡No lo hagas! ¡No te metas en un lío así! —Jackie giró ciento ochenta grados, con el brazo en alto, empuñando el arma, y apuntó a la frente a Ian, que hizo un aspaviento y paró en seco, levantando las manos. Se le escapó un gemido y una lágrima—. Por favor, mamá —le susurró—. No lo hagas.

—Vete. Ya no te necesito.

Por su expresión, por la forma en que dijo aquellas palabras, le pareció y le sonó a Sarah.

Ian sacudió la cabeza. Las lágrimas le nublaban la vista. Aquella mujer no era su madre.

—Una vez me dijiste que cualquier cosa que hicieras la harías porque me quieres. Así no me demuestras que me quieres. Tienes que parar. Matar a ese hombre no es lo que quieres hacer por mí —añadió, señalando al camionero.

—No lo hago por ti, lo hago por Sarah. ¿Sabes por qué? —Ian negó rotundamente con la cabeza, le temblaba el labio inferior. Se pasó un brazo por la cara para recuperar la visión—. Porque Sarah es débil. Es una cobarde.

—¿Sarah? —dijo el camionero, boquiabierto—. ¿Eres tú?

Jackie le tendió los brazos.

—Aquí me tienes, Francis —le dijo con retintín—. ¿Me has echado de menos?

Él miró a un lado y a otro.

—No me llames así aquí —la amenazó con un dedo—. Dime, Sarah, ¿a qué has venido?

—Soy Jackie, capullo enfermo —le replicó ella, dejando caer el brazo contra el costado, exasperada por su batalla onomástica. Entonces gruñó irritadísima y levantó de nuevo el arma.

Frank puso los brazos en jarras y sonrió al cañón del revólver que le apuntaba el pecho.

—¿Aún usas ese nombre de fulana? Estupendo. Vamos a jugar a tu manera. ¿Por qué no bajas ese revólver y vienes adentro conmigo? —le dijo, señalando con el pulgar la cabina de su camión—. Allí me puedes llamar como quieras. Es agradable y acogedor y hay espacio de sobra para dos. Tengo una cama grande y ancha —añadió, separando los brazos y las piernas y forzando una sonrisa. Jackie disparó el revolver. Ian dio un respingo y se tapó los oídos con las manos. Chispas y fragmentos de asfalto saltaron en todas direcciones a los pies de Frank, que se apartó dando brincos—. ¿Qué demonios te pasa?

Con manos temblorosas, Ian volvió a acercarse la cámara a la cara. Apretó el disparador, saltó el *flash*.

—¡Deja ya de hacer fotos! —le gritó Jackie por encima del hombro.

Frank la miró con lascivia y a Ian se le puso la carne de gallina. Aquel tipo le estaba haciendo gestos obscenos a su madre.

—Aún tengo todas esas fotos que te hice, cielo. La vida del camionero es muy solitaria. Alguien me tiene que hacer compañía en ese camión. Esas fotos preciosas hacen que mis noches sean…

Se oyó un disparo y Frank chilló, cayendo de espaldas contra el camión. La sangre salpicó el costado del vehículo.

—Mierda —dijo Ian para sí. «Mierda, mierda, mierda».

Soltó la cámara, que se le quedó colgando del cuello y le golpeó el pecho. El objetivo se habría hecho añicos en el suelo si no se la hubiera colgado de la correa antes de bajar del coche.

Frank se agarró con una mano el hombro ensangrentado.

—¡Serás zorra! —le gritó.

Las sirenas perforaban el aire a lo lejos. Jackie volvió a disparar. Los temblores le sacudieron el cuerpo y erró el tiro, reventándole a Frank la rodilla en vez de la cabeza. El hombre se derrumbó, chillando como un cerdo destripado.

El conductor de un camión que había a la derecha tocó el claxon. Resonó por todo el aparcamiento, alertando a otros camioneros. Se encendieron faros y focos por todo el recinto. Jackie se volvió y disparó a un faro del camión que tenía más cerca. La bala pasó rozándole la cabeza a Ian, que se tiró al suelo, jadeando, y se tapó la cabeza.

Se oyeron las sirenas más fuerte, más cerca.

Ian sacó la cabeza de debajo de los brazos. Jackie se había puesto blanca. El pánico había reemplazado a la rabia y el desprecio. Miraba el revólver que tenía en la mano como si no pudiera creer que lo llevaba. Lo tiró al suelo y corrió al coche.

—¡Mamá! —gritó Ian, persiguiéndola.

Sarah arrancó el motor y pisó el acelerador. Chirriaron las ruedas. Ian quiso saltar al asiento del copiloto, que tenía la puerta abierta, pero esta le golpeó la cadera y le hizo perder el equilibrio. Se cerró de un portazo, atrapándole la cámara dentro. Sarah salió disparada, sacudiendo contra el coche a Ian, que tenía la cabeza y el hombro atrapados por la correa de la cámara. Le gritó a su madre que parara. Procuró mantenerse en pie, corriendo junto al coche, pero ella giró y él perdió el equilibrio de nuevo, tropezó y el cuerpo se le quedó colgando de la puerta, siendo arrastrado por todo el aparcamiento sin que los pantalones cortos de deporte lo protegieran del asfalto.

Las sirenas atronaban. La gravilla le salpicaba la cara. El asfalto le arañaba los muslos. El coche volvió a girar y se detuvo en seco. Al volver la cabeza, Ian vio que tres coches de policía le bloqueaban el paso. Luego se le descolgó la cabeza y se desmayó.

Capítulo 25

Ian

Lacy está sentada a la mesa del comedor, enfrente de mí, con las manos juntas sobre la superficie de pino desgastada.

—¿Dice que la ha dejado aquí un amigo? —repito, buscando una explicación lógica a su repentina aparición en el porche, como si fuera un fantasma.

Sonríe y confirma con un ronroneo. Es posible que haya pasado por delante de ella sin reparar en su presencia. Más de una vez he entrado en el salón de casa y me he puesto a mirar por la ventana, bebiéndome un café, abstraído, y no he visto que Caty estaba sentada en el sofá hasta que ella me ha dicho: «¡Hola, papi!».

Pero tendría que haber oído llegar a Lacy. El crujido de la gravilla al entrar un coche, el del porche cuando ha subido los escalones. Esta casa no esconde a sus visitas, las anuncia.

Lacy pasea los dedos por las muescas de la superficie de la mesa, cicatrices del trabajo de mi madre: una pila de libros de bordados que se le cayó, la punta de unas tijeras, el peso del equipo… Al verla repasar cada marca, me da la sensación de que las está leyendo, absorbiendo sus recuerdos. Su sonrisa se desvanece, frunce el ceño y murmura algo que no soy capaz de descifrar. Cuando caigo en la cuenta de adónde me han llevado mis pensamientos y de que Lacy está visualizando a mi madre, me revuelvo incómodo en la silla.

—¿Su vuelo ha llegado esta mañana? —pregunto, y de pronto me la imagino subida en una escoba blandiendo una varita. Gracias, Harry Potter. Maldigo en silencio mi imaginación. Eso me pasa por leerle los libros a Caty.

—Tu padre no tardará en llegar —dice.

—¿Cuándo? —digo yo, mirando por la ventana.

Antes de que pueda contestar, aparece Aimee con los refrescos.

—He encontrado sobres de Crystal Light y cubitos de hielo. No es una limonada recién hecha, pero es mejor que el *whisky* que he visto en el armarito.

Yo no habría dicho que no a un dedo, o tres, de una bebida más potente. Se acerca a mi lado y pone la bandeja en la mesa. Me llega una oleada de su perfume, tan Aimee, provocador y sensual a la vez, familiar y reconfortante, balsámico. Como necesito tocarla, le pongo una mano en la parte baja de la espalda mientras ella se estira sobre la mesa para acercarle un vaso a Lacy.

—Gracias —dice Lacy, dando un sorbito a su bebida.

No ha cambiado mucho respecto a como la recuerdo de cuando me encontró en la cuneta, ni respecto a la fotografía de la preinauguración del café. Solo es una versión algo mayor. Su pelo es más plata que platino, como solía ser, y lo lleva cortado en una melenita redonda. Esos misteriosos ojos de color lavanda que me han fascinado y perseguido desde los nueve años se han apagado, como acostumbra a ocurrirles a los ojos. Ahora son de color azul claro. Una telaraña de arruguitas bordea sus ojos y su boca. Sus manos están curtidas.

Aimee aparta una silla a mi lado. En cuanto se sienta, entrelazo mis dedos con los suyos y le cojo la mano en el regazo. Me pasa un vaso y yo, obediente, bebo casi la mitad. ¡Lo que daría por ese *whisky*! Lacy me pone nervioso, no sé por qué, salvo porque tengo demasiados interrogantes sobre ella.

Mi mujer me mira intrigada. Yo le aprieto los dedos para tranquilizarla.

—Yo tenía razón con vosotros dos —dice Lacy. Nos volvemos a la vez hacia ella—. Estáis hechos el uno para el otro.

—¿A qué se refiere? ¿A que somos almas gemelas? —pregunta Aimee.

Lacy se encoge de hombros y emite otra vez ese ruidito afirmativo que oculta tras una sonrisa de labios pegados. Me mira, me atraviesa con la mirada, y yo, cada vez más angustiado, inspiro hondo para calmarme. Empiezo a botar la rodilla. Todo eso de las almas gemelas está muy bien, pero yo quiero llegar al meollo de este encuentro: ¿qué sabe de mi madre y qué es eso tan importante que mi padre tiene que decirme? Él ni siquiera ha llegado aún.

—Tienes muchas preguntas, Ian. Los dos las tenéis. —Enarco las cejas, ignorando la inquietud que me provoca su comentario, y la invito a que se explique—. Tú te preguntas por qué te hice ir a México —le dice a Aimee, luego se vuelve hacia mí—. Y tú cómo te encontré hace años. Además, los dos queréis saber qué relación tiene lo uno con lo otro —dice, dibujando con las manos un globo imaginario.

Estoy a punto de soltar una gracia sobre cartas del tarot u ofrecerle las palmas de las manos cuando Aimee dice «Un poquito», marcando un par de centímetros con el índice y el pulgar.

—¿Habéis oído hablar de «el hilo rojo del destino»?

—No —contesta Aimee mientras yo gruño para mis adentros. ¿En serio hemos venido hasta aquí para oír esto?

—Es un antiguo mito chino sobre las almas gemelas —le explico yo—. El hilo rojo conecta a dos personas que están destinadas a pasar la vida juntas.

—En efecto, Ian, pero es algo más que eso. El hilo nos conecta por toda clase de razones. Conecta a dos personas que están destinadas a encontrarse en circunstancias extraordinarias y que están destinadas a ayudarse. Algunas conexiones son más fuertes que otras y yo las percibo. —Miro a Aimee de reojo, preguntándome si se lo está tragando. Ella no me mira porque tiene los ojos clavados en Lacy—. Conocí a Imelda Rodríguez cuando estaba de vacaciones con mi hija y mi yerno. Supe enseguida que debía ayudarla, pero no por qué ni cómo. Imelda y yo nos hicimos buenas amigas y una noche me confesó el acuerdo al que había llegado con Thomas. Era desdichada. Le dolía engañar a James, pero se sentía atrapada económicamente y Thomas le daba miedo. Yo no podía negarle mi ayuda y la única forma de asistirla que se me ocurrió fue conseguir que él dejase de necesitarla. Para eso debía eliminar a James de la ecuación y que pareciese que Imelda no tenía nada que ver con su regreso a casa.

—Entonces fue cuando vino a buscarme.

—Exacto —contesta Lacy, señalando a Aimee—. Le dije a Imelda que había intentado hablar contigo en el funeral de James.

—Yo no lo llamaría «hablar».

Asiento con la cabeza. Lacy había perseguido a Aimee por el aparcamiento. La había asustado.

—Cierto —se lamenta Lacy—. Tendría que haber esperado un momento más oportuno. —Quiero darle la razón, pero si hubiera esperado, yo no sería el tío que está sentado ahora al lado de Aimee y esta conversación no se estaría produciendo—. Tardé meses en convencer a Imelda de que me dejara volver a abordarte y solo a condición de que nunca me relacionaran con ella —dice, mirando la mesa y repasando con un dedo una de las marcas de la madera.

—¿Qué pasó, Lacy? —pregunto.

—Thomas la vio en la preinauguración del café —dice Aimee—. Se figuró lo que estaba haciendo.

La miro sorprendido, luego miro a Lacy, que asiente.

—Pasó algo más en el café. La diosa Fortuna es una mujer misteriosa y caprichosa a la que le encantan las bromas de mal gusto. Imagina mi sorpresa cuando te vi allí —dice, atrapándome con su mirada. Sus palabras me van cayendo dentro como cubitos de hielo lanzados por el dispensador del congelador. Se me hielan las extremidades—. Vi tu conexión con Aimee y volví a ver mi conexión contigo. Hay un hilo rojo que nos une. Caí de nuevo en la cuenta de que estaba destinada a ayudarte. Fue entonces cuando decidí acelerar el proceso e ignorar los temores de Imelda. Le envié a Aimee el cuadro de James. Debía ver por sí misma que el hilo rojo no la unía a James, sino a ti, Ian.

Aimee y yo nos miramos. Fuéramos o no almas gemelas, con la intervención o no de una médium, yo no quería pasar mi vida con otra persona que no fuera Aimee. Pero se me ocurre algo más y frunzo el ceño.

—Igual piensa que me ayudó a mí, pero ¿y a Imelda? James no volvió a casa.

—Sí la ayudé: ya no tenía que seguir mintiendo a James. Lo que la hacía desdichada era tener que guardar aquel secreto —dice, dando un sorbo a su limonada.

—Ajá —digo, y miro a Aimee, preguntándome qué pensará de todo esto.

Aimee encoge un hombro y yo hago como que miro debajo de la mesa en busca del hilo rojo que nos une. Suelta una pequeña carcajada y me pide que deje de hacer el tonto. Hilos rojos, almas gemelas, destinos conectados, ¡madre mía!, yo le he comentado a Aimee en varias ocasiones que he visto y experimentado cosas surrealistas durante mis viajes que no podría explicar. Como aquella experiencia extracorpórea que había tenido después de una noche de fumar en cachimba en India. Éramos tres, Dave, Peter y yo, y acabábamos de concluir una expedición fotográfica de tres días por

Manali. Tuve el sueño disparatado de que volvía a subir corriendo el sendero por el que habíamos descendido hacía unas horas porque quería hacer más fotos. Lo curioso es que de noche la temperatura bajaba en torno a los diez bajo cero y yo iba sin camisa. Dave, que no fumaba, y yo nos echamos unas buenas risas cuando a la mañana siguiente le conté que Peter salía en mi sueño, pero él no. Peter también iba con el torso descubierto y descalzo. Menos mal que fue un sueño, porque, de lo contrario, nos habríamos congelado. El caso es que nos hizo mucha gracia hasta que se levantó Peter y nos contó que él había soñado lo mismo y nos enseñó las plantas de los pies, llenas de cortes y magulladuras y cubiertas de tierra. Lo más absurdo de todo es que Dave se pasó casi toda la noche despierto, leyendo, y según él, no nos movimos de las colchonetas desde que nos quedamos traspuestos.

No tengo una explicación lógica para esa noche, salvo que estuviéramos demasiado colocados para recordarlo, y Dave tendría que haberse quedado dormido varias horas para que Peter y yo pudiéramos llevar a cabo nuestro disparate sin que él se enterara. En cuanto a la teoría de los hilos rojos de Lacy, que lo llame como quiera, pero para mí la conexión que tenemos Aimee y yo no es más uno de esos «¡Qué pequeño es el mundo!». Pura serendipia.

Lacy echa un vistazo al comedor, estudia la lámpara de araña que cuelga del techo y las cortinas de satén, con los bajos sucios del polvo de tantos años.

—Siempre me pregunté cómo sería la casa de Sarah.

Me incorporo en el asiento. Habla de mi madre con la familiaridad de una amiga. No me lo esperaba.

—¿De qué conoce a mi madre?

Sonríe con ternura, la tristeza patente en la curvatura de sus labios.

—Es mi hermanastra.

Aimee hace un aspaviento. Yo me desplomo sobre el respaldo de la silla. Noto que me pongo blanco y le aprieto la mano a Aimee de forma refleja. La mujer que tenemos en frente, bebiendo limonada a sorbitos de un vaso de mi padre, la mujer a la que he dado la bienvenida a su casa, es la hija de Frank, el hombre al que disparó Jackie. Leí cosas sobre él en la transcripción del juicio de mi madre. Abusó sexualmente de mi madre desde que ella tenía doce años, época en que la suya, mi abuela, se casó con él y el tipo se instaló en su casa. Los abusos continuaron hasta que ella huyó de casa, a los dieciocho años.

Mi madre estuvo trabajando en distintos sitios para sobrevivir, haciendo todo lo posible para que Frank no la encontrara, hasta que conoció a mi padre. Vio en él a un protector, al único hombre que podía mantenerla a salvo de Frank, alejarla de su padrastro, algo que me pareció lógico cuando relacioné lo que mi madre me había contado de cómo había conocido a mi padre con su testimonio en el juicio.

De pronto algo me hace clic en la cabeza y establezco otra conexión. El nombre oficial de Lacy que Thomas le dio a Aimee: Charity Watson. «Charity».

—Imposible —le digo a Aimee por lo bajo—. No puede ser su hermanastra.

—No te entiendo —me contesta ella también en un susurro.

—Luego te lo explico.

—Mi padre era un maltratador. Sarah no fue su única víctima —reconoce Lacy.

—¡Madre mía! —exclama Aimee.

—Menos mal que el tipo está entre rejas.

Me viene a la cabeza aquella noche. Oigo el disparo, me resuena en los oídos, veo cómo la bala le revienta la rodilla a Frank. Me escuece la piel como me escoció cuando empezaron a cicatrizar las abrasiones del asfalto. Me rasco el muslo.

—Según lo recuerda Ian, usted conoció a Stu en una cafetería y se ofreció a ayudarlo a encontrar a su hijo, pero no fue así como sucedió, ¿verdad? —pregunta Aimee, y Lacy niega despacio con la cabeza—. Yo diría que tampoco se sirvió de sus «poderes de médium» —añade, dibujando las comillas en el aire.

Le suelto la mano a Aimee y la miro intrigado.

—¿Qué estás diciendo?

—Si de verdad es la hermanastra de Sarah, debieron de decirle dónde podías estar y por eso te encontró enseguida.

—¿Es eso cierto? —pregunto, y Lacy asiente. Vaya, qué sagaz es mi mujer—. ¿Qué pasó? —inquiero, porque necesito respuestas a todas las preguntas que me hice de niño.

—Sarah se plantó en mi casa. No se comportaba como de costumbre e insistía en que se llamaba Jackie. Por entonces, yo no sabía que tenía un desorden de la personalidad. Pensé que se había metido algo. Su conducta era errática.

—Así era Jackie.

—Y buscaba a Frank. Sarah le había dejado a Jackie una nota indicándole dónde podía encontrarme. Pensó que yo podría orientarla sobre el paradero de él. Por entonces yo lo ignoraba, claro. Y tampoco me apetecía buscarlo. Cuando era niña, mis padres tenían la custodia compartida. Yo odiaba los fines de semana que tenía que pasar en casa de Sarah con mi padre, pero eso no viene al caso. Jackie empezó a presumir de lo que te había hecho. Apostaba a que serías lo bastante estúpido como para hacerle caso e irte andando a casa. Luego se fue. Supuse que terminaría volviendo aquí —dice, echando un vistazo a la habitación—. Llamé a tu padre y me confirmó que seguías desaparecido. Te encontramos los dos con las indicaciones que Jackie me había dado.

Aprieto los puños por debajo de la mesa.

—¿Sabía Stu quién era usted?

—¿Qué era su cuñadastra? Al principio no. Creo que Sarah terminó diciéndoselo.

Me levanto de golpe de la silla, que cae al suelo con gran estruendo. Con las manos bien asidas a las caderas, me paseo nervioso por la estancia. Aimee se pone en pie para recoger mi silla. Me planto a su lado de dos zancadas.

—Gracias, cielo, ya lo hago yo. —Enderezo la silla y me agarro fuerte al respaldo—. Ya ha conseguido despertar mi interés. Dígame qué pasa. ¿Para qué me ha traído aquí?

—Tu padre no quiere hacerme caso. Debes hablar con él, convencerlo para que te cuente la verdad sobre tu madre.

—¿Sabe usted dónde está ella? ¿Por qué no me lo dice sin más?

—Porque no me corresponde a mí hacerlo. Son los deseos de Sarah, no míos. Esto es algo entre tu padre y tú. Consigue que hable. Escúchalo y sé comprensivo.

—Deme una buena razón para que le dedique mi tiempo a ese hombre cuando él jamás me ha dedicado el suyo.

—Que se está muriendo.

Capítulo 26

Ian, a los catorce años

Ian estaba sentado en el porche, esperando a que su padre terminara de hablar por teléfono con el señor Hatchett, el abogado de su madre. Hacía meses que no la veía, desde que él había declarado en el juicio.

Su testimonio tampoco había servido de mucho. La habían condenado a nueve años de cárcel de todas formas. Para entonces él estaría en la universidad o se habría graduado ya y tendría un empleo. ¿Adónde iría entonces si ella no estaba allí?

A algún lugar cercano, para poder ir a verla. La echaba de menos una barbaridad.

Cogió una piedra, la sopesó y la lanzó con fuerza. La piedra golpeó con gran estrépito metálico el guardabarros trasero del monovolumen de su padre.

Las abrasiones de las piernas ya le habían cicatrizado; tenía la piel rosada donde se le habían caído las costras. Según el médico, las cicatrices desaparecerían. Se preguntaba si ocurriría lo mismo con el nubarrón negro que se estaba formando en su interior. Su padre no lo sabía y se moriría de vergüenza si se enteraban sus amigos, pero Ian lloraba casi todas las noches como un crío hasta quedarse dormido. En la intimidad de su cama, enterrado entre las sábanas, mordía la almohada y lloraba.

Jackie había hecho lo que amenazaba con hacer. Se había llevado a su madre para siempre.

Dobló los brazos en las rodillas, agachó la cabeza y dejó que se inflara el nubarrón, que se engrosó y se expandió, furioso. Odiaba a Jackie.

Pero ese día irían a ver a Sarah. Ian podría disculparse por fin por haber perdido las fotografías que había hecho. Cuando la puerta del coche le había golpeado la cámara mientras él iba atrapado por la correa, había saltado la tapa y el carrete se había velado, haciendo desaparecer las imágenes que a su juicio habrían demostrado la inocencia de su madre. Había disparado Jackie, no Sarah.

Cansado de estar enfurruñado, levantó la cabeza y fue abriendo los distintos ajustes de la nueva cámara digital que Stu le había comprado para reemplazar la que había quedado completamente inservible aquella noche. Era una cámara cara y aún difícil de encontrar en las tiendas de electrónica, pero su padre tenía contactos. Ian sospechaba que se la había regalado porque se sentía culpable. Él debería haber estado en casa para llevarlo a la competición de atletismo.

Se acercó la cámara a la cara y escudriñó por el visor. Florecían los tulipanes en los tiestos de su madre. Brotaba el maíz en los campos y los tallos eran lo bastante bajos como para que Ian pudiera ver la carretera y el buzón del correo al final del caminito de entrada a la finca. Acercó la imagen con el *zoom* y disparó una foto.

Dentro, al otro lado de la mosquitera, su padre recorría nervioso el largo pasillo. El viejo suelo de nogal de la casa crujía, chascaba y restallaba por el peso de su cuerpo. Se detuvo junto a la puerta, a escasa distancia de Ian, que pudo oír parte de la conversación.

—¿No hay forma de hacerla cambiar de opinión? —le preguntó al abogado—. Ajá… ajá… ¿Cuánto tiempo?

Ian imaginó al señor Hatchett en su despacho de Nevada, obligado por su panza de Santa Claus a recostarse en el asiento, mirando al techo y contestando pacientemente a las preguntas de Stu, las mismas que seguramente le hacían todos sus clientes.

El padre de Ian soltó una retahíla de palabrotas que acribillaron el aire como fuegos artificiales y le hicieron encogerse de miedo. Algo le había desatado.

—De acuerdo... Sí... Lo entiendo... Llámame si ella cambia de opinión o muestra alguna mejora. Gracias.

Stu se adentró en la casa. Dejó de golpe el teléfono inalámbrico en la mesa y maldijo. Desde donde estaba Ian, sonó como si lo hubiera hecho pedazos. A su espalda, se abrió y se cerró bruscamente la mosquitera. Su padre se sentó en los escalones del porche, a su lado.

Ian tapó el objetivo y se colgó la cámara de la correa.

—¿Listo? —dijo, levantándose, impaciente por ponerse en marcha.

Tenían un trayecto de diez horas hasta Las Vegas y habían planeado una noche de acampada a medio camino. Esa noche pescarían algo para la cena e Ian quería salir cuanto antes para que llegaran al *camping* a última hora de la tarde. Además, estaba impaciente por ver a su madre. La emoción le mantenía activo. Daba botes con uno y otro pie alternativamente.

Stu se llevó la mano a la pechera, sacó un cigarrillo y, echándose de lado, extendió la pierna y se sacó un encendedor del bolsillo de los vaqueros. Encendió el cigarrillo con parsimonia, a cámara lenta, así se lo pareció a Ian, y le dio unas cuantas caladas largas hasta que el extremo se puso incandescente. Con el cigarrillo colgando del labio, volvió a guardarse el encendedor en el bolsillo.

—Siéntate, hijo —le dijo, dando una palmada en el escalón, a su lado.

—Se hace tarde —contestó Ian, mirando el monovolumen de su padre.

Había llenado el habitáculo de aperitivos y bebidas para el viaje. La nevera del asiento de atrás estaba repleta de hielo y de comida para el viaje de cuatro días, dos de ida y dos de vuelta. Unas minivacaciones, le había dicho su padre. La pretemporada de fútbol americano empezaba dentro de un mes. Más les valía hacer cosas juntos antes de que su padre se ausentara tres meses, alternando los partidos de fútbol con los de béisbol.

Además, Ian había envuelto un regalo para su madre, un libro de poemas de T. S. Eliot. A ella le encantaba la poesía. Decía que la relajaba. Ian había comprado el libro con su asignación en una librería de antiguo del pueblo. Veía el regalo en el salpicadero, envuelto en papel de flores con un lazo amarillo.

Stu le dio una calada larga a su Marlboro.

—No vamos.

A Ian se le cayó el alma a los pies.

—¿Qué quieres decir?

—A ver cómo te lo explico… —masculló su padre. Se frotó la frente con la mano con la que sostenía el cigarrillo, luego lo miró—. Ella no quiere vernos.

—Mientes.

—Ojalá.

Stu succionó el cigarrillo como si le fuera la vida en ello. Ian vio cómo el humo le velaba el rostro. Unas arrugas hondas le enmarcaban la boca. Unos surcos profundos le señalaban la frente como si fueran las líneas de juego de un campo de fútbol. Su padre había envejecido en los últimos meses. El juicio había sido difícil. Había pasado mucho tiempo viajando de su casa a Nevada y a los partidos. Seguía teniendo que ganarse la vida, le había dicho a Ian. Alguien tenía que ponerle comida en el plato y evitar que el techo se le derrumbara encima.

—Me dijiste que podríamos verla en cuanto la dejaran recibir visitas.

Ian llevaba meses esperando aquel día.

—No estamos en su lista —contestó su padre.

—Pues ponnos —espetó Ian, apretando los puños y acercándose, amenazador, a su padre.

Stu entornó los ojos a modo de advertencia e Ian se amedrentó.

—No puedo. No es tan fácil.

—¿Por qué no?

Él era su hijo, ¿cómo no iba a querer verlo?

—Está enferma, Ian —le dijo Stu, dándole otra calada al cigarro—. Tiene suerte de que la estén tratando ahí dentro.

—Los médicos la ayudarán.

—Lo intentarán, pero no hay garantías. —Le dio un golpecito al cigarrillo con la uña del pulgar. Cayó la ceniza a la tierra—. Hasta que no esté estable, nada de visitas —dijo, y enterró la ceniza con la suela de su bota.

—¿Saben los médicos por qué está enferma?

—Sí.

—¿Y…? —insistió. Quería respuestas. Necesitaba entender por qué el comportamiento de su madre era tan errático.

—Es confidencial. —Ian le sostuvo la mirada a su padre, suplicándole más información. Stu dejó de mirarlo y bajó la vista al suelo. Se rascó el labio inferior con el pulgar—. Tuvo una infancia difícil. Su padrastro no… —Se interrumpió bruscamente y se aclaró la garganta, frotándose los ojos—. No se portó bien con ella. No tendría que haberse casado conmigo. Probablemente tampoco tendría que haber tenido hijos.

Ian retrocedió un paso.

—¿Qué quieres decir con eso?

—Nada. Oye, tengo que hacer unas llamadas —le dijo, apagando el cigarrillo y levantándose—. Vacía el coche y haz tus tareas.

—¿Y mamá? Nos está esperando —protestó Ian.

—¡Maldita sea, Ian! ¡Tu madre no quiere verte!

Ian negó despacio con la cabeza, incrédulo.

—¡Mentiroso!

—Ha pedido espacio y no nos queda otro remedio que dárselo.

—¡Mentiroso! —repitió Ian—. Yo he cuidado de ella. Me necesita —dijo, golpeándose el pecho, y, para humillación suya, brotaron de pronto las lágrimas que tanto se esforzaba por ocultarle a su padre—. Ella me quiere. Me dijo que siempre me querría. Quiero verla. Quiero asegurarme de que está bien.

—Ella no es responsabilidad tuya, Ian. Ya no, nunca más —le dijo Stu, metiéndose en casa.

Ian vio cerrarse la mosquitera. Le temblaban las piernas y se le estaba revolviendo el estómago. Había fallado a su madre en el juicio y le había fallado solo por existir.

Su madre le había mentido: no le quería.

La odiaba.

Él no tendría que haber nacido nunca.

Capítulo 27

AIMEE

Ian y yo vemos a Lacy avanzar penosamente por el sendero de acceso a la finca. Lo recorre anadeando en línea recta, con un pie delante de otro, las manos levantadas, como una gimnasta en la barra de equilibrio. Resulta casi infantil verla bambolearse de vez en cuando. No tiene prisa, se mueve a regañadientes, como si quisiera quedarse, disfrutar de un poleo menta y una tarde de chismorreos. Pero se ha empeñado en irse para que Ian pueda digerir su confesión. Si tuviera que describir a Lacy, diría que es como un bombardero furtivo. Aparece de la nada, suelta su carga útil sobre los ciudadanos desprevenidos y desaparece cuando sus blancos intentan entender lo sucedido o sobrevivir entre los escombros y la devastación que ha dejado en sus vidas.

No puedo ni imaginar el remordimiento que debe de estar sintiendo Ian por su padre, pensando en que podría haber intentado hacer las paces con él hace años.

Una ráfaga de viento se abre paso por el jardín. Notamos su impacto en el porche. El aire me produce un chasquido en el oído. Ian me amarra por la cintura un poco más fuerte. Veo que a Lacy se le infla la falda como una vela. Se tambalea, luego da un saltito para que la corriente no le haga perder el equilibrio. Se levanta otra ráfaga que hace girar las hojas secas en un remolino a sus pies. Se encuentra en el vórtice de una inmensa polvareda de rojo, dorado y amarillo. Todo vuela, agitándose en el aire. Ella se cubre el rostro con el brazo y se deja empujar por el remolino. Veo a Lacy como si fuera un montón de marcas de tiza en una pizarra y el remolino de viento como un borrador que la borra de nuestras vidas. Siguiente tema. Hora de cambiar de capítulo. Mientras la veo dar vueltas y vueltas con el viento los últimos metros hasta el buzón de roble que hay junto a la carretera, sé bien que esta será la última vez que se cruce en nuestro camino.

—He olvidado preguntarle por qué le dio la tarjeta a James —me lamento.

—Yo no. Se lo pregunté cuando la llamé.

—¿Y...?

—Pura serendipia.

—¿Qué?

—Serendipia. Casualidad. Me dijo que estaba de vacaciones con su nieta en Hawái. Hanalei Bay es una playa popular. Vio a James y lo reconoció.

—No sé si creérmelo —digo, frunciendo los labios—. ¿Tú te lo crees?

Ian se encoge de hombros, luego señala con la barbilla a la carretera. Lacy ha llegado al buzón.

—¿Tiene quien la lleve? —pregunto.

—Me ha dicho que la había traído un amigo. Supongo que la recogerá.

—No lleva bolso.

—Ni móvil.

—¿Cómo sabe su amigo cuándo recogerla?

—Igual lo ha avisado telepáticamente. —Miro a Ian, que mira al infinito. Veo que contiene una carcajada—. Habrán acordado una hora —dice, acercando su cabeza a la mía.

—Habrá sido eso, sí —coincido.

Pasan varios coches. Un camionero hace sonar el claxon.

—Se ha quedado ahí plantada.

—Como nosotros. —Me suelta la cintura y se agarra a la barandilla del porche con ambas manos. Estira los brazos y descarga el peso sobre ella, utilizándola de apoyo—. ¿Entramos o prefieres esperar a que la recojan?

—Esperamos. Quiero verla subirse a un coche y marcharse como una persona de verdad. ¿Tú no? ¿Crees que es médium? ¿Y lo del mito del hilo rojo? ¿Crees que percibe las conexiones como ella dice?

Se dibuja en los labios de Ian una sonrisa como una mariposa que abre las alas. Una sonrisa pesarosa. Lo noto triste.

—Eres un mar de dudas —me dice.

—¿Tú no?

Se encoge de hombros.

—Yo creo en ti. Y en nosotros —contesta, besándome la frente, y me da un bote el corazón.

Porque tiene razón. Lo que importa somos nosotros.

En cuanto a las aptitudes de Lacy como médium, supongo que ya da igual. Ha conseguido lo que se proponía. Me condujo a México para que encontrase mi camino hasta Ian y ha llevado a Ian a Idaho. Me pregunto entonces: ¿lo habrá traído aquí para que encuentre a Sarah o a Stu? A lo mejor solo le está enseñando el camino a casa, de vuelta adonde empezó todo. Para que pueda redimirse.

Ian suspira. Parece cansado, agotado, exhausto cuando dice:

—El abogado defensor de mi madre la obligó a declararse inocente por su TID, arguyendo que sufría una enfermedad mental y no se la podía responsabilizar de su delito. —Descanso mi mano en la suya sobre la barandilla. Ian mira nuestras manos y cierra los ojos un instante antes de seguir—. Lo único que tenía que hacer la acusación era refutar que no era consciente de lo que hacía y que, en realidad, era premeditado. No favoreció nada su defensa el que Jackie no apareciera ni una vez durante las declaraciones de mi madre o durante el juicio. Tampoco había documentación que probara que estaba en tratamiento. Mi padre intentó durante años conseguir que fuese al psiquiatra periódicamente y que acudiese a terapia. Él quería que hiciera cualquier cosa que la ayudase a reparar los daños que hubiera sufrido su mente. Ella se negaba. Cancelaba las citas que él le concertaba o simplemente no iba. Tiraba las pastillas. Luego estaban las fotos que yo había hecho. —Traga saliva con dificultad—. Todas esas fotos.

Se encorva más, le chascan los hombros, luego se endereza y se vuelve hacia mí, apoyando la cadera en la barandilla, con los brazos cruzados, y se mira los zapatos. Yo me meto la mano en el bolsillo.

—De niño, pensaba que las fotos que le hacía a Jackie demostrarían que Sarah no era ella misma. No sé por qué seguí haciéndolas tantos años. Al parecer, Reese piensa que me obsesiono con ayudar a los demás, que quiero solucionar sus problemas, como hice con mi madre. Supongo que quise hacer lo mismo con ella. Yo qué sé, igual es verdad. Igual yo sabía que Jackie metería a mi madre en algún lío y que mi madre necesitaría las fotos algún día. Así que seguí haciéndolas y escondiéndolas de Jackie, como mi madre me había pedido. Yo veía la diferencia entre ellas en esas fotos, en las expresiones faciales y en los ojos, sobre todo en los ojos. No eran iguales. Alguien más lo vería también. Hasta que no leí la transcripción del juicio, ya graduado en la universidad, no… ¡Dios! —dice, pasándose los dedos por el pelo—. ¿Cómo pude ser tan tonto de hacer esas fotos? El abogado de la acusación reclamó como pruebas años de fotografías y las usó para demostrar su argumento: que mi madre era inestable y violenta. En su defensa, había sido víctima de años de abusos sexuales. Su padrastro, Frank Mullins, la había destrozado. La detención de Frank favoreció su caso. En la cabina de su camión, encontraron fotos de menores en distintos grados de desnudez. El historial de su navegador de Internet estaba inundado de pornografía infantil. El abogado de mi madre consiguió que le redujeran la pena cuando ella reconoció que su intención era evitar que Frank hiciera daño a otras chicas. También ayudó que Frank siguiera vivo. El juez y el jurado se compadecieron de mi madre.

—Ian, no puedo ni...

Se me revuelve el estómago. ¡Lo que debió de pasar Sarah de niña! Pienso en Caty y me dan ganas de ir corriendo a casa a abrazarla.

Ian mira de reojo a Lacy, que aún espera junto al buzón.

—Lo raro es lo que pasó después. Parte de la declaración de mi madre se archivó en el juzgado. Se mencionaba a una hermanastra, hija de Frank de un matrimonio anterior, de nombre Charity Mullins. Era dos años mayor que mi madre y pasaba con ellos los fines de semana. Mi madre confesó que su hermanastra fue la que le reveló las rutas de trabajo de Frank, porque el cazarrecompensas de Jackie resultó inútil. Dijo que Charity le mostró dónde y cuándo localizarlo y mi madre le pasó los detalles a Jackie en notas que se dejaban en el cajón del centro de su tocador. Sarah estaba harta de vivir temiendo que su padrastro la encontrara. Le preocupaba que hubiera otras víctimas. Pensó que la única forma de resolver el problema de Frank era deshacerse de él, pero ella no tenía el valor necesario para hacerlo. Solo Jackie tenía agallas para apretar el gatillo.

—Eso no es raro, es trágico. Lo que me cuentas me entristece.

Se me empañan los ojos y me los limpio con el dorso de los dedos.

Ian me mira.

—La hermanastra de mi madre murió a los diecisiete años. Se perdió durante una excursión con unos amigos por el lago Tahoe.

Me estremezco. Se me eriza el vello de los antebrazos.

—¿Qué dices?

—Lo he investigado, Aimee. Los artículos estaban ahí. Nunca la encontraron. Solo sus zapatos y su bolso y unas manchas de sangre secas en un barranco.

—Entonces, ¿quién le dio a tu madre la pista sobre Frank?

Ian señala con la cabeza hacia Lacy.

—Si Lacy es la hermanastra de mi madre, apuesto a que Frank abusó de ella también. Yo creo que las autoridades dieron por supuesto que había muerto, pero en realidad huyó y se cambió el nombre por el de Charity Watson. No puedo decirte si es médium, si es que eso existe, pero me parece que sigue desapareciendo primero por Frank y después por Sarah. Es cómplice del intento de asesinato de Frank. Lo dice ahí, en la transcripción. Charity, o sea, Lacy, nunca ha querido que la encuentren. No se la puede encontrar.

—¿Y por qué iba a inculpar tu madre a su hermana si ella la había ayudado?

—Piénsalo. Según los registros, Charity está muerta. El que mi madre la inculpara respalda aún más la teoría de que no estaba en su sano juicio. Dudo que su abogado, y menos aún la acusación y el jurado, sospechen siquiera que Charity sigue viva. Además, como Charity considera que está conectada con la gente por el deber y la obligación de ayudarlos, quizá no le quedara otra alternativa que ayudarla. Puede que incluso convenciera a mi madre de que huyese de casa cuando lo hizo.

Miramos los dos a Lacy, que se agacha para sacudirse la tierra del zapato. Se ata los cordones, estira los brazos por encima de la cabeza y luego los deja caer a los lados.

El semblante de Ian se ensombrece. Frunce el ceño y parece sopesar algo, algo grande. Me coge la mano.

—Hay más, Aimee. Leí algo más. Descubrí que yo le había hecho algo malo, algo horrible a mi madre. Mi padre trató de impedírmelo, pero no le hice caso. Era joven y presumía de una falsa seguridad en mí mismo. Estaba convencido de que lo que hacía ayudaría a mi madre. Frank solía hacerle fotos y hacerse fotos con ella. Sus sesiones fotográficas eran tan perturbadoras que le descompusieron la cabeza. Jackie apareció durante esos años. Sarah no podía hacer frente a la situación, así que Jackie ocupó su lugar. Eso fue lo que declaró en la vista previa la psiquiatra que evaluó a mi madre. La defensa la llamó como testigo. Estaba todo ahí, en la transcripción. No fui yo quien hizo que mi madre se rompiera, pero tampoco la ayudé, en absoluto. Todas esas fotos que le hice, cada disparo, seguramente fue desencadenando sus cambios de personalidad. Solo verme a mí con la cámara, no sé, debió de afectarle de algún modo —dice, con la voz pastosa de angustia.

—Tú no lo sabías. Eras un crío. No podías saberlo.

—Después de casarnos, me preguntaste una vez por qué no había puesto más entusiasmo en la búsqueda de mi madre. Yo no quería reconocerlo, pero tú tenías razón: eso era lo que estaba haciendo. Diste en el clavo. Mis intentos han sido poco entusiastas. ¿Sabes por qué? Porque tendría que verle la cara y hacer frente a lo que le hice. La perjudiqué. Fui yo quien la apartó, mucho antes de que ella intentara asesinar a su padrastro. Yo soy el culpable de que no me pusiera en su lista de visitas y la razón por la que huyó cuando la soltaron. Yo y la mierda de mi cámara. Qué paradoja, ¿no? Ella odiaba que le hicieran fotos y se casó con un fotógrafo y tuvo un hijo que aspiraba a serlo.

Se le empañan los ojos. Le tiembla la mano con la que tiene cogida la mía. Le estrecho en mis brazos, con la oreja pegada a su pecho, absorbiendo el latido de su corazón desbocado, y la cara vuelta hacia la carretera. Es entonces cuando veo que me lo he perdido: Lacy se ha ido. No sé cómo y ahora mismo me da igual. Estoy abrazada a Ian y él lo está pasando mal.

Capítulo 28

Ian

Un utilitario plateado enfila el caminito de acceso a la finca, haciendo crujir la gravilla como si aplastara un envoltorio de burbujitas. Aimee deja de abrazarme y nos volvemos para ver como se acercaba y detenía poco a poco, de cara a nosotros, delante de la casa. El conductor apaga el motor, pero no baja del vehículo. Nos mira fijamente desde detrás del parasol y de sus gafas de sol oscuras.

—¿Tu padre? —me pregunta Aimee.

—Mi padre.

Hace dieciséis años que no lo veo, pero la mandíbula cuadrada, la barbilla bien definida y los dedos anchos enroscados al volante son inconfundibles. Igual que la onda de pelo que se levanta de su cara, un mechón rebelde que le divide la frente y que es idéntico al mío. Lo que no acabo de digerir, en cambio, son las mejillas hundidas y el color de su cabello, completamente gris.

Stu abre la puerta.

Agarro a Aimee por la nuca y, enterrando su cabeza bajo mi barbilla, le digo al pelo:

—¿Me dejas un minuto con él?

—Tómate todo el tiempo que necesites.

Le beso la cabeza y bajo los escalones para reunirme con mi padre y sacarle la verdad sobre mi madre, para averiguar qué le está pasando ¡a él!

Baja del coche despacio y con dificultad. Cuando por fin se levanta, agarrándose con una mano a la puerta mientras hurga en el asiento de atrás con la otra, me falla el paso. Lleva sujeto a la nariz y enroscado a las orejas un tubo transparente que se sumerge en el habitáculo del coche como un cordón umbilical. Con esfuerzo, saca una bombona de oxígeno portátil. La rueda del carrito se enreda en la alfombrilla y cae al suelo.

Voy corriendo a su lado.

—Deja que te ayude.

Me detiene levantando una mano, serio y algo incómodo. Me aparto, consciente de que le estoy avergonzando. Y me avergüenzo yo. Tendría que haber vuelto con él hace años, para ayudarlo. Su cuerpo es una versión pálida y consumida de sí mismo, la cascarilla seca del tallo de maíz robusto que fuera un día. Se agacha con precaución, sin soltar la puerta, y endereza la bombona, equilibrando el carrito sobre sus ruedas. Agarra fuerte el asa, cierra la puerta y se vuelve hacia mí. Nos miramos unos segundos, escudriñándonos. Yo soy más alto y más fuerte. Él resopla al respirar. Las gafas no me dejan verle los ojos, pero su enfermedad, la que sea, lleva un tiempo devorando su cuerpo.

—¿Cuánto te queda?

Sonríe, dejando al descubierto una fila de dientes amarillos.

—El regreso del hijo pródigo.

—¿Eso es lo mejor que se te ocurre decir…?

Asiente una vez con la cabeza.

—Me queda lo suficiente. ¿Quién te ha dicho que estaba enfermo?

—Lacy Saunders. Seguramente tú la recuerdas como Laney o, mejor aún, como Charity Watson o Charity Mullins… ¿Te suena alguno? —Cabecea de forma casi imperceptible—. ¿Sabías que era la hermanastra de mamá cuando te ayudó a encontrarme?

Niega con la cabeza.

—Al principio no. Tu madre me lo dijo después. Charity es una entrometida —me dice entrecortadamente, con un hilo de voz, y, con el ruido del tractor que está en marcha en los campos contiguos a los nuestros, tengo que acercar la oreja para poder oírlo.

—¿Y aquello que me contaste de pequeño de que te la habías encontrado en una cafetería con la policía? —Lo que yo le había contado a Reese cuando salíamos y a Aimee mientras estábamos en México—. ¿Era cierto?

—En parte. Por entonces, hacías demasiadas preguntas. —Levanta la cabeza—. ¿Ella es tu mujer?

Me vuelvo hacia Aimee, que levanta la mano para saludar brevemente, pero me sostiene la mirada. Percibo su amor y eso me da la fortaleza que necesito para mantener a raya la rabia. Stu nunca me contó nada de Lacy o del origen del trastorno de mi madre, para que yo lo entendiera mejor. Tampoco me habló de su propia enfermedad.

—Tendrías que habérmelo dicho.

—Puede. —Se mete las llaves del coche en el bolsillo—. Demos un paseo.

Rodeo con él la casa hasta el fresno, que ahora tiene un tronco más grueso y una copa frondosa. Una mezcla de hojas burdeos, amarillas y verdes danzan y brillan como joyas. Un manto de ellas cubre el suelo.

La bombona de oxígeno se bambolea con los pelotones de tierra y las piedras. Me planteo ofrecerme a comprarle un carrito con las ruedas más grandes, que sería más fácil de manejar por el suelo irregular de la finca, pero el ofrecimiento obligaría a mi padre a contestar y hablar mientras camina le supone un esfuerzo. Solo caminar ya parece demasiado.

Nos detenemos en un banco de madera que yo no conozco, bajo un árbol. La pintura de las volutas de hierro forjado se está desconchando y el barniz de la madera está desgastado en un lado del asiento, como si alguien se sentara ahí a menudo, a contemplar la finca. Se puede ver bastante lejos cuando, como hoy, los tallos de maíz se han arrancado y la tierra está labrada con vistas al invierno.

Mi padre se sienta con cuidado en el banco, apoyándose en el asa del carrito, luego me invita a que me siente con él.

—Me estoy muriendo —dice sin preámbulos en cuanto me instalo a su lado.

Sin previo aviso. Nada de «Me han diagnosticado tal…». Solo «Me estoy muriendo». Menos mal que Lacy ya me había advertido; de lo contrario, no sé cómo habría digerido semejante golpe, ese derechazo.

—¿De qué? —le pregunto.

—Cáncer de pulmón. Una putada. —Tose.

Con las piernas estiradas, junto las manos entre las rodillas y apoyo los antebrazos en los muslos. Inspiro hondo y cierro los ojos, intentando procesar sus palabras. Su vida se acaba y, por culpa de mi cabezonería, me la he perdido casi toda. Luego lo dejo hablar y escucho, algo que debería haber hecho hace tiempo.

—Voy a vender la granja. Nunca la quise. Tu abuelo se empeñó. Tenía que concederle al anciano moribundo su último deseo. Parece que ya he completado el círculo. —Ríe. La risa se convierte en ataque de tos. Espero a que se le pase, mirándome las manos, unas manos que son como las de mi padre. Es curioso que no me haya dado cuenta antes; hoy, en cambio, ha sido lo primero que he notado. Mi padre se limpia la boca con un pañuelo sucio que saca del bolsillo y continúa—. No arrendé las tierras hasta que él falleció. No quería que supiera que no me interesaban.

El abuelo Collins murió antes de que yo naciera. No llegué a conocerlo.

—Nunca me lo contaste.

—No te conté muchas cosas. Entonces me pareció lo más oportuno.

—¿Y ahora?

—«El que lamenta profundamente vuelve a vivir». —Lo miro. Jamás me habría imaginado a mi padre citando a Thoreau, ni leyendo poesía, pero mi madre tenía montones de libros, desde Frost hasta Wilde, y muchos de Thoreau. ¿A qué viene esta cita? ¿Qué pretende a estas alturas? No tengo que esperar mucho para saberlo. Por fin recobra el resuello—. Ya tengo comprador. La mitad será para ti y la otra mitad irá a un fideicomiso que quiero que gestiones tú.

—¿Para quién?

Me mira de reojo, luego mira al suelo. Empuja las hojas secas con la puntera del zapato.

Al principio, se me ocurre que quiere darle la mitad del dinero de la venta de la finca a su agricultor, Josh Lansbury, pero entonces lo veo mirar al infinito. Traga una flema, se limpia la nariz e inspira una gran bocanada de aire repleto de fluidos que se mueve por su interior como agua embarrada entre las piedras, y entonces caigo en quién será el destinatario de la otra mitad. También yo respiro con dificultad y lo miro, conmocionado.

—Aquella noche en West Wendover casi acabó con tu madre. Ella no sabía que tu cámara se había quedado pillada en la puerta. No sabía que te estaba arrastrando. No oía tus gritos. Estuvo vigilada por suicida los dos primeros años, hasta que una psiquiatra se interesó por su caso. Ella ayudó a tu madre a gestionar su enfermedad. Fue tu madre la que decidió no volver a casa. Había estado a punto de matarte dos veces. No podía arriesgarse a hacerlo una tercera. Te abandonó porque no se fiaba de sí misma cuando estaba contigo. Te abandonó porque te quiere. Renunció a su derecho a ser tu madre para protegerte. Y a mí me pareció bien su decisión. No podía permitir que te pasara nada más. No podía dejarte solo con ella otra vez.

Le lleva un rato explicarme esto, lo hace con montones de interrupciones. Cuando termina, parece que acaba de correr un maratón de cinco kilómetros a buen ritmo. Su pecho sube y baja. No me mira y entonces es cuando entiendo que él lo sabía. Siempre ha sabido lo que le pasó a Sarah.

—Viste a mamá cuando salió de la cárcel.

—Yo la instalé en su apartamento. Le busqué un trabajo como costurera.

—Y has estado manteniéndola desde entonces. Por eso necesitas que sea yo quien le administre el fideicomiso. Cuando ya no estés.

Asiente con la cabeza.

—Cuando cumplió condena, me hizo prometer que no te lo diría. No quería que fueras a buscarla. Pensó que era mejor que creyeras que no le importabas. Por eso me mantuve apartado en vez de cumplir como padre, porque estaba convencido de que me descubrirías.

—Tú sabes lo que me supuso su abandono, ¿cómo pudiste acceder a algo así?

—Juré protegerla y protegerte a ti de ella. La quiero, Ian. —Se le empañan los ojos y agarra más fuerte el asa del carrito—. Lo hice porque la quiero.

Noto que se me enciende la cara. Seguro que la tengo tan roja como las hojas esparcidas a nuestro alrededor. Me dan ganas de darle un puñetazo. ¿Cómo pudo dejar que se alejara de mí cuando más la necesitaba? Mi adolescencia sin ella fue más difícil de lo que había sido mi infancia con ella.

Pero mientras lo miro fijamente, hirviendo por dentro, ocurre algo. Una especie de epifanía. Se enciende la condenada bombilla, como si fuera el *flash* de una cámara, y enmarca la imagen. De pronto le veo otro parecido conmigo. Haga lo que haga mi mujer, o haya hecho (como besar a James y no querer quitar sus puñeteros cuadros de las paredes del café), siempre la querré. Si Aimee se hubiera visto en la situación de mi madre y yo en la de mi padre, habría hecho lo mismo que él. Tanto la quiero.

—Sé que te culpas, pero no es culpa tuya, Ian —me dice—. La marcha de tu madre nunca fue culpa tuya y siento haberte dado la impresión de que sí.

Me emociono y no consigo controlarme. Me doblo por la cintura, como un árbol que cede al viento, y hago algo que no he hecho desde los catorce años: llorar.

Capítulo 29

Aimee

Cuando Ian me habló por primera vez de la detención y el encarcelamiento de su madre, me dijo que quería ser franco conmigo. James nunca me había dicho la verdad sobre su familia e Ian respetaba mi necesidad de saber de su infancia y conocer el motivo por el que no se relacionaba con su padre. Una noche, mientras cenábamos, me lo contó todo, desde que lo habían abandonado en una cuneta hasta que lo habían arrastrado por el aparcamiento de una parada de camiones, con el desapego de quien habla de algo que le ha pasado a otro. Yo escuché en silencio, pasmada, compadeciéndome del niño que había sido y con el alma hecha trizas por el hombre en que se había convertido. Aquel desapego me pareció muy significativo. Su pasado era tan parte de él como el buen humor y el desenfado que lo caracterizaban. Y no lo había superado. Ian ya me había dicho que su madre nunca lo había maltratado físicamente, pero ¿emocionalmente? Yo no alcanzaba a comprender por qué quería encontrarla con los años tan horribles que había pasado a su lado. Él, en cambio, le profesaba un amor incondicional. No le reprochaba su forma de ser. Ella no tenía la culpa de que su mente se hubiera fragmentado. Sin embargo, hoy, después de oír la historia completa, entiendo mejor su empeño y su remordimiento. Cree que le debe una disculpa por haber hecho las fotos que la acusación presentó como prueba, esas fotos que él pensó que la favorecerían, no que la encerrarían. Se culpa de cómo fue la relación entre sus padres. Eso es mucho peso que llevar sobre los hombros tantos años.

Lo veo hablar con su padre, con la cabeza gacha y las manos en las caderas. Hablan bajito, Ian no me mira. No los oigo y no sé cómo se lo está tomando, lo de ver a su padre por primera vez después de tanto tiempo, su enfermedad y lo que sea que le está contando, hasta que se vuelve hacia mí. Me miran los dos. Aunque Stu me estudia intrigado, a Ian lo veo furioso, confundido y dolido.

Quiero ir con él, mis entrañas me empujan hacia él, pero no hago otra cosa que saludarlo con la mano. Le concedo el espacio que me ha pedido.

Clava sus ojos en los míos. Nos miramos un buen rato y, cuando yo sonrío, desaparece una pizca de la tensión que le tuerce el gesto.

Se alejan juntos y hablan bajo el árbol grande que hay detrás de la casa, donde un banco de madera y el suelo regado de hojas secas le dan al jardín aspecto de parque. Hablan mucho rato y yo espero. Esperaré todo el tiempo que Ian me pida, porque cuando acabe, me va a necesitar.

Me pongo al día con el correo electrónico. Llamo a Kristen y le pregunto por el bebé. Theo es casi perfecto. Come y duerme bien y no da la lata. Es su tercer hijo. Supongo que a estas alturas ya tiene tan controlada la maternidad que cualquier cosa que haga el niño le va a parecer un camino de rosas comparado con el primero. Salvo por el agotamiento que siempre supone un recién nacido, la vida de los Garner es ahora extraordinaria.

Llamo a mi madre y eludo sus preguntas sobre Idaho y Stu. Eso es algo que tiene que contarle Ian, quizá lo haga en alguno de nuestros almuerzos dominicales en casa de mis padres. De momento, la informo de que volvemos a casa por la mañana.

Estoy leyendo un libro que me he traído, cuando Ian se instala en una silla del porche a mi lado, unos noventa minutos más tarde. Lo veo demacrado: la conversación con Stu, el desfase horario y el trabajo de *National Geographic* le están pasando factura. Me coge la mano, me besa los nudillos uno por uno y me pregunta si no me importa que pasemos la tarde en la casa y yo le digo que no. Llego como puedo al pueblo y compro el almuerzo: unos sándwiches y unos refrescos. Ian pasa las cinco horas siguientes trabajando hasta la extenuación. Tapa el boquete del lavadero y repara el porche. Cuando termina, está sudoroso y polvoriento y me da la impresión de que intenta compensar el tiempo perdido haciendo todos los trabajillos que pueda hacer en la finca en unas cuantas horas.

Nos enteramos de que Stu se mudó a una residencia hace cinco meses. Cada equis semanas se acerca a la granja para echar un vistazo a la casa y recoger el correo y los periódicos. Le propongo una solución para esto último y, cuando acepta mi ofrecimiento, entro en Internet y me encargo de que se los manden a su nueva dirección, una de esas cosas pequeñas que nunca llegó a hacer cuando se mudó.

A última hora de la tarde, nos despedimos. Ian asegura a Stu que le llamara para quedar en un día para la firma de los documentos, no sé de qué. De vuelta a Boise, lo noto muy callado, absorto en sus pensamientos. Le cojo la mano, quiero que sepa que me tiene aquí para cuando esté preparado.

Nos registramos en un hotel cerca del aeropuerto y él se encierra de inmediato en el baño y se da una ducha. Cuando termina, con el pelo aún mojado, el rostro necesitado de un buen afeitado y la piel perfumada de jabón, se instala en la mesa con el portátil.

—Al ha adelantado un número el artículo. Quiere mis fotos para mañana por la mañana —dice, encendiendo el ordenador y tecleando la contraseña.

—¿Te acabas de enterar?

—Me ha mandado un correo esta mañana.

—No me parece bien. No te deja mucho tiempo para editar tu trabajo. —Ian se encoge de hombros—. Porque espera que edites las imágenes, ¿no?

Niega con la cabeza.

—Quiere los originales sin retocar. Su equipo se encargará de seleccionar y editar las fotografías que encajen mejor en el texto, pero yo no funciono así.

Son sus fotos, su trabajo y su reputación lo que está en juego. No me extraña que quiera hacer el sobresfuerzo, pero tras haber pilotado un velero similar, me preocupa que todo esto le supere. Casi ni se da cuenta cuando le beso en la mejilla y le digo que voy a por la cena.

Cruzo al Applebee de enfrente del hotel y pido cena para llevar. La encargada me da un localizador y salgo a hacer unas llamadas. Le explico al director de mi banco que tengo claro que quiero cancelar la solicitud de préstamo y a los dueños de los dos locales donde pensaba instalar mis franquicias que me lo he pensado mejor y ya no me interesa. Cuando termino, ha desaparecido ya mi deseo de conquistar el mundo del café, como me lo describió Ian en una ocasión. En su lugar han quedado la misma emoción y los mismos nervios que sentía cuando abrí Aimee's Café. Me muero de ganas de volver a amasar, a hacer bollería y panes y exquisiteces; de inventar nuevos cafés especiales que añadir a mi carta cada vez mayor; de descolgar los cuadros de James…

«Sí, eso…».

Tendría que haberlos quitado hace años. Menos mal que James los está esperando. Me ocuparé de eso esta semana, decido, y añado una nota en mi agenda para acordarme de ir a por material para embalar. Entonces me suena el localizador del restaurante.

Recojo la comida y, cuando me dispongo a volver al hotel, me llama Nadia. Me detengo en la acera y miro fijamente la imagen de la pantalla, una foto de las dos en la fiesta de suéteres horrendos de los Garner las Navidades pasadas. Debería ir cambiando esa foto, pero no sé si me apetece hablar con Nadia ahora. Aun así, contesto.

—¡Hola!, ¿estás bien? —me pregunta.

—Perfectamente.

—No conseguía dar contigo. ¿De verdad te has ido a España?

—Sí, pero ahora estamos en Idaho.

—¿En Idaho? ¿Y qué demonios hacéis ahí?

—Hemos venido a ver al padre de Ian. Oye, ¿te importa que hablemos luego? Acabo de coger la cena y él me está esperando.

—Claro, cuando quieras. Pero Aimee, sobre lo de Thomas... Lo siento.

Cuando menciona a Thomas, aminoro la marcha, veo un banco junto a la entrada del hotel y doy media vuelta. Me siento. Un hedor rancio a nicotina impregna el aire. El receptáculo que tengo al lado está abarrotado de colillas que sobresalen de la arena como postes podridos en un embarcadero.

—Fui a verlo —digo.

—¿A Thomas? ¿Fuiste a su despacho? ¿Por mí?

—Por otro asunto, pero sí, hablamos de ti. Aún me cuesta entender por qué has aceptado el trabajo.

Se hace un silencio largo al otro lado de la línea.

—¿Te acuerdas de Thomas en el instituto? —dice de pronto—. Era divertido y auténtico.

—Y luego cambió.

—Sí, cambió —admite en voz baja, pensativa.

—Ahora es frío, calculador y manipulador —señalo—. No lo olvides.

—Ya, tienes razón.

—Entonces, ¿no fuiste a cenar con él la otra noche? —le pregunto, recordando su intercambio de mensajes.

—Sí fui y… —No termina la frase, arrepentida.

—Por favor, no me digas que te has acostado con él.

—¡Dios, no! Ni siquiera nos besamos.

—Pues ¿qué hicisteis?

—Comer, Aimee. Y hablar. Está muy solo. Y muy arrepentido.

—Naaadia… —digo—. ¿Sientes algo por él?

—No sé si me siento atraída por él o si sigo colada por el hombre que era antes. El tío tiene encanto, eso es innegable.

—Insisto: es manipulador. —No digo nada más y guardamos silencio un instante, absortas las dos en nuestros pensamientos. No sé si voy a poder digerir el que Nadia salga con Thomas, pero tampoco quiero perderla como amiga—. ¿Aún trabajas con él?

—Sí, pero ya no queda mucho. Le mandaré los planos la semana que viene. Salvo que haga cambios, mi contribución al proyecto habrá terminado.

—¿Volverás a verlo después de eso?

—Si tú no quieres, no. Nuestra amistad me importa mucho más.

—Yo no te puedo decir con quién salir y con quién no. Solo quiero que sepas que no me fío de ninguno de los Donato y de Thomas menos aún. Y tú tampoco deberías. Ten cuidado con él. Me importas demasiado.

—Tranquila, tendré cuidado.

—Bien. Ahora necesito que me hagas un favor. Queda conmigo en el café el jueves por la noche.

—¿Por qué?

—Ya lo verás. Tengo que colgar: se está enfriando la cena.

Cuelgo y, camino de la habitación, compro dos cervezas en el bar del vestíbulo. Cuando subo, Ian sigue sentado a la mesa. Levanta la vista un segundo mientras dejo la cena en la mesa y le abro una cerveza, pero no toca la comida. Me como la mía en silencio para no molestarlo, luego me doy una ducha. Cuando termino, aún mojada y envuelta en el albornoz del hotel, vuelvo a su lado. Ha apagado las luces y cerrado el portátil. Está mirando a la ventana, que ha abierto en mi ausencia. El visillo ondea como la superficie del mar. Nuestra habitación está en la segunda planta y el suave resplandor de las luces del aparcamiento le dan al perfil de Ian un tono gris apagado, como de película antigua en blanco y negro. Aún no ha tocado la cena.

—¿Ian?

—Al no volverá a contratarme si no tiene las fotos mañana —dice sin mirarme—. Y no llevo ni la mitad.

—Pues sí que les corre prisa ese reportaje. ¿No te puede ampliar el plazo? Dile que has tenido una urgencia familiar.

—La típica excusa. No va a colar.

—Es la verdad.

Se mira las manos y se pasa una uña por la cutícula del pulgar.

—Stu sabe dónde está Sarah.

Me deja sin respiración.

—¿Te lo ha dicho?

Asiente con la cabeza.

—Él le compró un piso en Paradise y la instaló allí cuando salió de la cárcel. También le buscó un trabajo. Es costurera en una tintorería de Las Vegas.

—Ian… —Me deja de piedra.

Me hinco de rodillas, mirándolo desde abajo, y le cojo la mano con las mías.

—La ha estado manteniendo y espera que yo haga lo mismo cuando él no esté, pero no puedo verla. Salvo que se trate de una urgencia médica o económica o que ella se ponga en contacto conmigo, no se me permite ponerme en contacto con ella.

Agarra la cerveza y se bebe media de un trago.

—¿Por qué no?

—Jackie era violenta y mi madre teme por mí. No quiere hacerme daño.

—Pero eso fue hace mucho. Habrá tenido tiempo de comprender y controlar mejor su enfermedad.

Ian se encoge de hombros. Se termina la cerveza y deja la botella en la mesa.

—Tiene una compañera. Es enfermera o algo así y vive con ella. La ayuda a cumplir los plazos y la acompaña siempre cuando sale del piso. Se supone que debo comunicarme con mi madre a través de ella. —Me mira y sonríe. Su sonrisa se me antoja socarrona—. Ahora lo entiendo todo: por qué mi padre aceptó encargos adicionales. Estaba ahorrando. Sarah y él urdieron un plan mucho antes de que ella cumpliera la condena y me lo ocultaron todo. Mi padre me hizo creer que mi madre necesitaba espacio y que no me quería. Resulta que por eso se fue: me quería demasiado para arriesgarse a hacerme daño otra vez. He pasado todos estos años pensando que me odiaba y deseando únicamente decirle que lo siento. —Me parte el corazón. Le beso la mano, le doy la vuelta y le beso la palma también. La apoyo en mi mejilla—. No sé si voy a poder hacerlo, Aimee. No voy a poder tomar decisiones médicas y económicas en su nombre sin verla.

Trepo a su regazo y lo abrazo, le acaricio el pelo, ya seco y ondulado. Él baja la frente a mi hombro y me pasa los brazos por la espalda. Suelta un suspiro, un suspiro largo y lleno de tristeza.

«¡Ay, Ian, mi Ian!».

Le beso la cabeza y él murmura algo sin sentido. Su pelo me hace cosquillas en la nariz mientras inhalo su aroma: a champú de árbol del té y a jabón del hotel. Quisiera poder absorber su pena, librarlo de ella por completo.

Susurra mi nombre y levanta la cabeza. Nos miramos. Sus ojos ensombrecidos rebosan angustia. Quiero consolarlo, pero él tiene otras cosas en la cabeza. Se inflan los visillos con una ráfaga de brisa nocturna y de pronto Ian me roba el aliento. Me besa una y otra vez, apasionadamente. Lleva las manos a mi cintura y me suelta el cinturón del albornoz. Lo abre y el aire me acaricia la piel como la bruma matutina acaricia el agua. Despacio, con ternura, sus manos recorren mi cintura, los bordes de mis pechos. Con los pulgares, traza despacio el contorno de mis pezones, sin dejar de besarme.

Respondo a sus besos y detecto en su lengua el regusto a lúpulo. Luego todo cambia, ocurre deprisa. Ya no voy con el albornoz, me lleva en brazos y sus músculos se tensan y destensan bajo mi cuerpo mientras me traslada a la cama, sin apartar sus labios de los míos. Apenas he apoyado la cabeza en la almohada de plumas, cuando lo noto subido encima de mí, su piel contra la mía, sus caderas entre mis piernas. Lo envuelvo en mis brazos y me abro para él, que se mueve contra mi cuerpo como si fuera insaciable. No para quieto. Me acaricia entera y es una delicia.

Nuestro intercambio amoroso ha pasado de sensual y seductor a salvaje y desaforado, y nos deja doloridos y agotados. Pero su fervor nos lleva a otro nivel, obsceno y hermoso, sucio y espléndido.

Me remueve entera por dentro mientras me besa, me monta y lo recibo hasta el fondo y más aún. Solo entonces me consume, clavándome los dedos en la piel. Se mueve de una forma que me provoca un deseo voraz y me hace comprender que está exorcizando años de dolor y de inquietud. Y yo lo acepto, lo acepto todo, todo lo que tenga que darme, hasta que, exhausto, con la respiración entrecortada como la mía, apoya la frente entre mis omóplatos. Nos quedamos así tumbados, en silencio, envueltos en la oscuridad, esperando a que nuestros corazones se tranquilicen. Ya me estoy quedando dormida cuando me noto una gota en la espalda, seguida de otra.

«Ian».

Me vuelvo. Él levanta la cabeza y yo le cojo la cara con ambas manos. Aprieta la mandíbula y se tensa la piel del contorno de sus ojos, esos ojos tristes y hermosos.

—Ian… —«Amor mío».

Le beso las mejillas húmedas y lo estrecho contra mi pecho, donde se sume en un sueño inquieto.

Capítulo 30

IAN

«No mires directamente al sol, que te quemarás la retina», tuvieron la precaución de advertirme mis padres. Es lo que le hemos enseñado a Caty. Ella nos hace caso y, en ese asunto, yo también lo hice. Pero a veces es inevitable mirar al sol. Veo un leve reflejo en la ventanilla de un coche que pasa. O me planto debajo de un árbol y levanto la vista a la copa frondosa para hacer una foto. Se dobla y se retuerce una hoja, aparece el sol y ¡zas! El contorno de la hoja o la forma de la ventanilla del coche quedan grabadas permanentemente en mis globos oculares. Y oye, quema. Parpadeo, no dejo de parpadear, y al final esas manchitas brillantes desaparecen.

Tengo dos imágenes nítidas de mi madre grabadas en la retina. Las llevo conmigo, como en una caja fuerte virtual. Pero más que una forma captada por el sol que se desvanece y desaparece, las llevo registradas de forma muy parecida a como lo hace una imagen cuando la luz pasa por el obturador de la cámara y los fotones golpean la película. Como ocurre con las fotos, el recuerdo se ha descolorido con el tiempo. No es tan nítido, pero sí permanente. No me puedo deshacer de él parpadeando. Me persigue.

Recuerdo a mi madre empuñando el revólver, el instante en que me miró, horrorizada, de pronto consciente de lo que había hecho. La cara de espanto que los actores ponen en las películas no se acerca siquiera a la realidad. El miedo de verdad te consume. Es palpable, hasta para un observador. Sabe a polvo, a asfalto, a gasolina. Yo aún me noto en la boca el suyo. Aún veo el instante en que cayó en la cuenta de que me había perdido. Había aceptado que no podía ser la madre que yo necesitaba.

Mi segundo recuerdo es de los tres, mis padres y yo, de pícnic junto al lago. Yo tenía ocho años y mi padre disfrutaba, excepcionalmente, de un domingo sin trabajo. Pasamos la tarde pescando bajo la mirada vigilante de mi madre, apoyada en un árbol, con un libro de poemas abierto en el regazo. Hicimos un descanso para comer y le preguntamos qué leía. «¡Oh, yo! ¡Oh, vida!», de Walt Whitman. Se ofreció a leérmelo y le dije que no. Yo era un crío de ocho años más interesado en empapuzarme un sándwich de crema de cacahuete y mermelada bañado con Coca Cola para poder volver a mi caña de pescar. No me apetecía oír a mi madre recitar un poema romántico. No leí aquel poema hasta que un profesor de la universidad nos obligó a diseccionarlo línea por línea en una clase de literatura. Si hubiera conocido entonces su significado, le habría preguntado a mi madre si cuestionaba su propia existencia. Si se preguntaba si su vida tenía sentido. Si se sentía impotente. ¿Sabría ya qué camino iba a tomar y que la apartaría de mí? De haberlo sabido yo, me habría tomado la molestia de escucharla. Me habría asegurado de que estaba bien.

Lo que sí sé de ese día es lo contenta que se la veía. Que no podía dejar de sonreír cuando hablaba con mi padre. Que se reían juntos, con las frentes pegadas, susurrándose. Que los labios de mi padre se entretuvieron en su mejilla cuando la besó antes de volver conmigo al borde del lago. Vistos desde fuera, debíamos de parecer la familia perfecta de excursión dominical. Fue la calma previa a la tempestad de mi vida. Es mi último buen recuerdo de los tres.

Cuando Aimee y yo llegamos a casa de los Tierney, nos encontramos con una escena similar en el jardín. Catherine está sentada, con la espalda apoyada en el inmenso sicomoro que da sombra al césped, con un libro abierto bocabajo en el regazo. Hugh está sentado en una manta de cuadros, con las piernas cruzadas, «bebiendo» té de una tacita de plástico de juguete. Lleva manchas de grasa en la camisa y la barbilla pringada de aceite. Habrá estado en el garaje, trabajando en su Mustang. Pero levanta el meñique cuando se lleva la taza a los labios, siguiendo las instrucciones de Caty. Al verlos, no puedo evitar pensar en aquella tarde de domingo, hace tanto tiempo.

Aimee me nota disperso, que no estoy del todo ahí, y me coge de la mano. Miro nuestros dedos entrelazados, luego la miro a los ojos.

—Tiempo —me dice—. Date tiempo. La pena irá pasando, de verdad.

La creo. Ella lo sabe bien. Pero ahora mismo aún es todo demasiado reciente como para que pueda dar un paso adelante.

—No tengo claro qué hacer con lo de mi madre.

—Lo sé, no pasa nada. Ya lo decidirás. Confía en tu instinto. Hasta ahora te ha ido bien. Te condujo a mí —dice sonriendo y, por un momento, me pierdo en ella, pienso en quiénes éramos por separado, en quiénes somos juntos y en adónde iremos. Entonces Caty suelta un chillido y el instante se hace pedazos.

—¡Papi! ¡Mami! ¡Habéis vuelto! —Viene corriendo directa a mí. La cojo en brazos y me llena de besos—. Te he echado de menos —ronronea, apoyando la cabeza en mi hombro.

—Y yo a ti, Catiuska.

—¿Has visto a tu papá? Mami me dijo que ibas a su casa. —Miro a Aimee por encima de la coronilla rizada de nuestra hija.

Niega con la cabeza. Caty no sabe que mi padre está enfermo—. Yo quiero conocerlo —dice la niña.

Y yo quiero que lo conozca. A mi padre le enseñé fotos de la niña en el móvil. Me ha preguntado por ella, pero no quiere que la cría vaya a verlo. El único recuerdo que tendría de su abuelo sería el de un hombre al borde de la muerte, enganchado a una bombona de oxígeno. Palabras suyas, no mías. Yo no estoy de acuerdo, pero si algo he aprendido es a respetar los deseos de los demás. Me arden los ojos como si hubiera mirado al sol y, en cierto sentido, lo he hecho. Ahora lo veo todo clarísimo. Sé lo que quiero, lo que he querido todo el tiempo. Me pellizco la cara para no desmoronarme delante de mis suegros. Aimee me coge a Caty de los brazos.

—Eh, ¿estás bien?

Asiento con la cabeza, muy tieso.

—¿Te parece bien que no comamos aquí y vayamos a casa ya? Tengo que ocuparme de unas cosas.

—Claro —contesta ella.

Al día siguiente, tras hablar un buen rato con Erik de que Al Foster no sería el editor de fotografía de *National Geographic* si no fuera condenadamente bueno en su trabajo, le mando miles de imágenes originales, sin editar, señalándole las que su equipo debería considerar para el artículo. «Confía en que va a mejorar tus imágenes —me ha dicho Erik—. También está en juego su reputación». Además, le paso mi artículo a Reese por correo electrónico. Luego, a última hora, cuando Aimee deja a Caty para quedar con Nadia en el café y hablar de la redecoración de las paredes, me saco un billete para ir a Las Vegas a la mañana siguiente. Me voy antes de que se levanten mi mujer y mi hija, antes de que se levante el sol.

Swift Cleaners está abierto cuando llego. Los clientes entran con ropa sucia y salen con trajes y camisas planchados y enfundados en plástico. Cada vez que se abre la puerta, me llega el olor de ese vapor como de keroseno, mezcla de tejido caliente y disolvente. No entro. Observo la actividad por el escaparate, porque al otro lado se encuentra la mesa de la costurera. La máquina de coser está tapada y, junto a ella, perfectamente alineados, hay un montón de carretes de hilo de todos los colores del arcoíris. Cerca hay un perchero con ropa, con los bajos prendidos con alfileres. Mi madre ha subido esos bajos. Ha tocado esos pantalones y se ha sentado en esa silla con el cuero dado de sí y desgastado de años de uso. Ahí es donde pasa los días, donde ha pasado cada día desde que salió de la cárcel.

¿Cuántas veces habrá venido a verla mi padre? ¿Habrán hablado de mí? ¿Habrá preguntado mi madre por mí? ¿Pensará alguna vez en mí? ¿Se habrá estabilizado? ¿Estará en paz con las decisiones que ha tomado en su vida? ¿Será feliz sin mí?

Tengo infinidad de preguntas y estoy tan absorto en mis pensamientos que, al principio, no me doy cuenta de que me hablan.

—¿Cómo dice…? —pregunto.

Me sonríe un anciano, con los pantalones por las costillas y la camisa a cuadros metida por dentro.

—¿Va a entrar o no?

Me vuelvo. Enfrente hay un café con mesas pegadas al ventanal.

—No, gracias —digo antes de cruzar la calle corriendo, esquivando a los coches y a un ciclista.

Pido un café, solo, sin azúcar, y no pierdo de vista las mesas. Cuando una madre y sus dos pequeños dejan una libre, me instalo en su sitio, apartando con el brazo las servilletas arrugadas y las migas de magdalena.

Desde donde estoy, veo por la ventana el interior de la tintorería a través del escaparate y la mesa donde se sienta la costurera. Por el letrero de la puerta sé que llega a las nueve.

Me quito la chaqueta y la pliego sobre el respaldo de la silla de al lado. Dejo el móvil en la mesa, miro la hora y bebo a sorbitos el café. Y luego espero.

—Ian…

Me aparto del ventanal y, al levantar la vista, veo a Aimee. Caty sonríe a su lado. Parpadeo, de pronto confundido.

—¿Qué haces aquí?

—He visto tu nota.

—Para que me llamaras… ¡No para que vinieras hasta aquí!

Aún no me puedo creer que Caty y ella estén ahí plantadas.

—Hemos cogido un avión, papi. Mami me ha dejado sentarme junto a la ventanilla. Hemos volado por las nubes.

—Menos mal que sale un vuelo de San José a Las Vegas cada noventa minutos. Espero que no te importe que hayamos venido —dice Aimee, algo nerviosa. Estoy convencido de que se pregunta si ha hecho bien siguiéndome aquí.

Al principio, pensaba que quería estar solo, pero ahora que están conmigo me siento aliviado. No quiero hacer nada sin Aimee. Me levanto, la estrecho contra mi cuerpo y la abrazo fuerte.

—No, en absoluto. Tendría que haberte pedido que vinieras. Perdona que no lo haya hecho.

—¿La has visto? —me susurra para que Caty no la oiga. Asiento y señalo por el ventanal. Mi madre está sentada en su silla, encorvada sobre la máquina. Oigo suspirar discretamente a Aimee—. ¿Has hablado con ella? —Niego con la cabeza—. ¿Llevas aquí sentado todo el día?

Asiento de nuevo.

—Desde las ocho y media. —Son las cinco. Mi madre trabaja hasta las seis.

Aimee se zafa de mi abrazo y sienta a Caty a la mesa. Saca un papel y unas pinturas de su bolso grande y se los da a la niña, luego pide un chocolate con leche en el mostrador.

Yo vuelvo a mi sitio junto al ventanal y me bebo mi café. El cuarto del día. Se ha quedado frío.

—¿Has ido al colegio? —le pregunto a Caty.

Ella niega con la cabeza, me pasa un papel en blanco y una pintura marrón. Fuzzy Wuzzy. Me hace reír y le enseño a Caty la etiqueta.

—Mami me ha dicho que estás triste. Yo siempre me abrazo a Pook-A-Boo cuando estoy triste, pero no me lo he traído.

—¿Dónde está tu oso? —le pregunto.

—En mi cama. Aún dormía cuando nos hemos ido. Deberías dibujar un osito —me dice, señalando la pintura marrón—. A lo mejor te pone contento.

—Me parece una idea estupenda.

Caty sonríe y coloreamos juntos. Vuelve Aimee con el chocolate de la niña.

—Colorea con nosotros, mami —dice, acercándole el dibujo a su madre.

—Enseguida, cielo, en cuanto hable con papá.

Aimee se sienta a mi lado y me mira suplicante.

—Me has asustado, Ian. Te has pasado dos días encerrado en el despacho y, cuando me levanto esta mañana, me encuentro con que te has ido. Tan de repente. ¿Qué pasa?

Esta mañana no se ha alisado el pelo, no le habrá dado tiempo. Le acaricio un rizo. Es como la seda.

—Intento arreglar lo que hice mal.

—¿Y qué hiciste mal, exactamente?

Miro por el ventanal a mi madre, que está ayudando a un cliente.

—Se ha cortado el pelo. Lo lleva corto.

—Está preciosa.

Asiento.

—Sonríe mucho. Yo no la recuerdo tan sonriente. —Aimee me pone la mano en el muslo. Noto cómo su calor me cala los vaqueros y me vuelvo hacia ella—. No hice caso a mi padre cuando debía. Por una vez, voy a hacer lo que me ha pedido. Me encargaré de su dinero. Le llevaré las cuentas, pagaré sus condenadas facturas. Y no me pondré en contacto con ella. Me mantendré al margen como él me ha pedido y como ella quiere. Pero primero... primero necesitaba verla. Todos estos años he pensado que debía disculparme con ella, por haber seguido haciendo esas condenadas fotos, pero en realidad, lo único que quiero es saber que está bien. Quiero saber que es feliz.

—Pero ¿no vas a ir a hablar con ella?

Niego con la cabeza.

—Ella no quiere eso.

Aimee guarda silencio. Me observa un buen rato. Al final, miro a otro lado, me bebo el café frío y juego con la pintura, dándole vueltas en la mesa. Aimee sigue mirándome. De pronto, se levanta y se quita el suéter. Le falta un botón y tiene un desgarrón cerca de uno de los ojales.

—Enseguida vuelvo.

Caty la mira sorprendida.

—¿Adónde vas, mamá?

Aimee mira a la niña, luego a mí y de nuevo a Caty. La coge de la manita.

—Ven conmigo. Tenemos que hacer un recado importante.

Se me pone el corazón en la boca.

—¿Qué haces, Aimee?

—Confía en mí —dice, apretándome el hombro. Luego sale del café.

Me vuelvo en la silla y las veo esperar a que cambie el semáforo de la esquina. Cambia y cruzan.

—¿Qué haces? —mascullo.

«¿Qué haces? ¿Qué haces?».

Me sudan las manos. Me las paso por el pelo.

Aimee abre la puerta de cristal de la tintorería y se aparta para dejar pasar a Caty. La puerta se cierra a su espalda. Por el cristal las veo acercarse a mi madre. Me invade la envidia, que me calienta los brazos y las piernas. Quiero ser yo quien hable con ella. ¿Sonará igual? ¿Seguirá moviendo tanto las manos al hablar? ¿Aún subirá más el lado izquierdo de la boca que el derecho cuando sonríe?

Pero si quiero respetar sus deseos y honrar la última voluntad de mi padre, no puedo acercarme a ella.

Veo a mi madre inclinarse para hablar con Caty y me dan ganas de llorar. «Es tu abuela. Se parece a ti. ¿Lo ves, el color miel de su pelo, el hoyuelo de la barbilla?».

Aimee señala una manta doblada en una estantería y mi madre se la enseña. Hablan un rato hasta que mi madre dobla la manta y la vuelve a dejar donde estaba. Entonces Aimee le enseña su suéter. Señala el botón que falta y el pequeño desgarrón donde se ha deshecho el punto. Mi madre asiente y sonríe.

Siento ganas de gritar: «Estoy aquí, mamá. Estoy bien. Me ha ido bien».

Coge el suéter de Aimee y le da un resguardo. Se despide con la mano y yo niego con la cabeza. Aún no, hoy no. No estoy preparado para despedirme.

Aimee y Caty salen de la tintorería y mi madre vuelve a sentarse en su silla. Quiero preguntarle qué le ha parecido mi mujer, si le ha gustado conocer a mi hija. Si podría querer a mi familia.

Me apena pensar que nunca lo sabré.

Caty vuelve a instalarse en su sitio, sonriente.

—Esa señora tan simpática de ahí y yo tenemos el mismo color de ojos. Y sabe un montón de colorear con pinturas. Si junto estas tres —dice, cogiendo algunas—, puedo hacer mi color de ojos en el papel —añade, y me enseña las pinturas: mango tango, siena y dorado.

¿Cuándo aprendió a colorear? ¿En la cárcel? ¿Sería parte de la terapia?

—Fenomenal —digo con la voz rota. Miro a Aimee expectante. «¡Cuéntamelo todo!». Le brillan los ojos. Pone una mano encima de la mía, en la mesa.

—No le he dicho quiénes somos, pero le he preguntado por su trabajo y también qué es lo que más le gusta de vivir aquí. Le encanta coser. Me ha enseñado una colcha en la que está trabajando. Es preciosa. Está haciéndole unos bordados complicadísimos. Es una artista, Ian. Se ha quejado del calor asfixiante, pero no se le ocurriría vivir en otro sitio. Aquí la gente es amable con ella. Ha sido muy agradable conmigo y Caty le ha encantado. Le va bien, Ian —me dice, apretándome la mano—. Le va más que bien.

Se me hace un nudo en la garganta. Cierro los ojos y cabeceo afirmativamente. Entonces noto que la manita de Caty se posa sobre las nuestras.

—¿Ya estás contento, papi?

Me sobreviene un sollozo y lo disimulo con una carcajada.

—Sí, Catiuska. Ya estoy contento. —Agarro a Aimee por la nuca, clavándole los dedos en el cuero cabelludo, y le planto los labios con fuerza en la frente—. Gracias —le susurro al pelo. Le beso la sien, la oreja—. Gracias. —Abrumado por la emoción, dejo la cara enterrada en su pelo mientras la abrazo, a esta mujer a la que amo y que tanto me ha dado: su mano en matrimonio, una familia y, en cierto sentido, me ha devuelto a mi madre. La beso en los labios—. Te quiero.

—Yo también te quiero.

—Puaj, no os beséis en público.

Aimee y yo reímos y nos volvemos juntos hacia el ventanal. Nos quedamos así, con su mano sobre la mía, mi brazo por sus hombros, Caty coloreando, hasta que mi madre se va. Unos minutos antes de las seis, un Honda azul se detiene a la puerta de la tintorería. Una morena con gafas de sol grandes va sentada al volante. Al poco, mi madre recoge su puesto de trabajo y sale de la tienda. Sonríe a la conductora del Honda y se instala en el asiento del copiloto. La conductora se incorpora al tráfico, mirando por encima de su hombro. Las veo alejarse hasta desaparecer, volviendo la esquina una manzana más adelante. Ya he visto lo que había venido a ver hoy.

Me froto la cara con ambas manos y descanso los antebrazos en la mesa.

—Bueno, ¿qué, nos vamos a casa?

—No sé —dice Aimee, dándose unos golpecitos en la barbilla—, estamos en Las Vegas.

—¿Crees que podremos encontrar una *suite* con dos dormitorios?

Sonríe.

—Me gusta por dónde vas, Collins. Apuesto a que también podemos encontrar un bufé de postres.

A Caty se le ilumina la carita como si fuera un hotel de Las Vegas.

—Ay, sí, porfa, ¿nos quedamos?

—Mientras mis dos chicas preferidas estén conmigo, me quedo donde sea.

Capítulo 31

Ian

Tres meses más tarde

«Muchos forasteros no entienden la relación que tienen los habitantes de este pueblo con las manadas y reconozco que a mí me costó una barbaridad entenderla. ¿Por qué invertía un pueblo tanto esfuerzo y dinero en reunir a esos caballos salvajes en un pequeño ruedo solo para luchar a brazo partido con ellos, a veces hasta tumbarlos, recortarles las crines y las colas, administrarles los medicamentos y soltarlos? Por amor. Por preservar la historia. Y la tradición. A *rapa das bestas* es una fiesta antiquísima que pone de manifiesto la relación simbiótica de este pueblo con los animales que corren en libertad por sus montes. Y fue gracias a las palabras de nuestro fotógrafo, Ian Collins, como logré ver su belleza. "Cuando amas a alguien sin condiciones, lo dejas crecer, aunque eso signifique darle libertad". No sé si Collins hablaba de los pura sangre gallegos (o de quién), pero para mí sus palabras resumen con elocuencia la relación entre los habitantes de este pueblo y los caballos de los que cuidan».

Erik termina de leer el fragmento del número de este mes de *National Geographic* y me sonríe.

—Reese ha escrito un artículo estupendo. Y estas imágenes son impresionantes —dice, enseñándome el desplegable del centro, la foto panorámica que hice el último día de la manada al galope por el monte vecino.

Luego cierra la revista y señala la portada, sonriendo e indicándome con la cabeza los dos sementales reculando en el curro abarrotado. Recuerdo el olor y el ruido, el zumbido de las moscas. Recuerdo que los caballos se movían como bancos de peces, con el pelaje empapado en sudor, un reluciente mosaico de castaño, moca y negro, pero lo que mejor recuerdo es la sensación que tuve después de que me llamara Al Foster tres semanas antes. Mi foto había sido seleccionada para la portada.

Es media tarde y estamos en Aimee's Café, en la fiesta postinauguración en la Wendy V. Yee Gallery. Wendy ha forrado las paredes de su galería no solo con mi trabajo más reciente en España, sino también con una retrospectiva de las fotografías que he ido haciendo desde que cogí una cámara por primera vez. Un estudio del trabajo de toda mi vida. Ha incluido fotos de mis padres desde el punto de vista de un niño. Son las buenas, como la que le hice a mi madre plantada en medio del estanque, con la falda flotando en la superficie y el sol bañando su rostro. La he titulado *Hermosa tristeza.* Wendy ha dejado intencionadamente una pared en blanco que simboliza mi trabajo futuro. Tengo más historias que documentar. La exposición es para celebrar mi primer trabajo en *National Geographic*, el primero de muchos, si Dios quiere, y durará tres semanas. Wendy ha conseguido una reseña de dos columnas en la sección de arte y entretenimiento del número de la semana pasada del *San Francisco Chronicle.* Hoy ha ido muchísima gente a la inauguración.

Erik levanta su copa de champán.

—Enhorabuena, amigo mío. ¡Por más fotografías espectaculares!

—¡Y más portadas! —añado yo.

—Brindo por eso.

Y brindamos y bebemos. Erik apura su copa y echa un vistazo al café atestado.

—¿Alguna posibilidad de encontrar una cerveza en este sitio?

—Casualmente sé donde guarda la dueña el alijo secreto —digo, y me lo llevo a la cocina, donde agarro dos Anchor del frigorífico, las destapo y le paso una a Erik.

—Gracias —dice antes de darle un buen trago a la botella—. ¿Has sabido algo de Reese?

—Me mandó un mensaje para felicitarme cuando supo lo de la portada, ¿tú?

Esta noche es la primera vez que Erik y yo hemos tenido ocasión de ponernos al día desde su trabajo con Reese en Yosemite. Él ha estado viajando y yo también he estado haciendo bastantes excursiones.

—Últimamente, no, pero tenemos un trabajo juntos para enero.

—Genial. ¿Dónde?

—En Marruecos. Ella va a escribir un artículo sobre acampadas en el Sahara y ha pedido que yo sea su fotógrafo. —Deja en la encimera la cerveza a medias y se rasca el labio inferior—. Me ha dicho que hubo algo entre vosotros dos.

Asiento despacio con la cabeza.

—Fue hace mucho.

Al ver que no reacciona enseguida a lo que he dicho, enarco una ceja.

—Tiene mucho talento.

Esbozo una sonrisa lenta.

—Ella piensa lo mismo de ti; si no, no habría pedido que fueses tú su fotógrafo. —Sonreímos los dos y le doy una palmada en el hombro—. Venga, vamos con los demás antes de que mi mujer me encuentre escondido en la cocina, bebiendo cerveza. Se ha gastado un dineral en el champán.

Cuando volvemos al comedor, contemplo la estancia. Aimee ha puesto fotos mías por todas partes, incluida la pared que en su día dominaban los cuadros de James. La despejó el pasado mes de octubre y le mandó los cuadros a Hawái. Se quedó con uno, eso sí: una miniatura de la casa de sus padres que James pintó a los diecisiete años. Lo tiene colgado en su despacho de la trastienda, como recordatorio del lugar del que viene y de lo mucho que ha crecido desde entonces.

Han venido todos. Erik y unos cuantos amigos del gimnasio. Lance y Troy, dos colegas de la universidad con los que he seguido en contacto estos años. Incluso Marshall Killion y su mujer, Jenny, han podido acercarse desde Boston. Nadia está a un lado, hablando con amigos y con un tío nuevo que se ha traído y que la adora como un cachorrillo. La sigue con la mirada a todas partes. Ella no para de mandarlo a por cócteles. «No durarán mucho», me digo, riendo para mis adentros.

Caty está sentada a una mesa con los dos mayores de Kristen, comiendo tarta y bebiendo zumo de manzana con burbujas. Kristen, de pie a su lado, los vigila mientras mece a Theo. Deslizo la mirada hacia la izquierda, hasta que por fin, al fondo del comedor, encuentro a la mujer a la que he estado buscando: Aimee, preciosa, con un vestido negro recto adornado de volantes por el cuello, habla con Catherine y Hugh. Nick se les acerca y le ofrece a Aimee una copa de champán que ella rechaza.

Entorno los ojos y, excusándome con Erik, cruzo la estancia.

Nick mira la copa de champán que le quito de las manos. Doy un sorbo al espumoso.

—El partido de golf es a las siete y media, ¿podrás venir?

Dejo la copa por ahí.

—No me lo perdería por nada del mundo. Te apuesto cien dólares a que no haces ni un solo *eagle* esta vez.

Nick es con diferencia el mejor golfista de todos nosotros. No tiene sentido apostar a que le voy a ganar, por eso, cuando jugamos, apuesto a que no va a poder mejorar su juego anterior.

—Eso duele —dice, agarrándose el pecho. Luego sonríe y me estrecha la mano—. Acepto.

—Nos vemos en el campo.

—Una exposición excelente —dice Hugh.

—Enhorabuena, Ian —añade Catherine, y me besa la mejilla.

—Gracias —contesto, cogiendo a Aimee de la mano—. ¿Nos disculpáis un momento? —les digo.

—¿Va todo bien? —me pregunta ella, preocupada, mientras la llevo a su despacho de la trastienda.

—Todo va fenomenal.

Cierro la puerta, echo el pestillo y la estrecho en mis brazos.

—Ian, tenemos invitados.

—Ya lo sé, nena, pero esto no puede esperar.

Le cojo la cara con ambas manos y la beso. Y vuelvo a besarla y la beso de nuevo, la miro y la beso otra vez. Luego sonrío, con la frente pegada a la suya.

—¿A qué ha venido eso? —dice, sin aliento.

—Solo quería demostrarte cuánto te quiero. Y darte las gracias.

—¿Por qué?

La agarro por las caderas y retrocedo hasta el escritorio. Sentado al borde, la atraigo hacia mí y la sitúo entre mis piernas, nuestros ojos a la misma altura. Dibujo con el dedo el nacimiento de su pelo por la sien y detrás de la oreja.

—Estos últimos meses no han sido fáciles para nosotros. —Yo he estado viajando con frecuencia a Idaho para asegurarme de que mi padre recibe el tratamiento que necesita. Se está deteriorando rápido y la inevitabilidad de perderlo me ha afectado más de lo que pensaba—. Pero tengo buenas noticias.

Los ojos de Aimee chisporrotean como la sidra.

—Ah, ¿sí?

Me muerdo el labio inferior y cabeceo afirmativamente.

—Mi mujer está embarazada.

Me mira extrañada, frunciendo la piel nacarada de entre sus cejas perfectas. Luego esas cejas se levantan y sus ojos se abren mucho.

—¿Cómo lo has sabido?

—Te he visto rechazar una copa de Dom Pérignon. ¿Quién hace algo así?

Ríe.

—Esta que tienes aquí —dice, señalándose.

Apoyo una mano en su vientre plano y Aimee la cubre con las suyas. Hay vida creciendo ahí dentro. Caty se va a poner contentísima cuando se lo digamos. Y quiero decírselo a mi padre antes de que se vaya.

—¿Cuánto hace que lo sabes? —le pregunto en un susurro íntimo.

Desliza los dedos por mi pecho, bajo las solapas de la chaqueta y se cuelga de mi cuello.

—Unas horas. Tenía pensado contártelo esta noche, después de la fiesta.

Me inclino para besarla y, cuando mis labios están a un suspiro de los suyos, alguien llama a la puerta. Protesto.

—¿Aimee? —Es Trish.

—Dile que se vaya —le pido, paseando la lengua por su labio inferior.

—Salgo enseguida —contesta Aimee, retorciendo el cuello hacia la puerta.

—Hay alguien aquí que pregunta por Ian, ¿está ahí dentro?

Subo las manos por el lateral de sus costillas.

—Chist, no estoy aquí —bromeo, y le beso la mandíbula, deteniéndome en la leve hendidura de su oreja. Solo quiero unos minutos a solas con ella. Me he pasado el día estrechando manos, conociendo a gente y respondiendo preguntas.

—Viene de fuera. Dice que se llama Sarah Collins.

Le estrujo la cintura a Aimee, petrificado. Se me hace un nudo en el pecho que se extiende enseguida. Levanto la cabeza despacio. Aimee me mira y nos sostenemos la mirada. Sonríe, toda amor.

—¿Lo sabías? —le pregunto.

Niega despacio con la cabeza.

—Pero tenía esperanzas. No quería decir nada por si no venía.

La miro extrañado.

—No lo entiendo.

—Dejé mi nombre y el número de teléfono del café en el resguardo de la tintorería. Supuse que si tus padres hablaban de ti, ella sabría de mí, de Caty y del café. Quería darle la oportunidad de llamar. Espero que no te parezca un atrevimiento por mi parte, pero necesitaba saber si ella seguía pensando lo mismo de su enfermedad que cuando te abandonó. Si he aprendido algo en estos últimos siete años o así, es a no dar por supuesto que las cosas son lo que parecen.

—¿Cuándo llamó?

—Ha tardado un poco. Llamó la semana pasada. Le hablé de tu exposición y las invité a ella y a la mujer que la cuida. No va a ningún lado sin Vickie. Tu madre me explicó que le da estabilidad. La ayuda cuando cambia de personalidad de repente y cuando sale o va por ahí para que no escape o se pierda.

Trish vuelve a llamar. Aimee enarca una ceja.

—¿Le digo que nos dé un segundo?

Estoy atónito, en éxtasis, nervioso y alucinado. Le cojo la cara a Aimee y, sin apartar mis ojos de ella, le grito a Trish:

—¡Trae a mi madre aquí!

—¿A tu madre? —la oigo exclamar—. ¡Voy! —Y se aleja.

—¿Te he dicho últimamente lo mucho que te quiero?

—Sí, pero dímelo cuanto te apetezca —me responde con una sonrisa.

—Te quiero. —La beso—. Eres increíble.

Río y la abrazo fuerte. Cuando la suelto, se pone seria de pronto.

—Portada de *National Geographic* y tu madre —dice, toqueteándome un botón de la camisa impoluta—. Dos sueños hechos realidad en el mismo día.

—Tres —la corrijo, deslizando la mano por su vientre—. Ven conmigo —le digo, cogiéndola de la mano.

—Adonde quieras. Siempre.

Cruzamos la estancia, quito el cerrojo y abro la puerta. A un futuro aún mejor. El futuro que habíamos soñado.

AGRADECIMIENTOS

Este libro está dedicado a mis lectores, que han viajado con Aimee, James e Ian durante toda la trilogía. Gracias por leerme, por reseñarme y por querer a mis personajes tanto como yo. Tengo muchas más historias que contar y espero poder compartirlas con vosotros.

Como mis libros anteriores, *La vida que cedemos* me ha supuesto cierta investigación. Quería que Ian viviera una aventura única y supe que la había encontrado cuando me tropecé con un artículo sobre *a rapa das bestas*. Como yo no he asistido nunca a esta fiesta, me puse en contacto con la única persona que conozco en España y tuve la suerte de que ella ha ido no una vez, sino ¡tres años consecutivos! Gracias, Barbara Bos, por ser mi vista, mi oído, mi olfato y mi gusto en la rapa. Gracias por describirme con detalle tus experiencias y compartir conmigo lo que sentiste al presenciar el evento, desde el traslado de las manadas monte abajo con los hombres del pueblo hasta la rapa de las bestias en el curro. ¡Gracias por enviarme fotos de tus aventuras en tiempo real! Barbara es la directora editorial de *Women Writers, Women's Books*. Si escribís, os animo a que exploréis su página web, www.booksbywomen.org, porque contiene muchísima información.

También debo darle las gracias a Barbara por presentarme a Claire O'Hara, fotógrafa documental y de aventura. Claire es quien ha compartido conmigo la extraordinaria relación del pueblo de Sabucedo con las manadas de caballos gallegos que recorren sus montes. Me explicó muy elocuentemente esa simbiosis y que los unos no sobrevivirían sin los otros. Gracias a los ojos, las experiencias y las fotografías de Claire, he podido idear las aventuras de Ian en Sabucedo. Sus imágenes de *a rapa das bestas* son arrebatadoras y os invito a que las veáis en su página web: www.claireoharaphotography.com. Gracias, Claire, por insuflar vida a los viajes de Ian.

Con este libro, he ahondado más en los aspectos emocionales y psicológicos de la enfermedad mental que con los dos anteriores. Aunque hay mucha información disponible sobre las causas, los síntomas y los tratamientos del trastorno de identidad disociativo (TID), quería captar lo que supone criarse con un progenitor aquejado de esta enfermedad. Necesitaba la perspectiva de un niño. Estoy en deuda con la reconocida autora Annette Lyon por recomendarme las memorias de Tiffany Fletcher, *Mother Had a Secret*, un relato veraz de lo que supone crecer con una madre con múltiples personalidades. Gracias, Tiffany, por invitarme a entrar en tu mundo para que el de Ian resultara más creíble. También me gustaría dar las gracias a Rachel Dacus por compartir conmigo su propia experiencia de convivencia con un progenitor enfermo mental. Me admira tu valentía y tu franqueza. Gracias, doctora Nancy Burkey, por su información sobre los tratamientos, las terapias y los tipos de medicación que se pueden recetar. En cuando a la propia enfermedad, cualquier inexactitud en el retrato del trastorno de identidad disociativo es cosa mía y se debe a la necesidad de lograr que los datos cuadren con la historia.

Gracias, Kelly Hartog, por tus consejos sobre las transcripciones de juicios, y Matt Knight, por resolver, una vez más, mis dudas jurídicas.

A mi grupo de lectores principales, los Tikis, gracias por leer mis borradores y reseñarlos con franqueza, y gracias por vuestro apoyo y entusiasmo constantes. El amor que profesáis a mis novelas me ayuda a seguir escribiendo, y vuestros comentarios y publicaciones en el Tiki Lounge me tienen entretenida. Mando un saludo especial a Letty Blanchard, que dio nombre al amigo de la infancia de Ian: Marshall Killion. Siento inmensa gratitud y respeto por Andrea Katz, a la que he llegado a considerar una buena amiga, por su apoyo entusiasta, y a la comunidad editorial a través de sus Ninjas y su grupo de Facebook, Great Thoughts, Great Readers. Gracias a los blogueros, reseñadores e *instagramers* que leen mis novelas antes de que salgan a la venta y comparten sus ideas y sus fotos en las redes sociales.

Por lo general, un primer borrador me resulta fácil. Puedo montar el esqueleto de una novela en unas ocho semanas, pero después de un año de escribir, revisar y editar no uno sino tres manuscritos, empecé a trabajar en *La vida que cedemos*, mi cuarto libro, y, a los tres capítulos, me topé con un muro. Las crisis de inspiración son algo real y asustan, sobre todo cuando estás agotado mentalmente y la fecha de entrega acecha. Pasé seis semanas mirando la página en blanco de mi documento de Word hasta que por fin me recompuse e hice una llamada telefónica. Estoy agradecidísima a la reconocida autora Barbara Claypole White, que, tras una arenga de cuarenta minutos, logró disipar la niebla de mi cabeza. Después de aquella llamada, engendré la historia de Ian en siete semanas y tecleé FIN la noche antes de irme a París. Lección aprendida: llamar a Barbara antes.

A mis primeras lectoras, Barbara Bos, Emily Carpenter y Rachel Dacus, os digo que cada una leísteis el borrador por una razón concreta. Gracias por vuestros comentarios sinceros y reveladores. Me habéis ayudado a hacer de *La vida que cedemos* una historia más poderosa y genuina.

A Danielle Marshall, Christopher Werner, Gabriella Dumpit, Dennelle Catlett y a todo el equipo editorial de Lake Union

Publishing, gracias por catapultar a la fama esta trilogía. Es una gozada trabajar con vosotros y espero con ilusión que podamos colaborar en muchos más proyectos. No podría pedir un equipo mejor. A Kelli Martin, mi editora de mesa de toda la trilogía, gracias por tu sabiduría editorial, por tus divertidos mensajes durante las lecturas y por tu amistad.

A Gordon Warnock, mi extraordinario agente, que siempre parece saber lo que quiero antes que yo, gracias por guardarme las espaldas y por tu constante apoyo. Tus ideas, consejos y experiencia siempre son acertadísimos.

Abrazos a mi marido y a nuestros hijos. Os quiero a todos hasta el infinito y más allá.

Por último, quiero que sepáis que me encanta relacionarme con mis lectores. Pasad por mi página web a saludarme, www.kerrylonsdale.com, y contadme qué os parece la historia de Ian.

Made in the USA
Columbia, SC
26 May 2021